# 図説 百人一首

石井正己

河出書房新社

# 図説 百人一首 【目次】



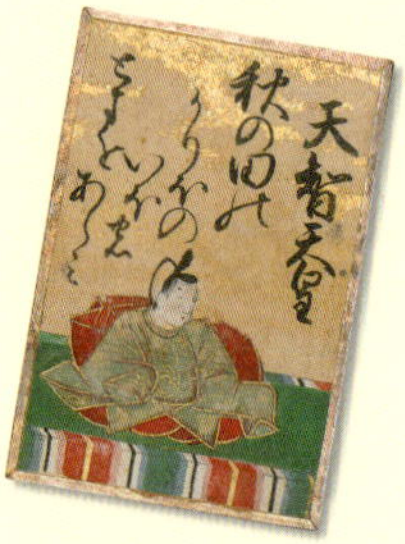

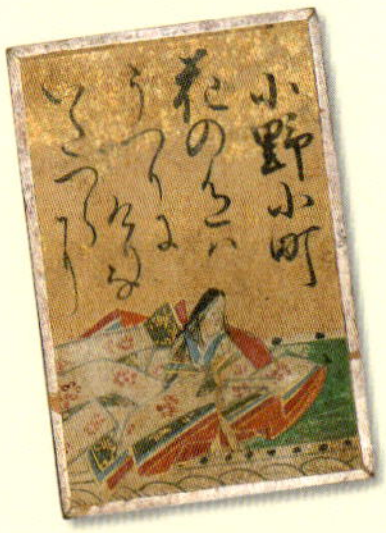

扉 京都・冷泉家（れいぜいけ）所蔵の羽子板と歌ガルタ 冷泉家は藤原定家の孫為相（ためすけ）を祖とする和歌の家。冷泉家時雨亭文庫所蔵

# 『百人一首』への招待

『小倉百人一首』　将軍徳川家茂（いえもち）に降嫁した皇女和宮（かずのみや）が所持した雛道具のカルタ。63頁参照。江戸時代　国立歴史民俗博物館所蔵

かつて日本では、正月を迎えると、さまざまな遊びがあった。その一つにカルタ会があって、それは数少ない男女の出会いの場でもあった。そうした際に使われたカルタの題材になったのが、『百人一首』であった。この作品はハレの日の遊びの中で、日本人の教養を培ってきたのである。

そもそも『百人一首』は、天智《てんじ》天皇から順徳院までの百人の歌人について、それぞれ一首の歌を撰んだ作品である。すべて勅撰集に入っている歌で、それだけに権威があった。平安初期になると、名歌を精選した秀歌撰が編まれるようになるが、『百人一首』もそうした流れで編まれた作品だった。だが、この作品は、文字どおり、「百人一首」という、百人の歌人を選び、その代表的な一首をとる形式が他の追随を許さなかったのである。

編者は藤原定家《さだいえ》と考えられるが、その成立の事情には不明な点が多く、今なお議論が尽きない。「百人一首」という言葉自体、室町時代になってからやっと現れるほどである。京都の嵯峨山荘の色紙の撰歌を依頼され、歌仙絵も付

藤原定家像　伝藤原信実筆。鎌倉時代　冷泉家時雨亭文庫所蔵

いていたのではないかという推定もあるが、必ずしもはっきりしない。実に謎の多い作品なのである。

むしろ、『百人一首』という作品が有名になったのは、室町時代末にヨーロッパからカルタが伝来し、その題材に

「百人一首に興じる子供たち」絵はがき　明治時代か　兵庫県立歴史博物館所蔵（入江コレクション）

なってからだったと言ってもいい。江戸時代中期になると、カルタ遊びは中流社会へ普及していったらしい。その他にも、往来物に取り入れられるなどして、最も重要な古典の一つになったのである。

その後、明治時代には、家庭教育はもちろんのこと、学校教育にも古典和歌が取り入れられるようになる。『百人一首』は特に暗誦教材として重んじられ、戦後の教育で暗誦がタブー視された中でも衰えることがなかった。言わば、『百人一首』暗誦は青年期の通過儀礼のようになってきたのである。正月のカルタ会はなくなったが、その伝統は学校教育と競技カルタに生き残ったと言える。

現在、古典和歌が身近にあるような環境はもはやなくなった。しかし、そうした時代であるからこそ、古典の教養を意識的に身につけてゆく必要があるだろう。日本人らしさを創ろうとするならば、そのエッセンスは『百人一首』に集約されている。現存最古とされるカルタを使って、図説のかたちで『百人一首』を紹介したいと考えた理由も、まさにその点にある。この本を通して、『百人一首』の世界を身近なものとして考えてくださるならば、これ以上の幸せはない。

# 最古のカルタで楽しむ『百人一首』

一、本文は樋口芳麻呂校注『王朝秀歌選』（岩波文庫）に拠った。

一、『古今集』『後撰集』『拾遺集』『後拾遺集』『金葉集』『詞花集』『千載集』『新古今集』は『新日本古典文学大系』（岩波書店）、『新勅撰集』『続後撰集』は『新編国歌大観』（角川書店）に拠った。前掲の詞書や歌人名を受ける場合には、それをそのまま引用してある。

一、全体の統一を図るために、表記を改めたところがある。

一、作者名の振り仮名は現代仮名遣いで付けた。

一、とくに表記したもの以外は、滴翠美術館所蔵道勝法親王筆『百人一首絵入歌カルタ』である。本文とは言葉や仮名遣いが異なる場合がある。

一、難しい用語・修辞・出典については、「百人一首鑑賞辞典」を参照されたい。

1

# 秋《あき》の田《た》の 仮庵《かりほ》の庵《いほ》の 苫《とま》をあらみ わが衣手《ころもで》は 露《つゆ》に濡《ぬ》れつつ

天智《てんじ》天皇《てんのう》

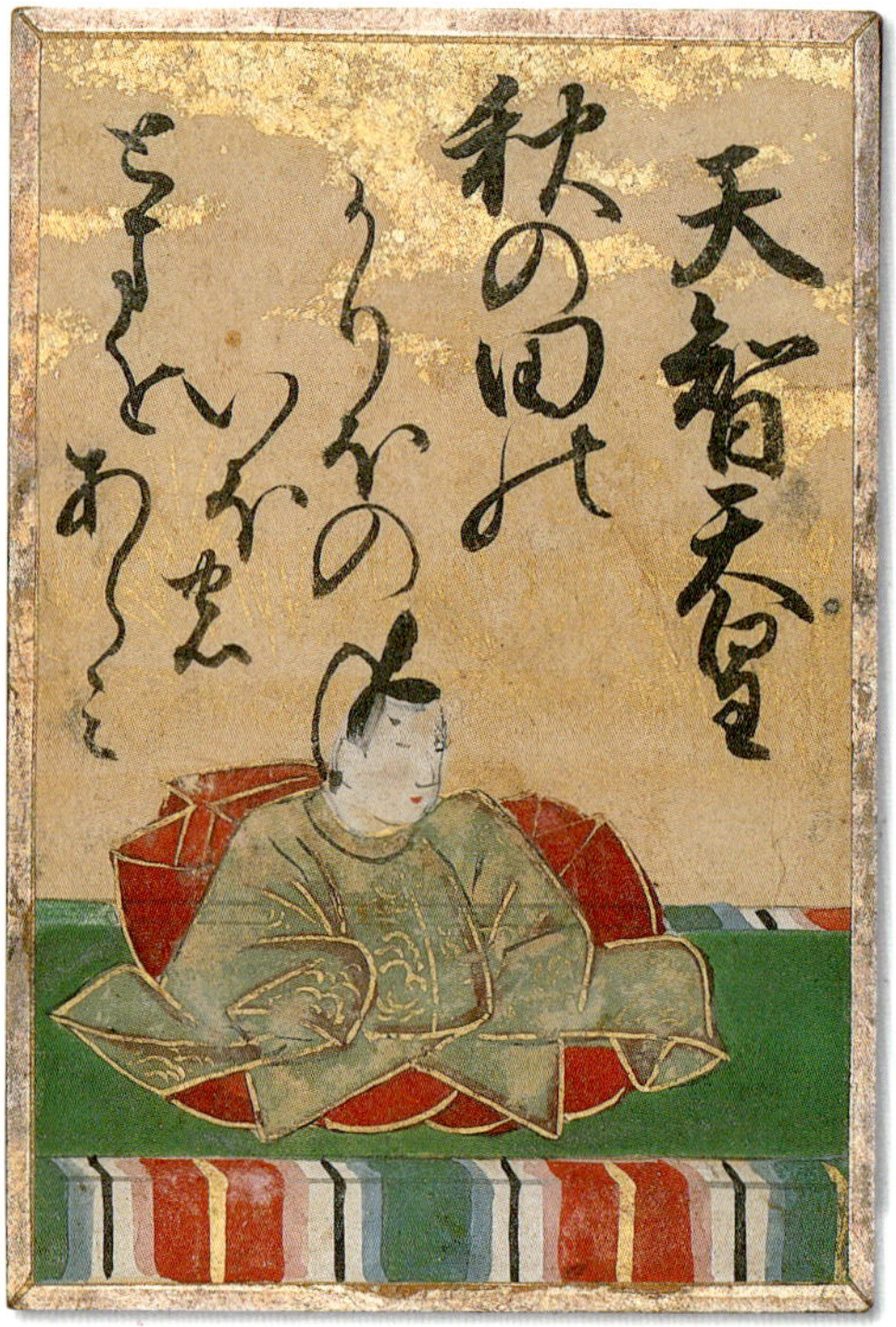

稲が実った秋の田に作業をする仮に作った簡素な小屋の、屋根に葺いた草の編み目が粗《あら》いので、そこで寝る私の袖は、隙間から漏れる夜露で濡れることだ。

天智天皇（六二六〜六七一）は第三八代の天皇。父は舒明《じょめい》天皇、母は皇極《こうぎょく》（斉明《さいめい》）天皇で、天武天皇は同母弟、2の歌の作者持統《じとう》天皇は子になる。即位前は中大兄皇子《なかのおおえのおうじ》と言い、中臣鎌足《なかとみのかまたり》と謀《はか》って蘇我入鹿《そがのいるか》を斬り、大化の改新を行ったことで知られる。近江大津の宮に遷都して即位するが、崩御後、壬申《じんしん》の乱が起きた。作品は『日本書紀』に一首、『万葉集』に四首が入っている。

これは、『後撰集《ごせんしゅう》』秋中に、「題知らず」として入っているが、原歌は『万葉集』巻第一〇の「露を詠みき」と題した中の一首、「秋田刈る仮廬《かりほ》を作り我《わ》が居《を》れば衣手寒く露そ置きにける」と考えられる。作者未詳の歌だが、やがて天智天皇の作とする伝承が生まれたらしい。天皇自身が自ら稲刈りの作業に携わるものとしてイメージされたのである。「苫」は田の傍らに造った出造り小屋を覆った菅《すげ》や萱《かや》をいう。

天皇が人民をいたわる歌としては、仁徳《にんとく》天皇の「高き屋《や》に登りて見れば煙《けぶり》立つ民の竈《かまど》はにぎはひにけり」（新古今集・賀歌）が知られている。この場合は「高き屋に登りて見れば」とあって、庶民の生活に傍観的だったが、天智天皇の歌は「わが衣手は露に濡れつつ」として、天皇自身がつらい農作業に勤《いそ》しむ。これは、古代天皇の理想像が、庶民への支配から庶民への共感へと変容したことを示している。

勅撰集に入った天智天皇の歌としては、もう一首、「朝倉や木《き》の丸殿《まろどの》にわが居《を》れば名のりをしつつ行《ゆ》くは誰《た》が子ぞ」（新古今集・雑歌中）がある。平安時代の天皇は、天武天皇の系統ではなく、天智天皇の子孫が継承したので、平安文化の源流としてその地位が重んじられたのである。天智天皇の伝承歌が見直されたのは、『後撰集』にしても『新古今集』にしても、ちょうど『万葉集』が復興する気運と密接に関わっている。

2

# 春《はる》過《す》ぎて 夏《なつ》来《き》にけらし 白《しろ》妙《たへ》の 衣《ころも》干《ほ》すてふ 天《あま》の香《か》具《ぐ》山《やま》

持《じ》統《とう》天《てん》皇《のう》

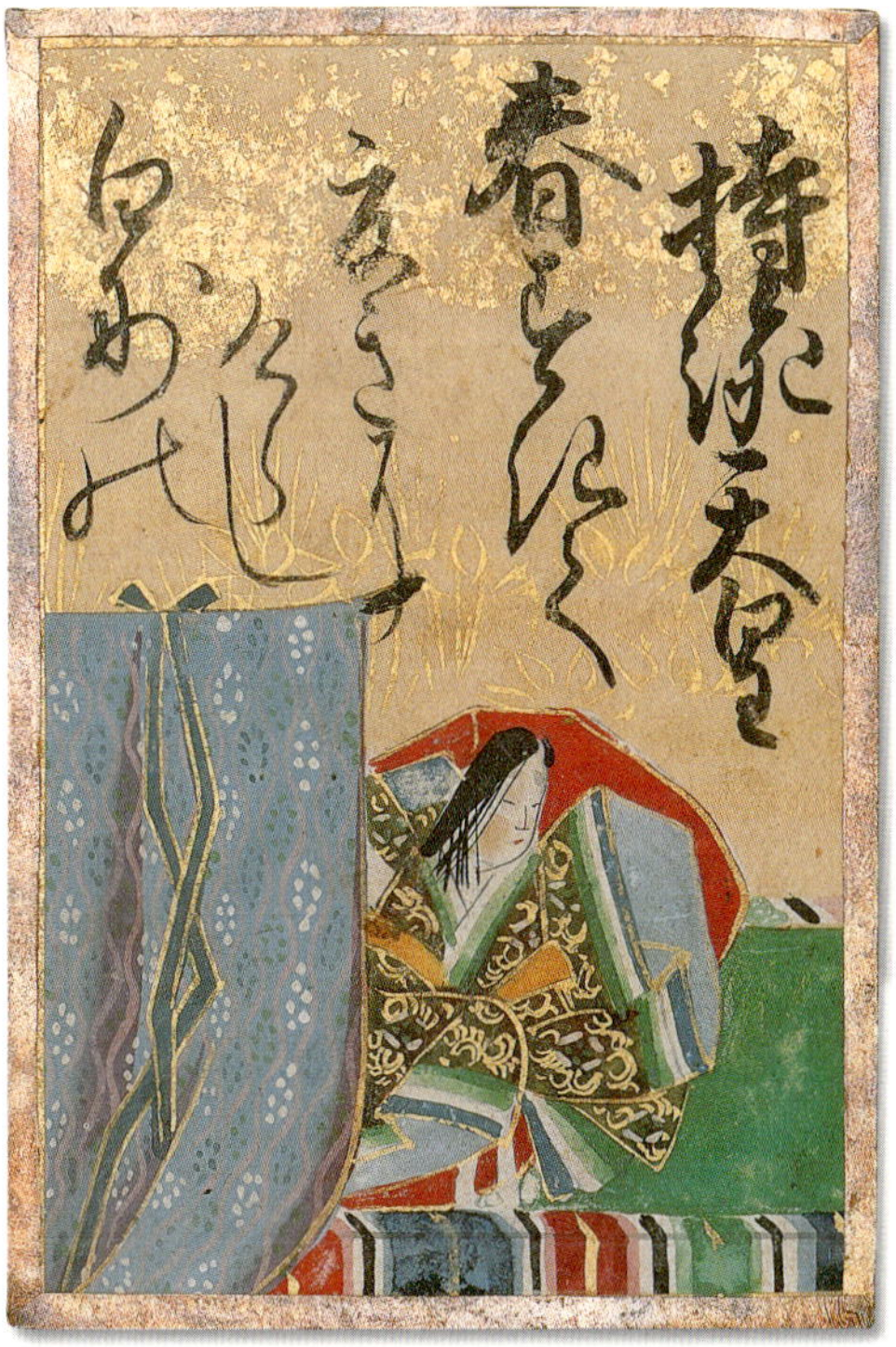

春が過ぎて、もう夏が来てしまったらしい。衣更えのための真っ白な衣が干してあるという、天の香具山の山裾には。

持統天皇（六四五?〜七〇二）は第四一代の天皇。父は1の歌の作者天智天皇、母は蘇我倉山田石川麻呂女《そがのくらやまだいしかわまろのむすめ》（遠智娘《おちのいらつめ》）。大海人皇子《おおあまのおうじ》（後の天武天皇）と結婚し、草壁皇子を生む。頻繁に吉野に行幸し、その際に柿本人麻呂《かきのもとのひとまろ》らが優れた歌を残した。『万葉集』には六首が入っている。

藤原京跡から望む天の香具山 藤江宏撮影

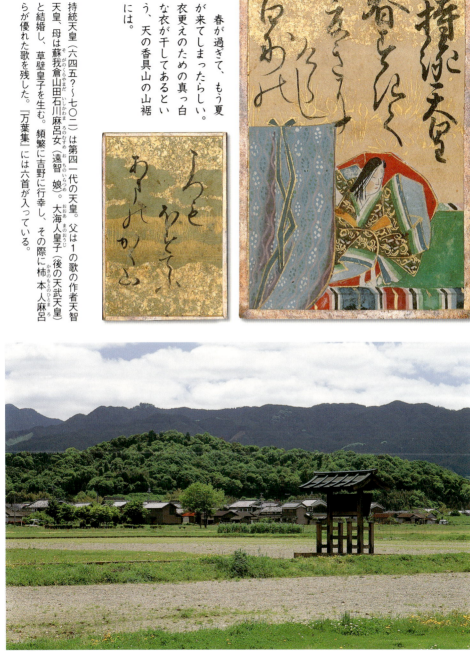

この歌は、『新古今集』夏歌に、「題知らず」として見える。持統天皇の勅撰集への入集はこれが最初で、『新古今集』時代の『万葉集』回顧の風潮の中で撰び出された歌だった。「天の香具山ニハ白妙の衣干すてふ」とあるべきところを倒置にしている。「衣」は神事の衣服を指すとする説もあるが、一般には衣更えの衣服と考えられている。

原歌は、『万葉集』巻第一にある、「天皇の御製歌」の「春過ぎて夏来たるらし白栲《しろたへ》の衣干したり天の香具山」であった。香具山は畝傍《うねび》山《やま》・耳成山《みみなしやま》と並ぶ奈良県の大和三山の一つで、標高一五二メートルの小高い山である。天皇が朱鳥《あかみとり》八年（六九四）に藤原京に遷都してから詠んだものであろう。

『万葉集』は「白栲の衣干したり」とあり、作者が藤原宮から東方の香具山を望み見た実景として詠むが、『百人一首』では「白妙の衣干すてふ」と伝聞に変化している。「てふ」は「といふ」のつづまった形であった。この改変によって、臨場感よりも香具山のイメージが優先されたことがわかる。

実際、『新古今集』には、この歌の他にも、「ほのぼのと春こそ空に来にけらし天の香具山霞たなびく」（春歌上）、「十市《とをち》には夕立すらしひさかたの天の香具山雲隠れゆく」（夏歌）、「雪降れば峰のまさかき埋《うづ》もれて月に磨ける天の香具山」（冬歌）が見える。どれも題詠だが、「天の香具山」という歌枕が歌人たちに好まれたことに気がつく。

3

## あしひきの 山鳥《やまどり》の尾《を》の しだり尾《を》の ながながし夜《よ》を 独《ひと》りかも寝《ね》む

柿本《かきのもとの》人《ひと》麻呂《まろ》

山鳥の尾で、垂れ下がった尾のように、長い長い秋の夜を私は一人で寝るのだろうか。

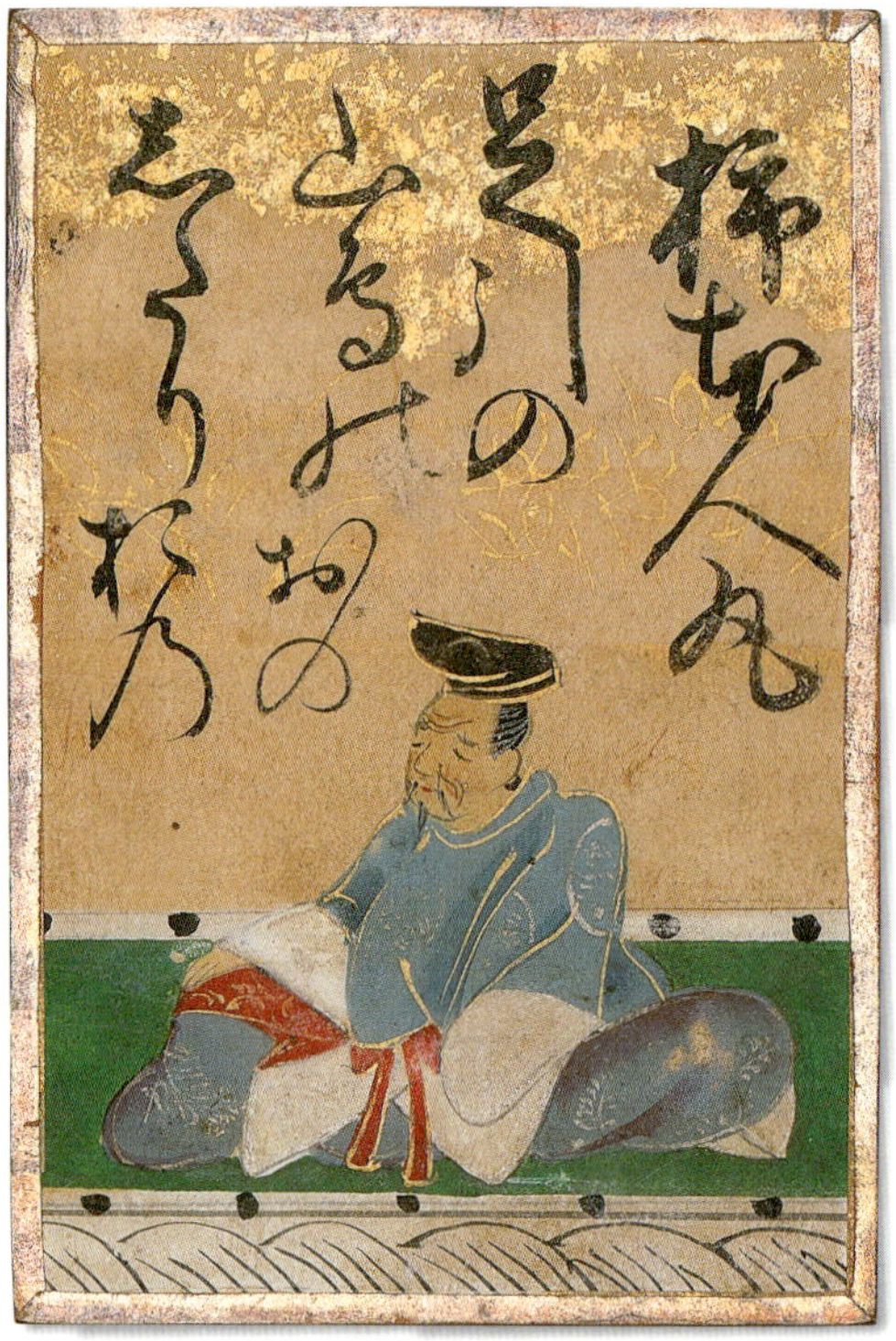

柿本人麻呂は白鳳《はくほう》時代の歌人で、2の歌の作者持統《じとう》天皇とその孫文武《もんむ》天皇の頃に活躍した。皇子・皇女の挽歌《ばんか》や天皇の行幸の儀礼歌を詠み、宮廷歌人だったと考えられる。地方で詠んだ歌も多く、下級役人として赴任したものと想像される。『万葉集』には長歌一九首、短歌六九首が入る。三十六歌仙の一人。家集『人麿集』は人麻呂の歌を含むが、多くは『万葉集』からとった他人の歌である。

修辞は単純で、「あしひきの」は「山鳥」の枕詞、三句までが「ながながし」を導きだす序詞になる。「しだり尾」は垂れ下がった尾で、山鳥の雄は尾が長いことを指す。山鳥は夜、雄雌が谷を隔てて寝る習性があるとされ、独り寝のつらさを表す歌語になるが、これもその類型にのっとっている。

この歌は、『拾遺集《しゅういしゅう》』恋三に、「題知らず」として入っている。人麻呂の歌は『古今集』『後撰集』には撰ばれなかったが、この集では一挙に一〇五首が撰ばれている。『拾遺集』には人麻呂を復活させようとする機運が濃厚であった。

原歌を探すと、『万葉集』巻第一一の、「思へども思ひもかねつあしひきの山鳥の尾の長きこの夜を」に続く「或る本の歌」と一致する。だが、この場合は作者未詳なので、人麻呂の実作とは考えがたい。その後、平安時代になって、『万葉集』の伝承歌が『人麿集』で人麻呂作とされ、『拾遺集』に入ったものと思われる。

藤原定家《さだいえ》が詠んだ、「独り寝《ぬ》る山鳥の尾のしだり尾に霜置きまよふ床《とこ》の月影」(新古今集・秋歌)は、これを本歌としている。人麻呂は『拾遺集』以後、勅撰集から遠ざかっていたが、『新古今集』では二三首が撰ばれている。定家が本歌取りに使ったように、この時期になって、人麻呂作とされた歌が重要視されはじめていたことが知られる。

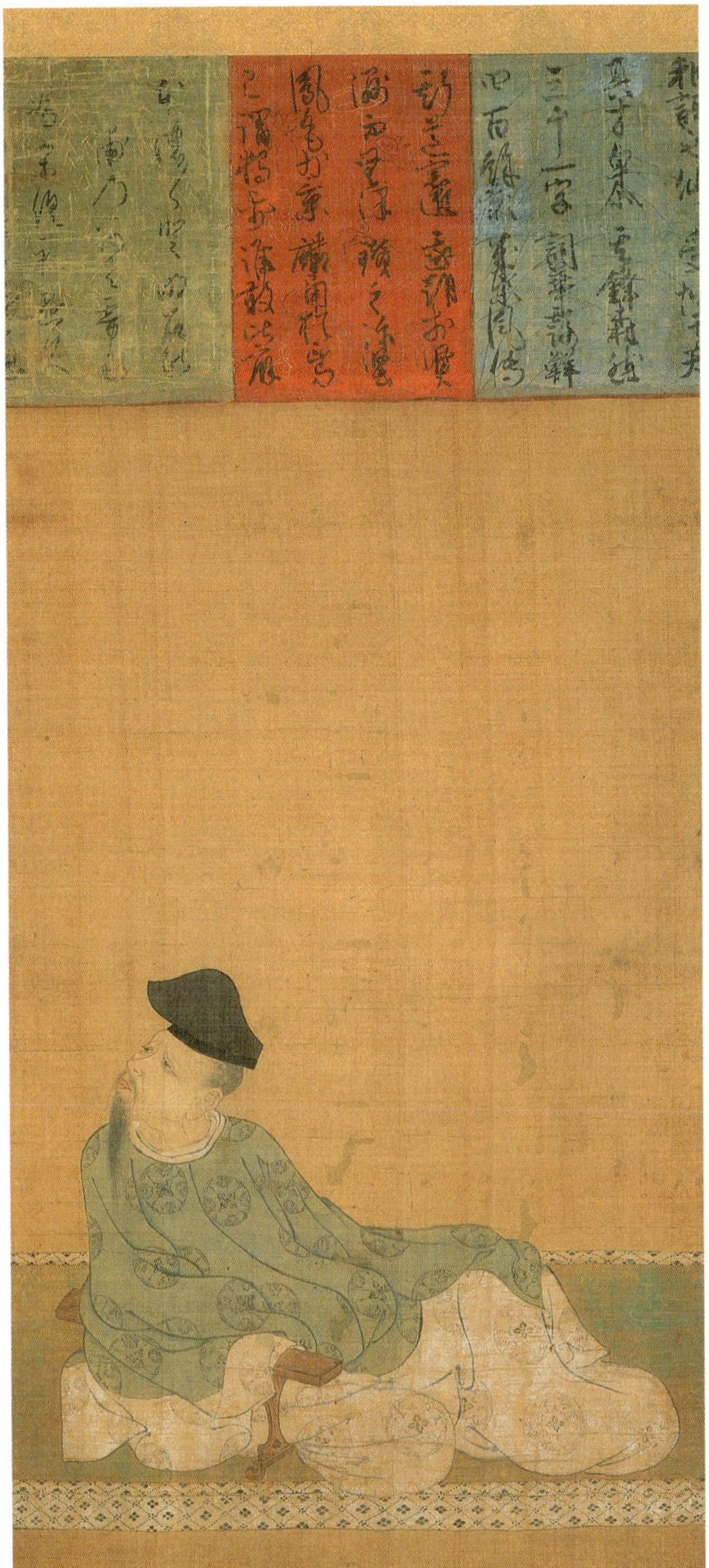

柿本人麻呂像 伝藤原信実筆 鎌倉時代 京都国立博物館所蔵

4

# 田子《たご》の浦《うら》に うち出《い》でて見《み》れば 白妙《しろたへ》の 富士《ふじ》の高嶺《たかね》に 雪《ゆき》は降《ふ》りつつ

## 山部赤人《やまべのあかひと》

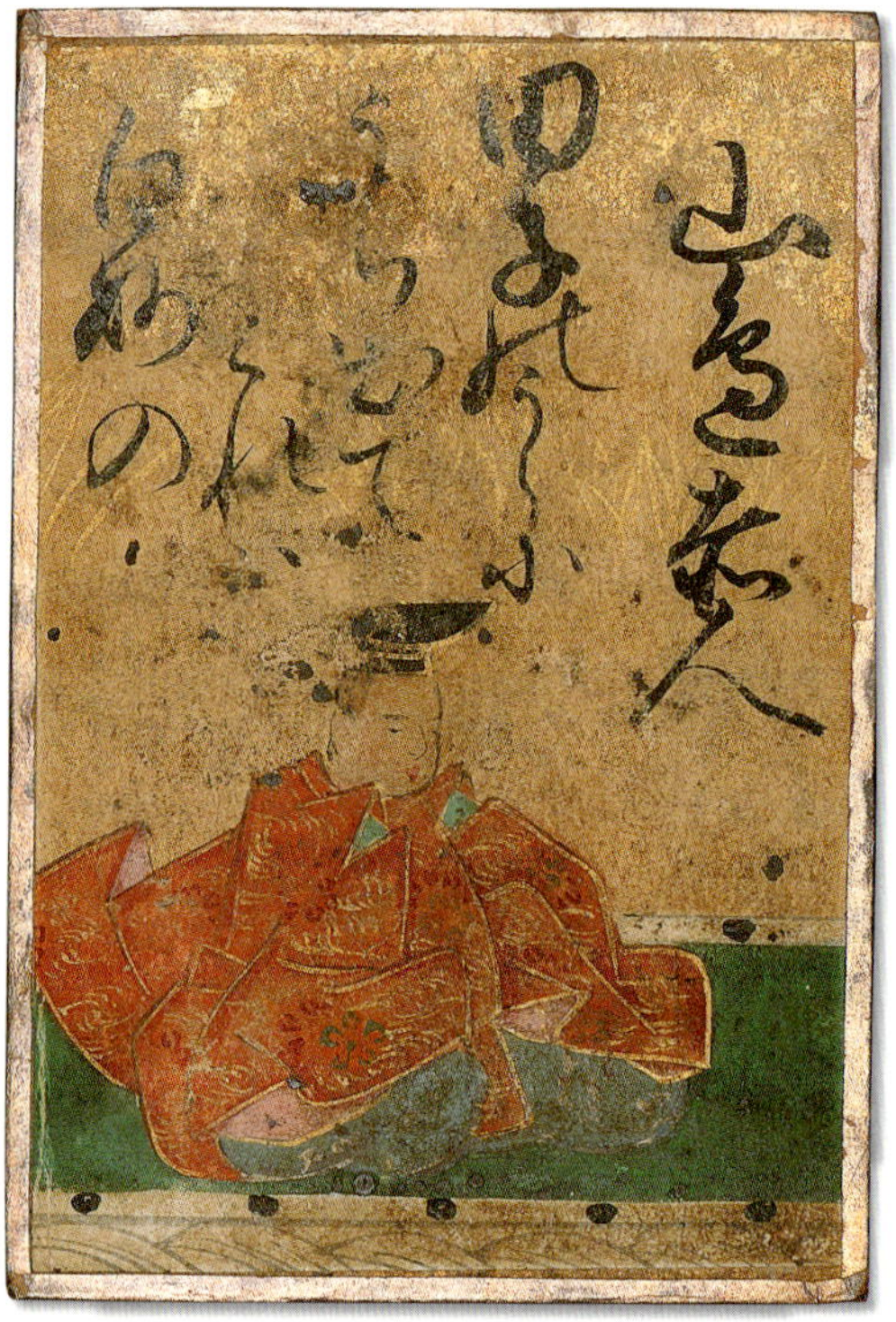

田子の浦に出て見渡すと、真っ白な富士の高い峰に、雪は今頻《しき》りに降り積もっている。

山部赤人は奈良時代の歌人。聖武天皇の行幸に従って歌を詠むなど、宮廷歌人だったと考えられるが、下級役人だったらしい。自然詠に優れ、『万葉集』には長歌一三首、短歌三七首が入っている。

『新古今集』冬歌に、「題知らず」と見える歌。赤人は人麻呂と並んで、『拾遺集』と『新古今集』に撰ばれるが、それぞれ三首と七首にすぎず、それほど重んじられているわけではない。平安時代に『赤人集』が編まれたが、赤人とは関係なく、人麻呂ほどの伝承化が進まなかったことが、その原因ではないかと想像される。

原歌は、『万葉集』巻第三の「山部宿禰《すくね》赤人の不尽山《ふじのやま》を望める歌」の反歌、「田子の浦ゆうち出でて見れば真白にそ富士の高嶺に雪は降りける」であった。一句・三句・五句の表現が微妙に異なる。上代の助詞「ゆ」は「を通って」の意で、「雪は降りける」は「雪は降り積もっていたことだ」の意となる。「真白にそ」の直截《ちょくせつ》的な表現で、富士山を見た一瞬が絵画的にとらえられている。

この「田子の浦」「富士」は、平安時代には歌枕になる。「田子の浦」は静岡県の海岸で、浦に立つ「波」や、漁師が製塩に使う「藻塩《もしお》」とともに詠まれる。一方、「富士」は、勅撰集に数多く詠まれた。当時、噴煙を上げていたので、「富士の嶺の 燃ゆる思ひ」(古今集・雑躰《ざってい》)のように、「思ひ」「火」の掛詞で、燃える火のような恋の情熱を表すことが多い。「雪」とともに詠まれた歌は、他に、『詞花集《しかしゅう》』冬の「日暮らしに山路の昨日時雨れしは富士の高嶺の雪にぞありける」くらいしかなく、数は少ない。

5

# 奥山《おくやま》に 紅葉《もみぢ》踏《ふ》み分《わ》け 鳴《な》く鹿《しか》の 声《こゑ》聞《き》く時《とき》ぞ 秋《あき》は悲《かな》しき　猿丸大夫《さるまるだゆう》

奥深い山で、紅葉を踏み分け、妻を慕って鳴く鹿の声を聞くときには、何にもまさって秋は悲しい。

猿丸大夫は伝未詳。『古今集』時代の前後に伝承が生まれた、架空の歌人の可能性が高い。三十六歌仙の一人。歌集『猿丸集』は仮託されたもので、猿丸大夫の伝承に一役買ったと思われる。

『古今集』秋歌上に、「是貞親王家《これさだのみこのいへの》歌合《うたあはせ》の歌 よみ人しらず」と見え、作者は猿丸大夫ではない。「是貞親王家歌合」は光孝《こうこう》天皇の皇子是貞親王の主催で、寛平五年（八九三）九月以前の秋に行われたと考えられる。「紅葉踏み分け」を作者の動きとする説もあるが、鹿の動きと解釈した。

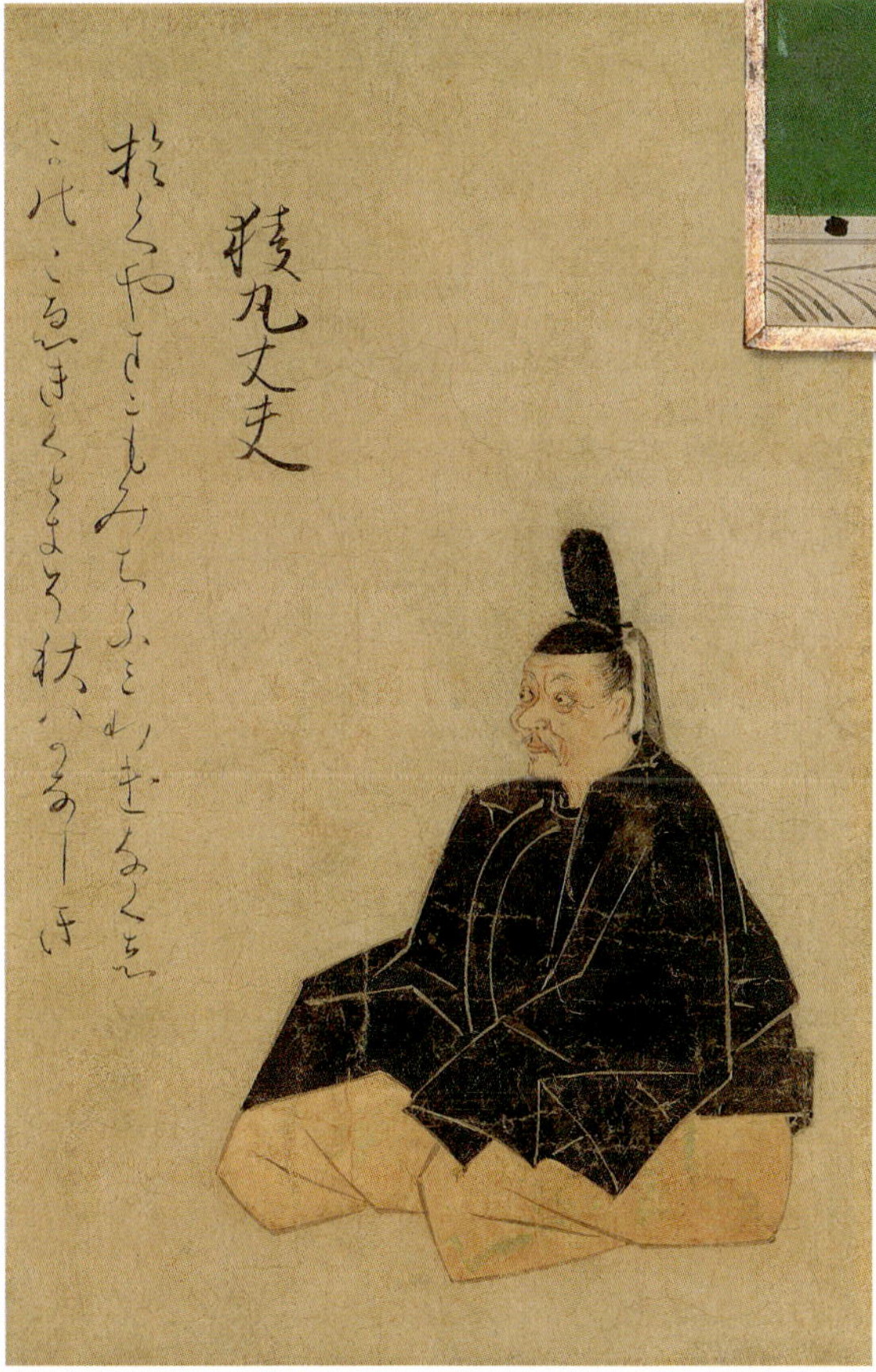

猿丸大夫像（『業兼本三十六歌仙絵』）　歌を平業兼が書き、絵を藤原信実が描いたと伝える歌仙絵巻の断簡。鎌倉時代　五島美術館所蔵

6

# 鵲《かささぎ》の 渡《わた》せる橋《はし》に 置《お》く霜《しも》の 白《しろ》きを見《み》れば 夜《よ》ぞ更《ふ》けにける　中納言家持《ちゅうなごんやかもち》

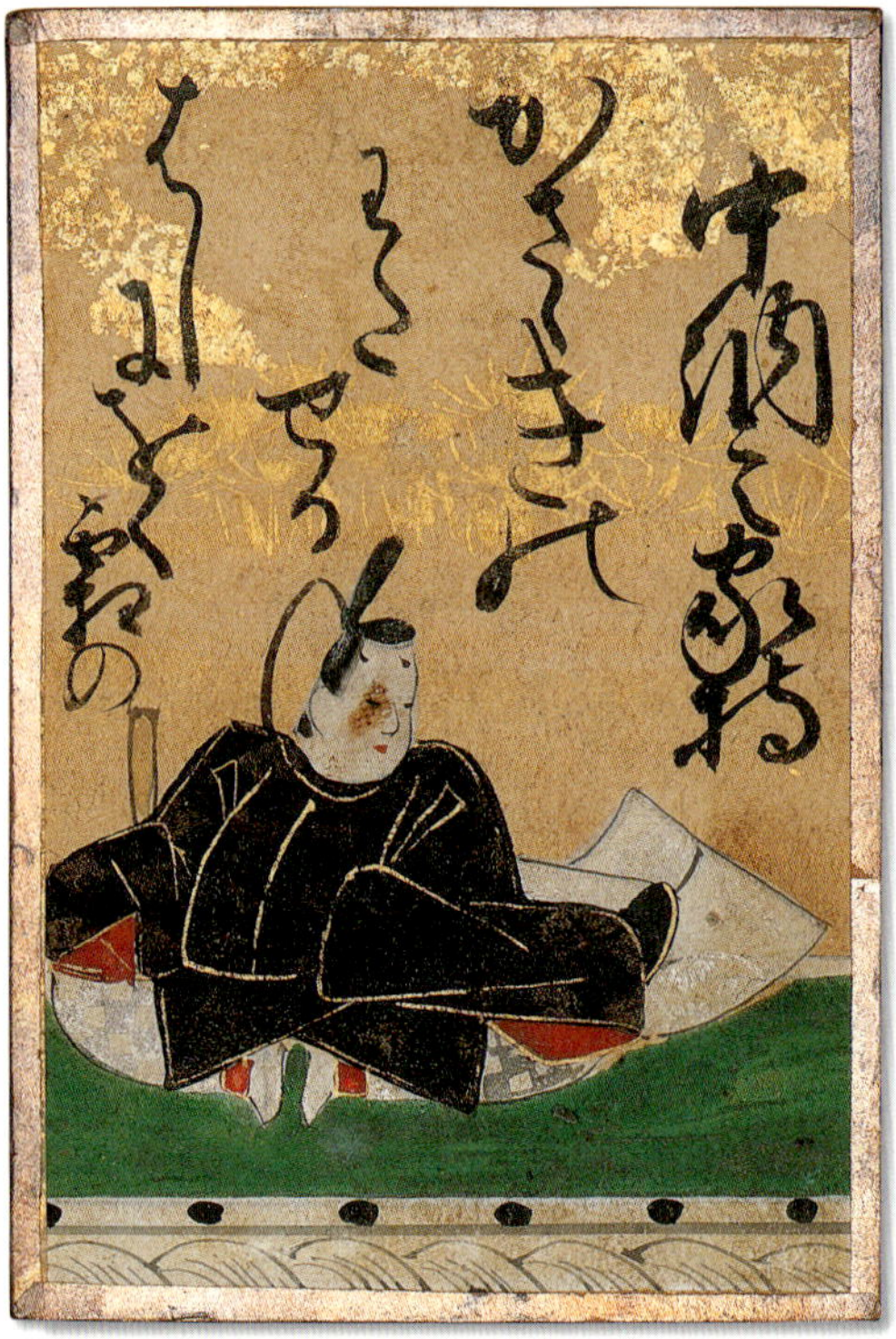

天の川にかささぎが渡した橋に置く霜が白いのを見ると、すっかり夜が更けてしまったことよ。

大伴家持（七一七?~七八五）は奈良時代の歌人で、大伴旅人《たびと》の子。『万葉集』編纂に深く関わったと推定され、長歌四六首、短歌四三一首など多くの作品が残る。三十六歌仙の一人。家集『家持集』は仮託されたもので、他の『万葉集』の歌からなる。

家持は、『拾遺集』『新古今集』で撰ばれた万葉歌人だが、この歌は実作ではない。鵲が羽を並べて天の川に橋を架けるという伝承をふまえる。天の川は普通、七夕の歌として詠まれるが、これは冬の歌で、天の川を霜の白さに喩《たと》えている。『新古今集』冬歌では、「題知らず」となっている。

葛飾北斎筆『乳母か絵説 中納言家持』 歌の主題に当時の風俗や和漢の故事を重ねて描く。船の甲板の上を3羽の鵲（かささぎ）が飛ぶ。中央の半島は橋に見立てたものか。江戸時代 町田市立国際版画美術館所蔵

7 天《あま》の原《はら》 振《ふ》りさけ見《み》れば 春日《かすが》なる
三笠《みかさ》の山《やま》に 出《い》でし月《つき》かも 安倍仲麿《あべのなかまろ》

大空を振り仰いで見ると、平城京の東方の春日の地にある三笠の山から出たのと同じ月が上っているなあ。

安倍仲麿（六九八？〜七七〇）は奈良時代の歌人。養老元年（七一七）遣唐留学生として中国に渡り、帰国できずに没した。

かつて故郷で見た月を詠んで望郷の思いを表した歌とされ、『古今集』羇旅歌《きりよのうた》に、「唐土《もろこし》にて月を見てよみける」とある。左注には、仲麿が中国から帰国しようとした際、明州（中国浙江省寧波《ニンポー》）の送別の宴で詠んだ歌、と語り伝えているとあり、歌にちなむ説話になっていたようだ。実際、『土佐日記』にも、一句を「青海原《あをうなばら》」として、この歌を引いている。「三笠の山」は奈良県の歌枕で、平城京からはちょうど東方に見える。

8 我《わ》が庵《いほ》は 都《みやこ》のたつみ しかぞ住《す》む
世《よ》を宇治山《うぢやま》と 人《ひと》は言《い》ふなり 喜撰法師《きせんほうし》

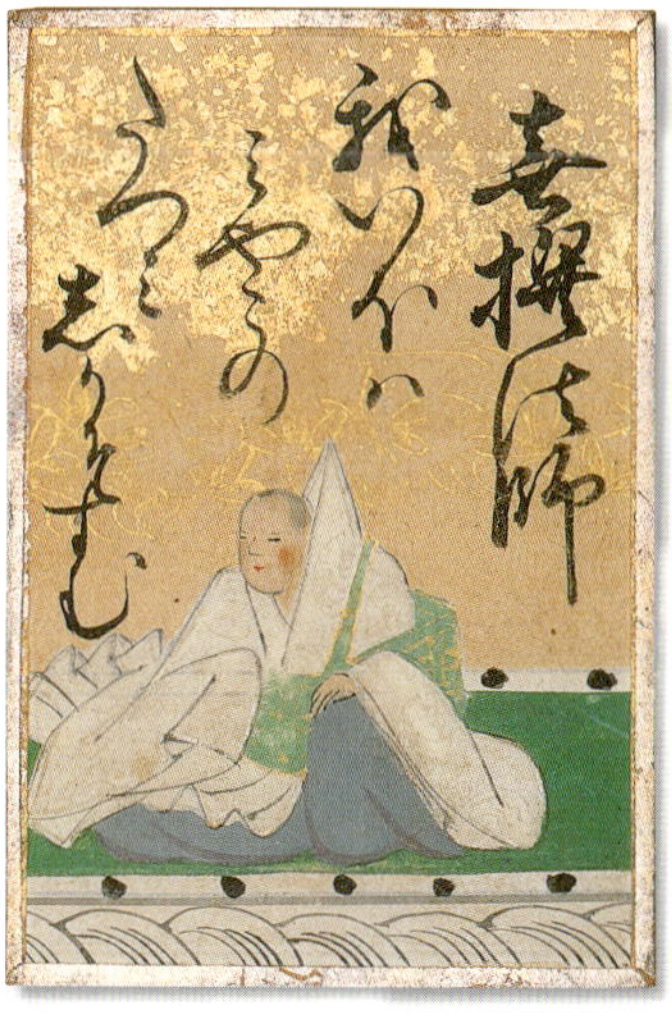

私の庵は都の東南にあって、こうして心静かに住んでいる。ところが、世を嫌って住む宇治山だと人は言うそうだ。

喜撰法師は伝未詳。六歌仙の一人で、『古今集』「仮名序」には、この人の歌は言葉が不明確で、一首のまとまりを欠くと批判されている。『倭歌作式《わかさくしき》』（『喜撰式』）の作者に仮託される。

「宇治山」は京都府宇治市にあり、平安京から見て東南にあたる。代表的な歌枕で、この「世を憂（し）」「宇治山」の掛詞のように、「憂し」と掛けることが多い。出家した人が閑居する隠棲の地となっていたからである。「しか」の指示する内容には諸説があるが、作者自身の隠棲生活を指すと解釈した。『古今集』雑歌下に、「題知らず」として見える。

9

# 花《はな》の色《いろ》は 移《うつ》りにけりな いたづらに 我《わ》が身世《みよ》にふる ながめせしまに

小野小町《おののこまち》

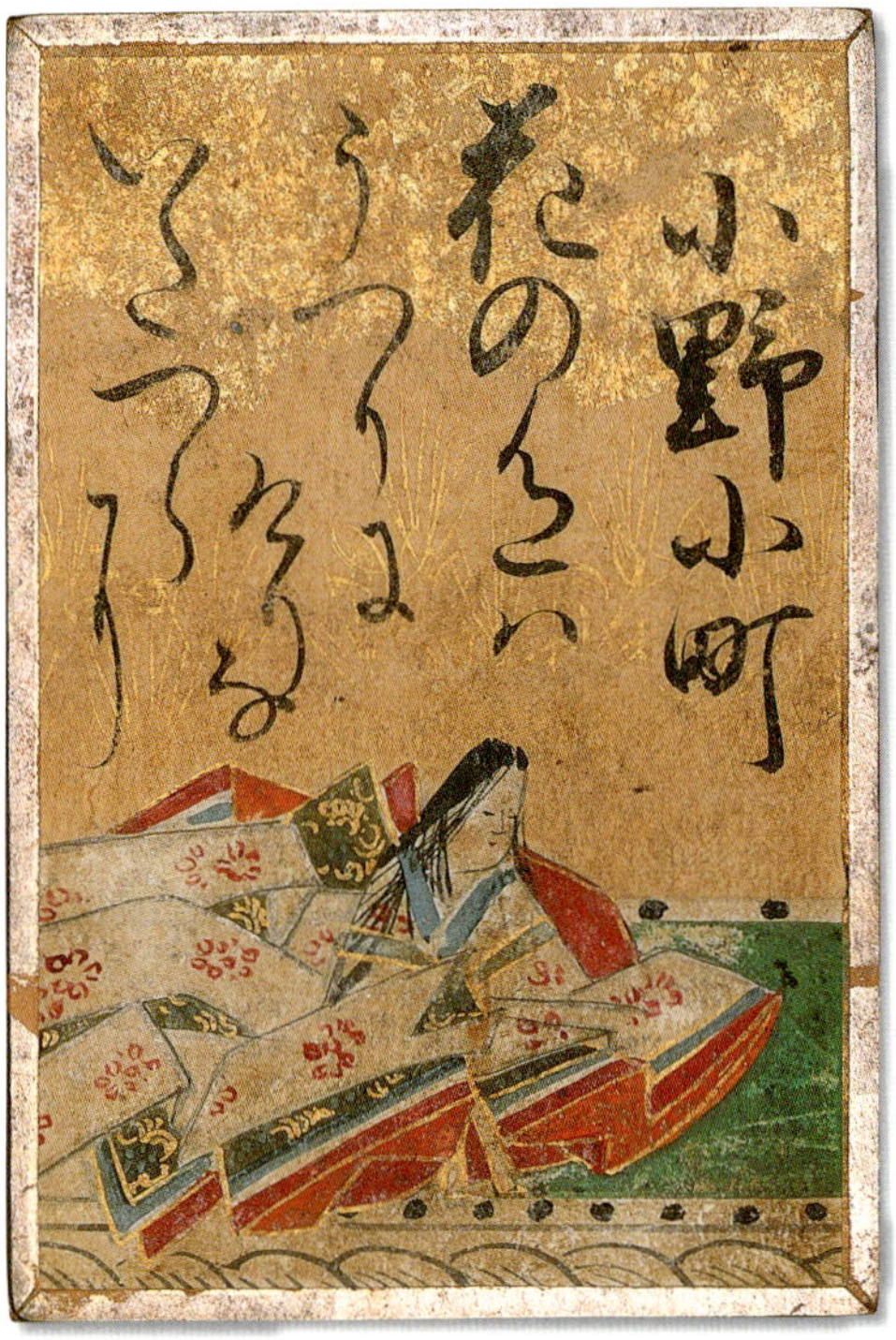

『古今集』春歌下に、「題知らず」として見える。そこでは「散る花」の歌群に配列しているので、この「花」は桜の花を指す。しかし、単なる自然詠ではなく、「花の色」は作者自身の容色を喩えていると考えられてきた。「降る」と「経る」、「長雨」と「眺め」が掛詞で、「降る」「長雨」は縁語になる。それらの修辞を駆使して、桜の花が色あせてゆく事態と作者自身の容色が衰えてゆく様子を重ね合わせているのである。「いたづらに」の掛かり方には諸説があるが、一・二句と四・五句のそれぞれに掛かると解釈した。

小町の歌は、八代集の中では、『古今集』に一八首、『後撰集』に四首、『新古今集』に六首撰ばれているが、実作と考えられるのは、『古今集』に入った歌だけで、その後の入集歌は小町伝承が次第に成長してゆく過程で、小町に仮託された歌だったのではないかと思われる。

『古今集』に撰ばれた小町の歌には、大きく二つの傾向がある。一つは、掲載歌のように、当時としては新しい修辞であった掛詞と縁語を駆使して詠んだ歌群である。例えば、

**みるめなき我が身を浦と知らねばやかれなで海《あ》人《ま》の足たゆく来る**　（恋歌三）

逢う機会のない私は海松布《みるめ》の生えない海岸のようだが、そうと知らないので、遠ざかることもなくて、漁師でもないあの人は足がだるくなるほどやって来るのか。

桜の花の色はむなしくあせてしまったことよ。私が物思いをしてぼんやり世を過ごしていた間に、長雨が降って。

小野小町は伝未詳。平安初期の歌人で、六歌仙・三十六歌仙の一人。『古今集』の「仮名序」には、古代の衣通姫《そとおりひめ》の流れを継ぐ人で、その歌は哀切感があるが強くはなく、美女が病気で悩む姿に似るとする。衣通姫は、衣を通して肌が照り輝くほどだったと言われる美女。家集『小町集』があるが、種々の伝承を生んだ、謎の多い歌人として知られている。

といった歌が挙げられる。海松布の生えない海岸が鮮明なイメージで詠まれている。自然の風景に恋愛の情況を重ねることによって、揺れ動く恋心が心象風景としてかたどられている。

もう一つは、夢を詠んだ歌群である。例えば、

**思ひつつ寝《ぬ》ればや人の見えつらむ夢と知りせば**
**覚めざらましを**　（恋歌二）

**思い思いして寝るので、あの人が夢に見えたのだろうか。その時にこれが夢だと知っていたなら、目が覚めないでいただろうに。**

などの歌が見つかる。どの歌も、現実には逢えない恋人に夢の中だけでも逢いたいとする気持ちが表現されている。恋人は非常に身分の高い人だったのではないかと推測する説もある。

その他、『古今集』には、恋歌二に安倍清行《きよゆき》、雑歌下に22の作者文屋康秀《ふんやのやすひで》と交わした贈答歌が見られる。そうしたこともあってか、男性との恋愛関係の話が増幅したらしい。美貌であった小町が零落したという説話は、『玉造小《たまつくりこ》町子《まちし》壮衰《そうすい》書《しょ》』で広く流布する。やがて小町老女説話は謡曲の中に花開き、観阿弥《かんあみ》作の『卒都婆《そとば》小町』に至る。さらには、小町が死んで髑髏《しゃれこうべ》になったというグロテスクな話も好んで語られた。また、秋田県をはじめとして、小町伝説を持つ場所は多く、小町の話が修験者や文人を通して、地方に普及していった様子が明らかにされている。

小野小町像（『佐竹本三十六歌仙絵』）唐衣裳（からぎぬも）の女房の正装を後ろ姿で描く。鎌倉時代　個人所蔵　画像提供東京国立博物館

10

# これやこの 行《ゆ》くも帰《かへ》るも 別《わか》れては 知《し》るも知《し》らぬも 逢《あふ》坂《さか》の関《せき》

蟬《せみ》丸《まる》

これがまあ、この、東国へ行く人も都へ帰る人も別れては、知る人も知らない人も逢うという、逢坂の関であるよ。

蟬丸は逢坂の関に庵を結んで暮らしたが、伝未詳。敦《あつ》実《ざね》親王の雑色《ぞうしき》（雑役をする召使い）、醍醐《だいご》天皇の皇子などと素性が語られ、盲目で和歌と琵琶に優れていたと伝えられる。

この歌の「逢坂の関」は京都府と滋賀県の境にある関所で、歌枕。「知るも知らぬも逢」「逢坂」の掛詞のように、「逢ふ」と掛けることが多い。『後撰集』雑一に、「逢坂の関に庵室を作りて住み侍りけるに、行き交ふ人見て」と見え、三句は「別れつつ」とする。『源氏物語』の「関屋」の巻で、光源氏と空《うつ》蟬《せみ》が出逢ったのもこの場所であった。

11

# わたの原《はら》 八《や》十《そ》島《しま》かけて 漕《こ》ぎ出《い》でぬと 人《ひと》には告《つ》げよ 海《あ》人《ま》の釣《つり》舟《ぶね》

参《さん》議《ぎ》篁《たかむら》

大海原の多くの島を目指して、舟を漕いで出たと、都のあの人には告げてくれ、漁師の釣舟よ。

小野篁（八〇二～八五二）は小野岑守《みねもり》の子。遣唐副使に任ぜられたが、病気と偽って乗船せず、承和五年（八三八）、隠岐《おき》の国に流罪。召還後は参議となった。漢学に優れ、機知を示す説話も多く、『篁物語』の主人公。

『古今集』羇旅歌《きりょのうた》に、「隠岐の国に流されける時に、舟に乗りて出《い》で立つとて、京なる人のもとにつかはしける」と見える。隠岐の国に流罪になった時に、舟で出発する際に、都にいる人のもとに送ったという。難波《なにわ》出帆説と出雲《いずも》出帆説があり、「八十島」も瀬戸内海の島々と隠岐群島とに分かれる。「八十島」「海人の釣舟」など、『万葉集』以来の歌語が見える。

12

# 天《あま》つ風《かぜ》 雲《くも》の通《かよ》ひ路《ぢ》 吹《ふ》き閉《と》ぢよ をとめの姿《すがた》 しばしとどめむ　僧正遍昭《そうじょうへんじょう》

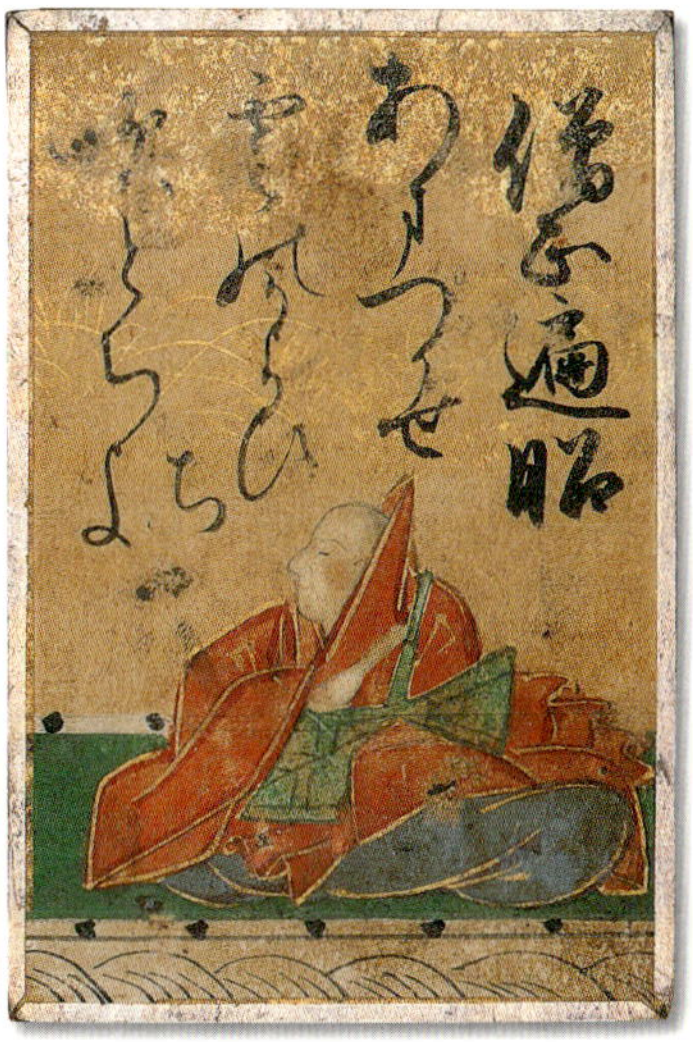

天を吹く風よ、雲の中にある天へ帰ってゆく通り路を吹き閉じてくれ。五節《ごせち》の舞を舞う美しい天女の姿を、もうしばらく地上《ここ》にとどめておきたいと思うから。

僧正遍昭（八一六～八九〇）は桓武《かんむ》天皇の皇孫で、俗名は良岑 宗貞《よしみねのむねさだ》。嘉祥三年（八五〇）、仁明《にんみょう》天皇崩御に伴って出家した。仁和元年（八八五）、僧正になる。六歌仙・三十六歌仙の一人で、『古今集』の「仮名序」には、詠みぶりは見事だが、真実味が足りないとする。素性《そせい》法師は子。

「五節」は新嘗会《しんじょうえ》や大嘗会《だいじょうえ》に宮中で行われた少女の舞楽のことで、「舞姫」を「をとめ」（天女）に見立てた機知が優れている。『古今集』雑歌上に、「五節の舞姫を見てよめる　良岑宗貞」と見え、出家前に詠んだ歌とするが、掲載歌は僧正遍昭。

13

# 筑波嶺《つくばね》の 峰《みね》より落《お》つる みなの川《がは》 恋《こひ》ぞ積《つ》もりて 淵《ふち》となりける　陽成院《ようぜいいん》

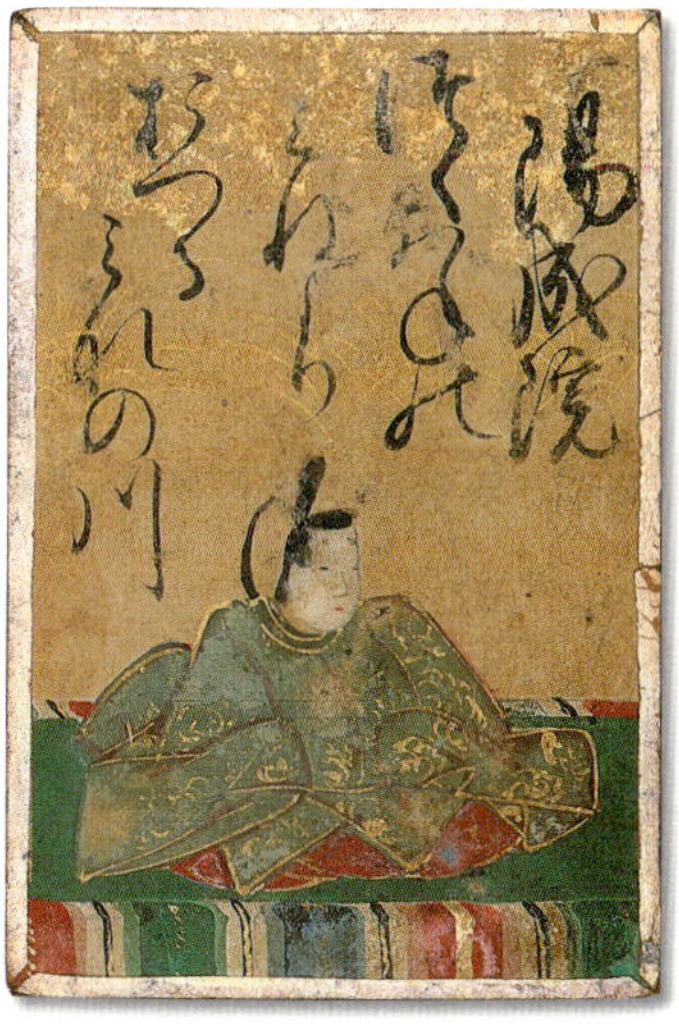

筑波山の峰から流れ落ちる水が集まってみなの川になるように、私の恋は積もって、今では淵のような深い思いになったことだ。

陽成院（八六八～九四九）は第五七代の天皇。清和《せいわ》天皇の皇子で、母は二条の后藤原高子《たかいこ》。若くして即位したが、奇行のため、太政大臣藤原基経《もとつね》によって譲位させられ、勅撰集入集はこの一首のみ。

『後撰集』恋三に、「釣殿の皇女《みこ》につかはしける」として入る。「釣殿の皇女」は15の作者光孝《こうこう》天皇の皇女で、陽成天皇の妃綏子《すいし》内親王のこと。「筑波嶺」「みなの川」は茨城県の山と川で、ともに歌枕であり、三句までは下の句に掛かる序詞《じょことば》になっている。恋が積もって淵になったという発想が奇抜である。

14

# みちのくの しのぶもぢずり 誰《たれ》ゆゑに 乱《みだ》れそめにし 我《われ》ならなくに

河原左大臣《かわらのさだいじん》

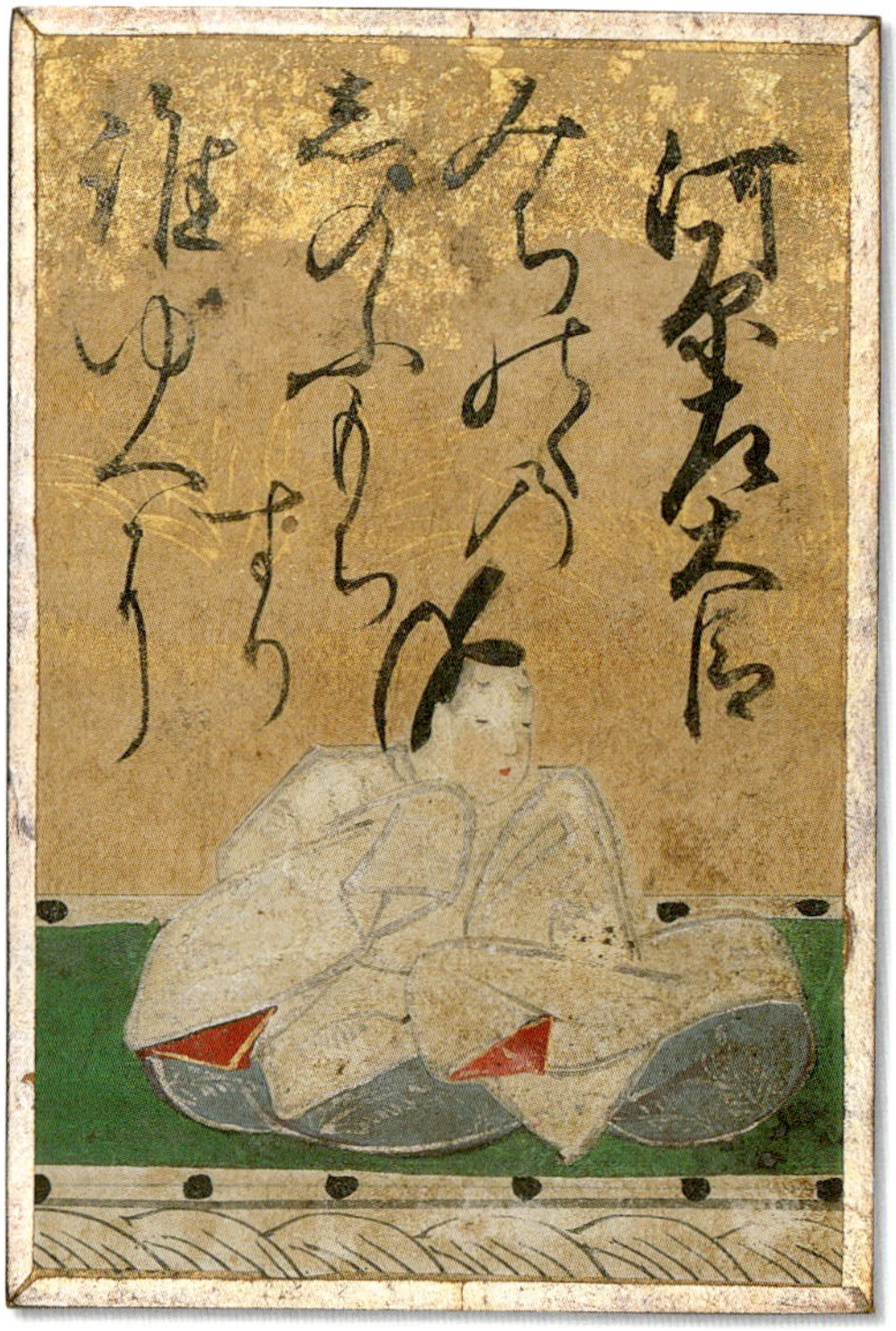

奥州の信夫地方に産する忍ぶ草ですり染めにした乱れ模様のように、あなた以外の誰かのために心が乱れはじめた私ではなく、すべてあなたのことを思ってであるのに。

源融《みなもとのとおる》(八二二〜八九五)は、嵯峨《さが》天皇の皇子であったが、仁明天皇の養子となって臣籍に降下し、源姓を名のる。貞観一四年(八七二)、左大臣になり、奥州塩釜の風景を模した河原院《かわらのいん》に住んだので、河原左大臣と呼ばれた。47の歌は、一世紀近く後に、河原院の荒廃を詠んだものである。

この歌は、『古今集』恋歌四に「題知らず」と見え、四句は「乱れむと思ふ」(乱れようと思う)になっている。「題知らず」だが、融の愛情を疑ってきた女性に対して詠み贈った歌で、あなたゆえに心が乱れはじめた、と切り返したものではないかと思われる。

二句の「しのぶもぢずり」は難解な語だが、地名「信夫」に「忍ぶ(草)」を掛けたと見る。「信夫」は福島市辺りの地名で、歌枕。「忍ぶ草」はシダ類の一種で、荒れ果てた場所に生える草として詠まれる。「もぢずり」は草を布の上に置き、石で摺り付けて染めるものとされ、その模様が乱れ模様になることから、二句までは「乱れ」を導きだす序詞になる。

『伊勢物語』第一段では、男が元服して奈良の都春日《かすが》の里に鷹狩りに行き、そこに暮らす姉妹を垣間見て、「春日野の若紫のすりごろもしのぶの乱れ限り知られず」と詠みかけた。三句までは序詞で、恋い慕って耐えしのぶ心の乱れは限りないと訴えるが、この歌が踏まえた歌として14が引用されていて、早くから有名になっていたことが知られる。

河原院は塩釜の風景を模していたが、寛平七年(八九五)に融が亡くなった後に紀貫之《きのつらゆき》が訪ね、「君まさで煙《けぶり》絶えにし塩釜のうらさびしくも見え渡るかな」(古今集・哀傷歌)と詠んだ。融が亡くなって、塩を焼く煙が絶えた塩釜の浦が心寂しく見渡される、と悲痛な気持ちを吐露している。

15

## 君《きみ》がため 春《はる》の野《の》に出《い》でて 若菜摘《わかなつ》む 我《わ》が衣手《ころもで》に 雪《ゆき》は降《ふ》りつつ　光孝天皇《こうこうてんのう》

あなたのために、春の野に出て若菜を摘む私の袖に、しきりに雪は降りかかってくることだ。

光孝天皇（八三〇〜八八七）は第五八代天皇。仁明天皇の皇子で、母は藤原沢子《たくし》。藤原基経《もとつね》の尽力によって元慶八年（八八四）に五五歳で即位、仁和《にんな》の帝《みかど》とも呼ばれ、家集『仁和御集』がある。

『古今集』春歌上に、「仁和の帝、親王《みこ》におはしましける時に、人に若菜賜《たま》ひける御歌」と見え、光孝天皇がまだ時康《ときやす》親王と呼ばれた時期の歌だった。「人」が誰かは不明だが、天皇が自ら若菜を摘むというのは儀礼的な挨拶の気持ちを表している。新春には、若菜を食べて邪気を払う習慣があった。

16

## 立《た》ち別《わか》れ 因幡《いなば》の山《やま》の 峰《みね》に生《お》ふる まつとし聞《き》かば 今帰《いまかへ》り来《こ》む　中納言行平《ちゅうなごんゆきひら》

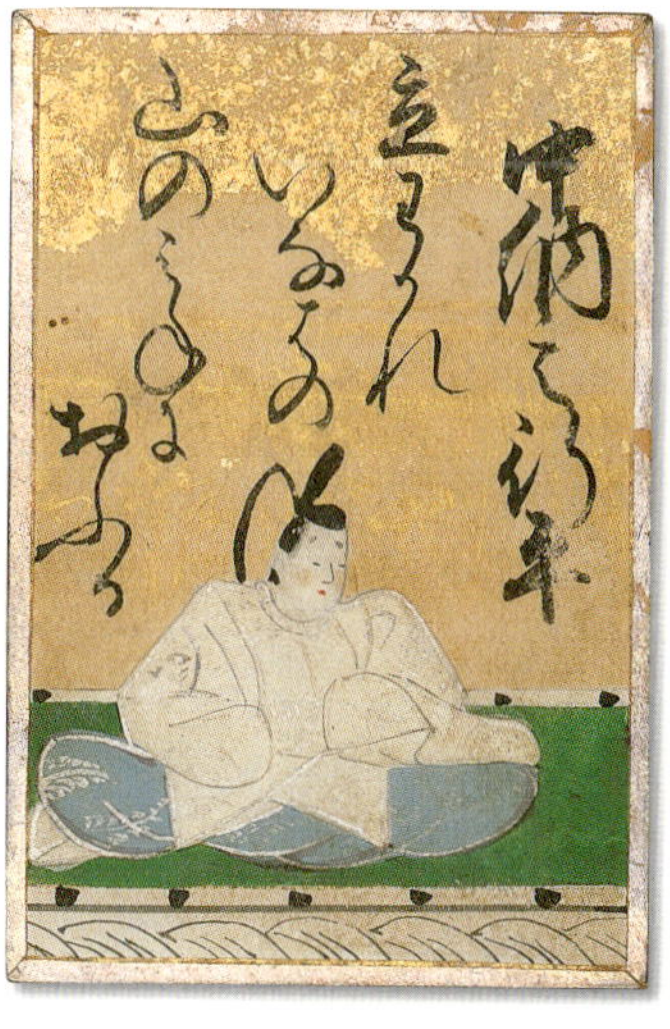

今はこうして別れて行くけれど、因幡の山に生える松ではないが、待つと聞いたら、今すぐに帰って来よう。

在原《ありわら》行平（八一八〜八九三）は、平城《へいぜい》天皇の皇子阿保《あぼ》親王の子で、17の作者在原業平《なりひら》の異母兄。主催した「在民部卿家歌合」は現存最古の歌合として知られる。

『古今集』離別歌に、「題知らず」として載る。行平は斉衡二年（八五五）正月に因幡守《いなばのかみ》として赴任したので、送別の宴で挨拶に詠んだ歌ではなかったかと思われる。「去《い》なば」と「因幡」、「松」と「待つ」の掛詞をはさみ込んで、二句・三句の「まつ」を導きだす序詞が巧みである。「因幡」は鳥取県の一部。

# 17 ちはやぶる 神代《かみよ》も聞《き》かず 竜田川《たつたがは》 韓紅《からくれなゐ》に 水《みづ》くくるとは

在原業平朝臣《ありわらのなりひらあそん》

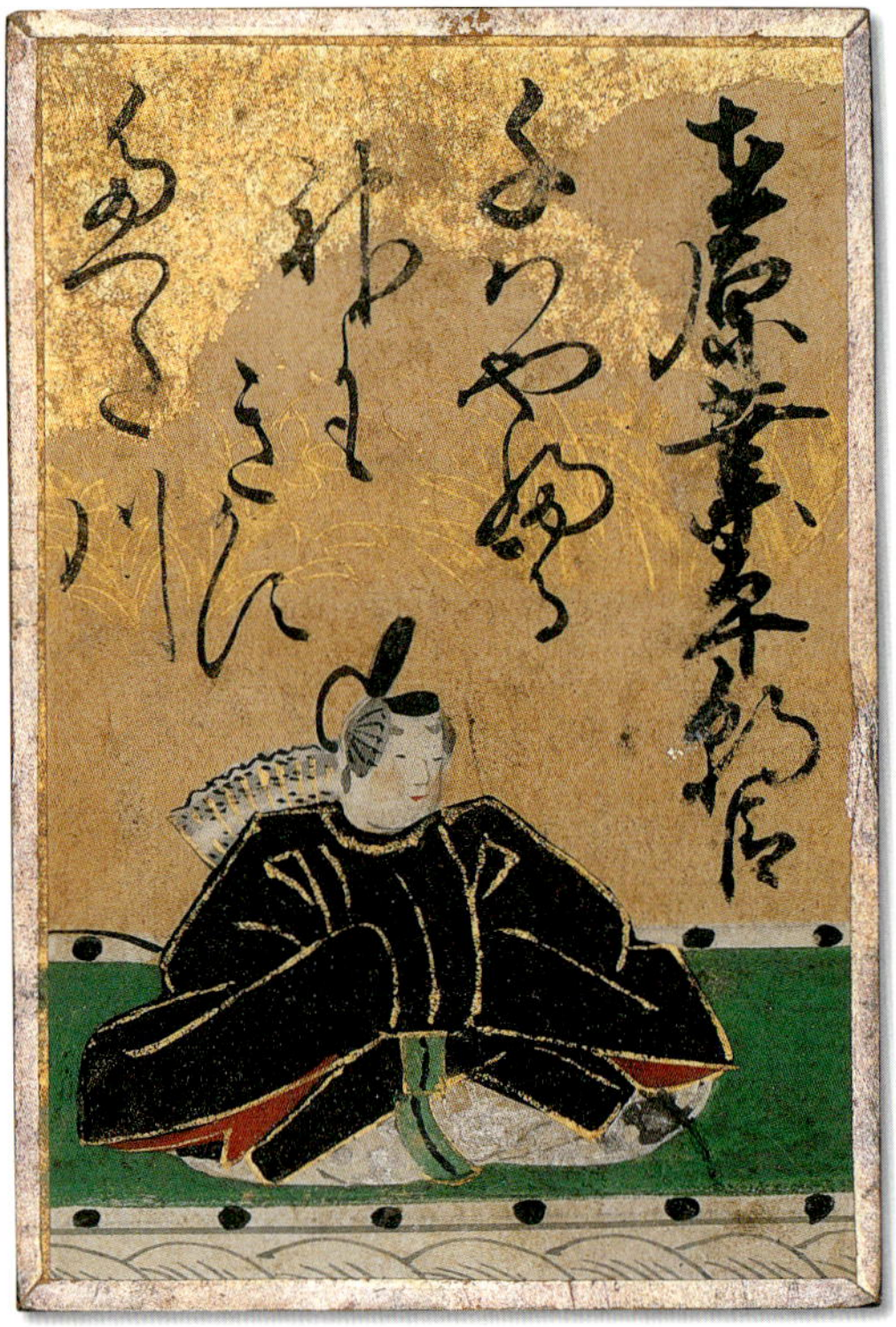

不思議なことが多かった、遠い神々の御代にも聞いたことがない。竜田川が紅葉によって鮮やかな濃い紅色に、川の水を絞り染めにするとは。

在原業平（八二五～八八〇）は平城《へいぜい》天皇の皇子阿保親王の子で、母は桓武《かんむ》天皇の皇女伊都《いと》内親王。在原行平の異母弟。六歌仙・三十六歌仙の一人で、『業平集』がある。歌物語『伊勢物語』の主人公に擬されている。

この歌は、『古今集』秋歌下に、「二条の后の春宮《とうぐう》の御息所《みやすどころ》と申しける時に、御屏風《びやうぶ》に、竜田川に紅葉流れたる形《かた》を描けりけるを題にてよめる」とある。藤原高子《たかいこ》が春宮の母御息所といった時に、屏風に、竜田川に紅葉が流れている絵を描いてあったのを題として詠んだ歌である。「春宮」は13の歌の作者陽成院《ようぜいいん》のことである。素性《そせい》法師が詠んだ、「もみぢ葉の流れてとまる港には紅深き波や立つらむ」に続いているので、同じ屏風絵を題材に詠んだ歌であったことが知られる。

「ちはやぶる」は「神」に掛かる枕詞、全体を大胆な倒置法でまとめる。竜田川は奈良県の歌枕で、「紅葉」の名所。69の歌にも見える。「韓紅」は舶来の紅を言い、鮮やかな紅色だった。『古今集』に「韓紅の振《ふ》り出でて」（夏歌）という序詞があるように、染色する際に布を振り動かした。「くくる」は括《くく》り染めにするという意味で、糸で布を括り、部分的に白く染め残す染色法である。この歌は、古い神話や新しい染色法を引き合いに出して、過剰なまでに竜田川の紅葉の美しさを讃美したところに眼目がある。なお、五句は「くくる」ではなく、古くは「くぐる」と濁音で読んで、紅葉の下を水が潜《くぐ》るという意味に解釈する説があり、編者定家《さだいえ》もこの説をとっていたと思われる。

この歌は、『伊勢物語』第一〇六段にも載る。しかし、「昔、男、親王《みこ》たちの逍遥したまふ所にまうでて、竜田川のほとりにて」とあり、実際に竜田川の辺《ほと》りに行って詠んだ歌になっている。

竜田の紅葉 藤井金治撮影

実は『古今集』の詞書《ことばがき》に見える二条の后高子は、清和《せいわ》天皇の女御として入内《じゅだい》する前に、業平と関係があったことは公認だった。しかし、『伊勢物語』では、高子との恋愛と「ちはやぶる」の詠歌はまったく関係のないものになっているのである。

そもそも、業平は『古今集』の中でも、大胆な歌風で知られた歌人で、こんな歌がある。

**世の中に絶えて桜のなかりせば春の心はのどけからまし**（春歌上）

この世の中にまったく桜がなかったならば、春における人の心はのんびりとしたものだろうに。

大阪府枚方《ひらかた》市にあった惟喬親王《これたかのみこ》の別邸渚《なぎさ》の院で桜の花を見て詠んだ歌である。この反実仮想は、桜への執着が断ちがたいという事実を明らかにしてしまうのではないか。この歌は、『伊勢物語』第八二段では渚の院の宴席歌として詠まれ、『土佐日記』では淀川を舟で遡上する際の話題になっている。ただし、後者で引用された際、三句は「咲かざらば」である。それほど話題を集めた歌なのである。

こうしたかたちで業平の歌を取り込みながら、主人公を「男」に設定したのが、『伊勢物語』である。「在五《ざいご》中将《ちゅうじゃう》の日記」（『狭衣《さごろも》物語』）と言うように、業平自身の日記とも見なされた。実際、『古今集』の業平の作を含み、「在五中将」「在原なりける男」などの呼称も見つかる。業平を匂わせながら、さらに多くの歌を含み込んで虚構化した作品だったのである。『古今集』の「仮名序」では「その心余りて、言葉足らず」と批評されているが、その不足した言葉を補ってゆこうとするところに、こうした歌物語の生まれる契機があったと思われる。

歌川国芳筆『百人一首之内 在原業平朝臣』 天保年間（1830～1844）の作で、作者を画中に入れて歌の内容を描く。江戸時代 那珂川町馬頭広重美術館所蔵

18

# 住《すみ》の江《え》の 岸《きし》に寄《よ》る波《なみ》 夜《よる》さへや 夢《ゆめ》の通《かよ》ひ路《ぢ》 人目《ひとめ》よくらむ

藤原敏行朝臣《ふじわらのとしゆきあそん》

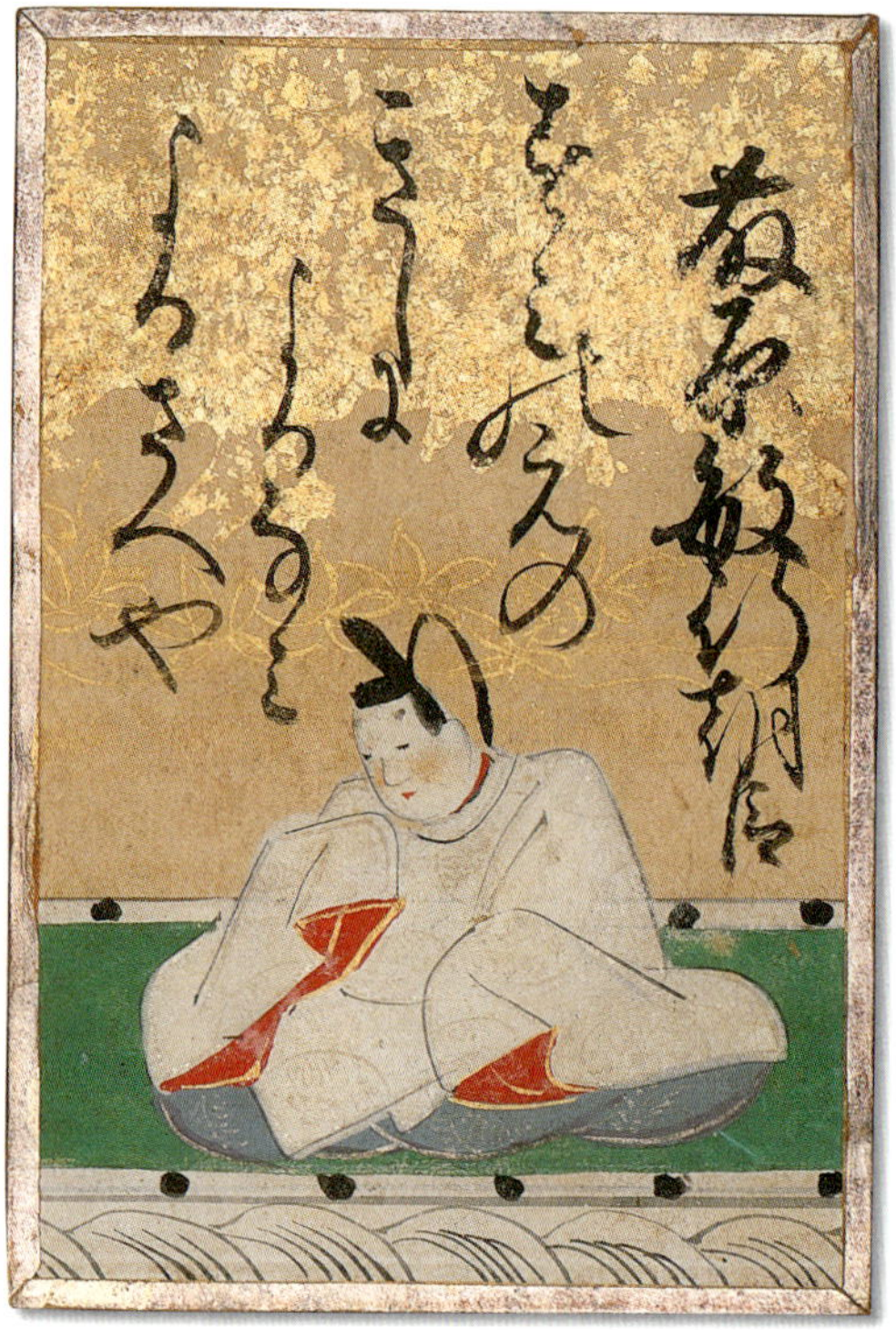

住の江の岸に寄る波ではないが、昼はともかく夜までも、夢の中の通い路で、どうしてあの人は人目を避けて現れてはくれないのだろうか。

藤原敏行（?～九〇一?）は藤原富士麿の子で、母は紀名虎女《なとらのむすめ》。各地受領を歴任したが、和歌と書道に巧みで、いくつかの歌合に出詠している。三十六歌仙の一人で、家集『敏行集』がある。

二句までが「寄る」の同音反復で「夜」を導きだす序詞になっている。「住の江」は大阪市の住吉神社辺りの入江で、歌枕。「松」「忘れ草」「波」が景物になることが多い。ここも「波」を詠むが、単なる修辞ではなく、入江に繰り返し寄せる波は、恋しい人に寄せる思いをなぞらえている。現実だけでなく、夢の中でも訪れてくれないことを恨むので、女性の立場になって詠んだ歌と見ていい。

『古今集』恋歌二に、「寛平御時后宮《くわんぴやうのおほんときさいのみやの》歌合の歌」と見える。「寛平御時后宮歌合」は、宇多《うだ》天皇の生母班子《はんし》女王が主催した歌合で、寛平五年（八九三）九月以前に行われ、総計二〇〇首に及ぶ。この歌合にはこの時期の代表的歌人が顔を揃えていて、『古今集』には五五首が入っている。

確かに、この歌合に詠まれた歌には、次のような名歌が多い。

**谷風にとくる氷のひまごとにうち出《い》づる波や春の初花**　（春歌上・源当純《まさずみ》）

谷から吹く風のために解ける氷の隙間ごとにほとばしり出る波頭は、春になって咲く最初の花なのか。

**み吉野の山の白雪踏み分けて入りにし人の訪れもせぬ**　（冬歌・壬生忠岑《みぶのただみね》）

吉野の山の白雪を踏み分けて、隠棲しようと考え、山奥に入ってしまったあの人の便りも、今はないことだ。

19

# 難波潟《なにはがた》 短《みじか》き葦《あし》の 節《ふし》の間《ま》も 逢《あ》はでこの世《よ》を 過《す》ぐしてよとや 伊勢《いせ》

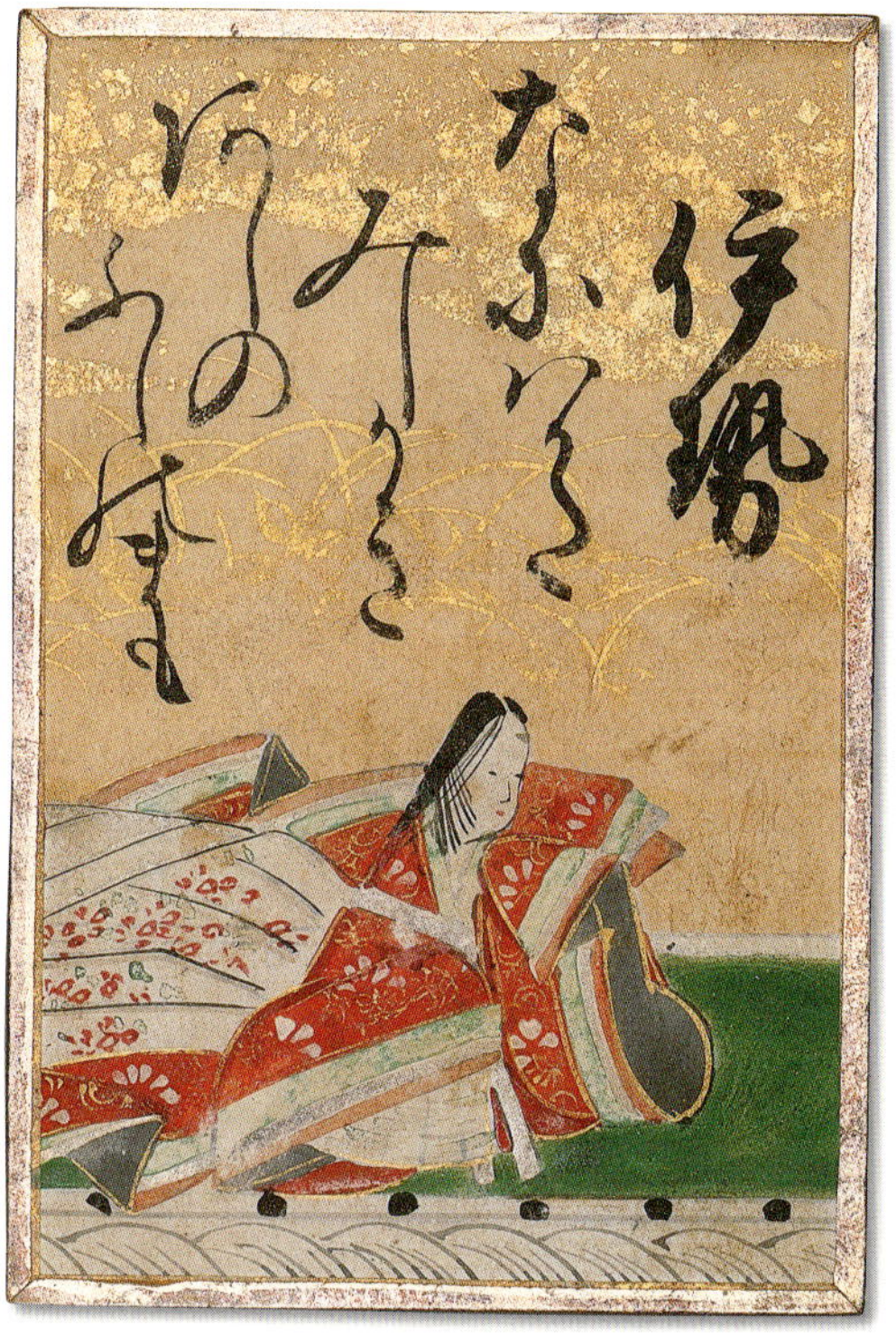

難波潟の葦の、短い節と節の間のように、ほんのわずかな間さえあなたに逢えないままで、むなしくこの世を終えてしまえと言うのか。

伊勢（八七四?~九三九?）は、『古今集』時代を代表する女性歌人。藤原継蔭女《つぐかげのむすめ》で、父が伊勢守《いせのかみ》だったので、宇多天皇に入内《じゅだい》した温子《おんし》に仕えて、伊勢と呼ばれた。三十六歌仙の一人で、家集『伊勢集』がある。

冒頭の「難波潟」は大阪湾のこと。「海人《あま》」「玉藻」「葦」が景物になるが、ここにも「葦」が詠み込まれる。二句までは「節《ふし》」を導きだす序詞で、「葦の節」から転じて、ほんの短い時間を「節の間」と言い表した。「節」と「節」の間を「節《よ》」と言うので、「世」には「節《よ》」を掛け、「葦」「節《ふし》」「節《よ》」を縁語とする。ほんの短い時間でも逢わないでいられない気持ちを、難波潟に生える葦によって鮮明に表した表現力は、やはり並はずれている。相手の男性は不明だが、逢えない恋の恨みを「逢はでこの世を過ぐしてよとや」と返す語気は強い。

『新古今集』恋歌一の「題知らず」を典拠とするが、『伊勢集』のある伝本には「秋の頃、うたて人の物言ひけるに」とあり、秋の頃、気にくわない男性が何か言ってきたのに答えた歌という。ただし、この歌は増補部分にあるので、伊勢自身の作か疑問視されている。

伊勢の人生は、まことに波乱に富むものであった。宇多天皇に入内した藤原基経女《もとつねのむすめ》 温子に出仕して、やがて温子の弟の仲平《なかひら》に愛されるようになったが、失恋して大和守《やまとのかみ》になっていた父のもとに下った。その後、再び温子に出仕して、仲平の兄の時平《ときひら》や平貞文《さだふみ》らの求愛を拒んで、宇多天皇の寵愛を受けて皇子を産むが、皇子は夭折してしまう。天皇の退位で宮廷を退くことになるが、宇多天皇の皇子敦慶《あつよし》親王に愛されて、中務《なかつかさ》を産んだ。中務はやがて、『後撰集』時代の代表的女性歌人となる。

20

侘《わ》びぬれば 今《いま》はた同《おな》じ 難波《なには》なる みをつくしても 逢《あ》はむとぞ思《おも》ふ 元良親王《もとよししんのう》

二人の関係が世間に知られ、思い悩んでしまったので、今はもう同じことだ。難波にある澪標《みおつくし》ではないが、命をかけてもあなたに逢いたいと思う。

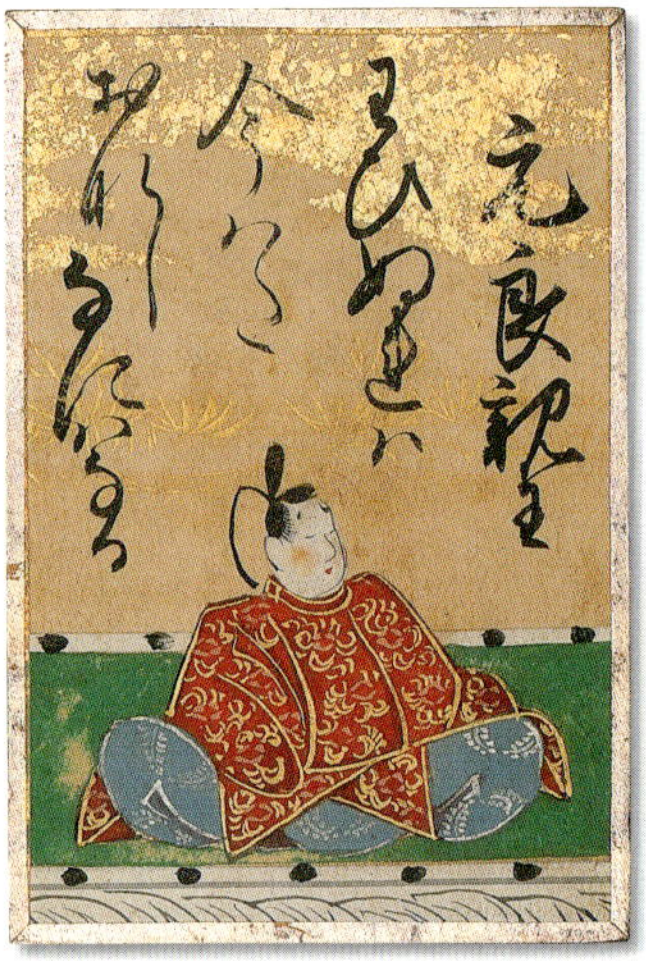

元良親王（八九〇〜九四三）は陽成天皇の皇子で、多くの妻がいたことで知られ、『大和物語』などにも話が載る。

『後撰集』恋五の「事出で来てのちに、京極御息所《きょうごくみやすどころ》につかはしける」と、『拾遺集』恋二の「題知らず」に重ねてとられている。前者によれば、「京極御息所」は藤原時平女《ときひらのむすめ》褒子《ほうし》、宇多法皇の女御で、その人との関係が発覚した後に贈った歌だったことになる。「難波」は大阪府の歌枕で、「澪標」と「身を尽くし」を掛ける。「澪標」は、海底が浅くなっている所に、船の航路を示すために立て並べた杭のことである。

21

今来《いまこ》むと 言《い》ひしばかりに 長月《ながつき》の 有明《ありあけ》の月《つき》を 待《ま》ち出《い》でつるかな 素性法師《そせいほうし》

すぐに来ようとあなたが言ったばかりに、旧暦九月の、遅く出て夜明けにも残っている月が出るのを待ち明かしてしまったことよ。

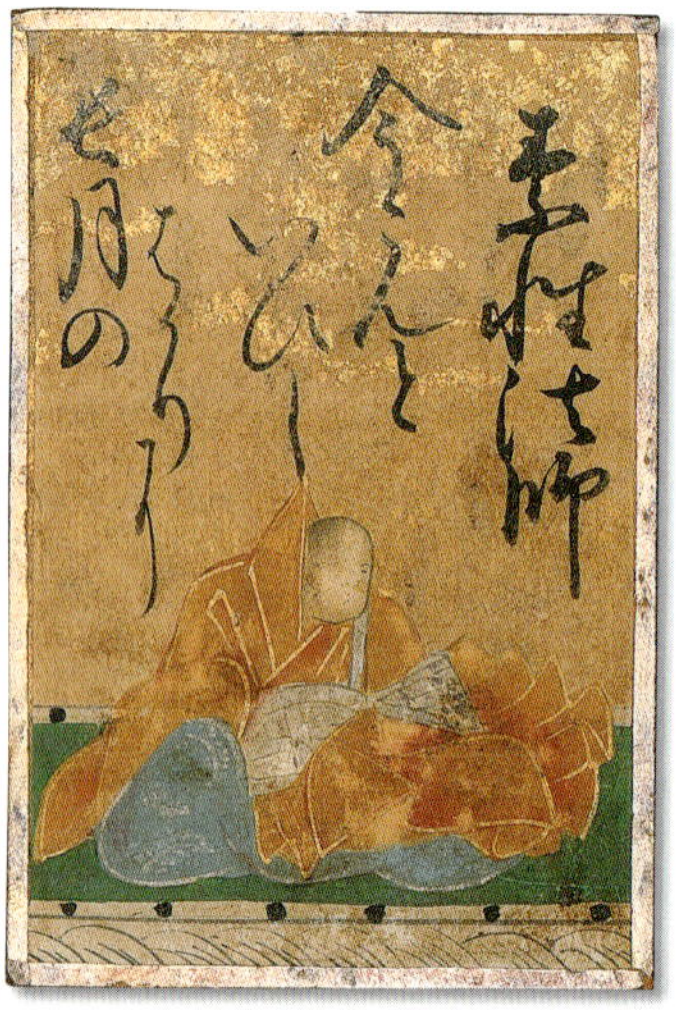

素性法師（?〜九〇九?）は、俗名は良岑玄利《よしみねのはるとし》。出家して雲林院《うんりんいん》に住み、和歌と書道を得意とした。三十六歌仙の一人で、『素性集』がある。父は僧正遍昭。

この歌は、『古今集』恋歌四に「題知らず」と見える。作歌の情況は不明だが、作者が女性の立場になって詠んだ歌である。「今来む」という甘い言葉に引かれて、男性が訪れて来る宵はおろか、秋の長い夜を明け方の月が出るまで待ってしまった、というのである。

22

# 吹《ふ》くからに 秋《あき》の草木《くさき》の しをるれば むべ山風《やまかぜ》を あらしと言《い》ふらむ

文屋康秀《ふんやのやすひで》

五句の「あらし」は「荒らし」と「嵐」を掛け、「嵐」という漢字を「山・風」に分解した機知が巧みである。これは漢詩の字訓詩や離合詩の技巧に影響された詠み方で、作者の漢学の才能をよく示している。

『古今集』秋歌下に、「是貞《これさだの》 親王《みこの》 家《いへの》歌合の歌」と見える。『古今集』には、やはり康秀がこの歌合に出詠した歌が載っている。

**草も木も色変はれどもわたつ海の波の花にぞ秋なかりける**　（秋歌下）

秋になると、草も木も色が変わるけれども、海の波の花には秋がなくて、色が変わらないことだった。

これは、李白の漢詩を踏まえているという説がある。

『古今集』の康秀の歌には、二条の后高子《たかいこ》が正月三日、御前に呼んだ折、日は照りながら頭に雪が降りかかるのを見て詠ませた歌、やはり高子がめどはぎ（萩に似たマメ科の多年草）に削り花を挿してあったのを詠ませた歌がある。どちらも高子の産んだ陽成《ようぜい》天皇が春宮《とうぐう》の時代のことであった。その他にも、仁明天皇の一周忌に詠んだ歌も見つかる。康秀は官位は高くなかったが、和歌の巧みさで上流貴顕と関わった歌人であったと言えよう。

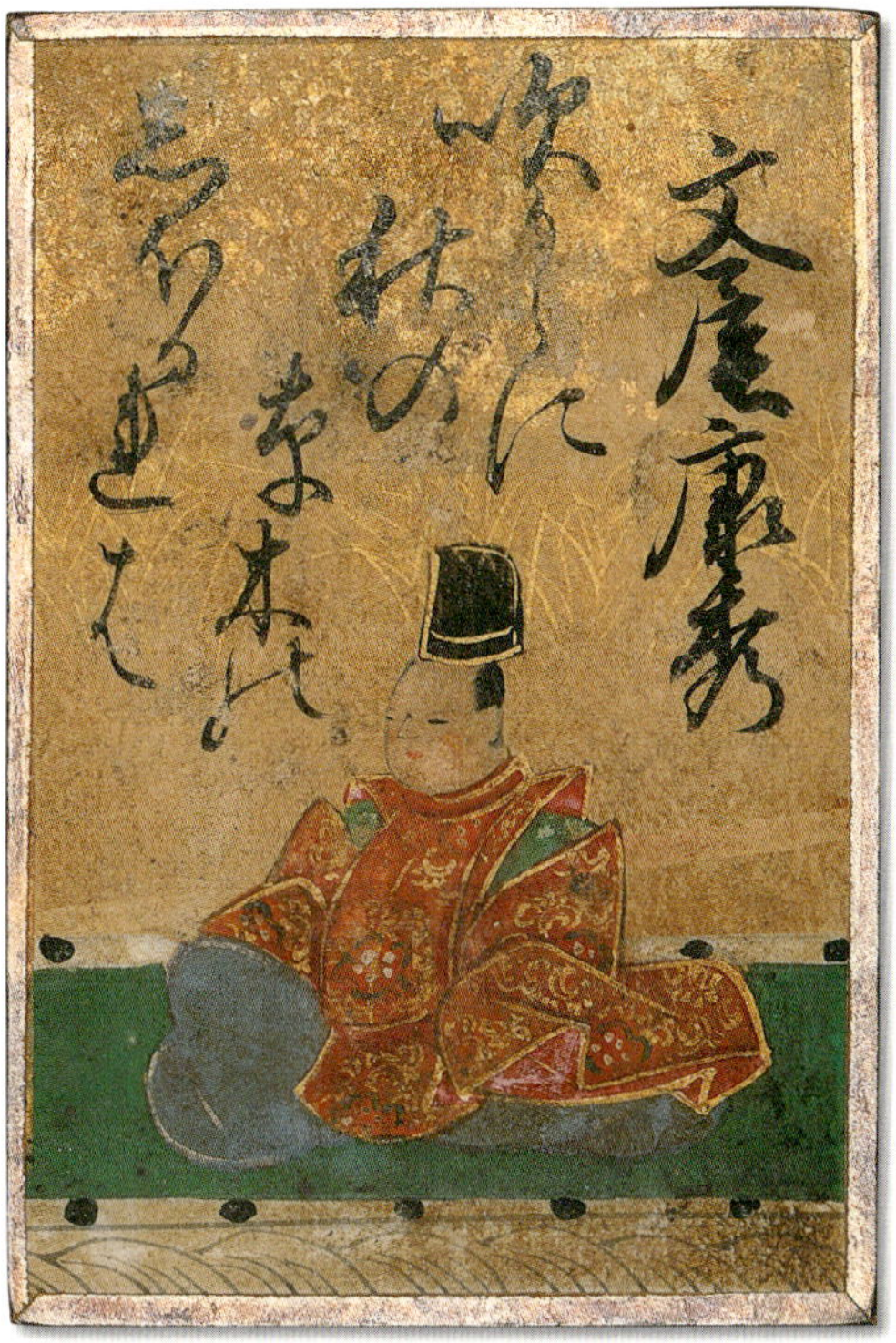

山から吹く風は、吹くとすぐに秋の草木が生気を失ってしぼむので、なるほどその風を荒々しい風、つまり嵐と言うのだろう。

文屋康秀は平安初期の歌人。各地受領を歴任したが、生没年未詳。六歌仙の一人で、『古今集』の「仮名序」には、言葉が巧みだが、内容が伴わず、商人が立派な衣服を着たようなものであるとする。「真名序」は康秀のことを中国風に「文琳《ぶんりん》」と呼ぶ。37の歌の作者文屋朝康《あさやす》は子。

23

# 月《つき》見《み》れば 千々《ちぢ》に物《もの》こそ 悲《かな》しけれ 我《わ》が身《み》一《ひと》つの 秋《あき》にはあらねど

**大江《おおえの》千里《ちさと》**

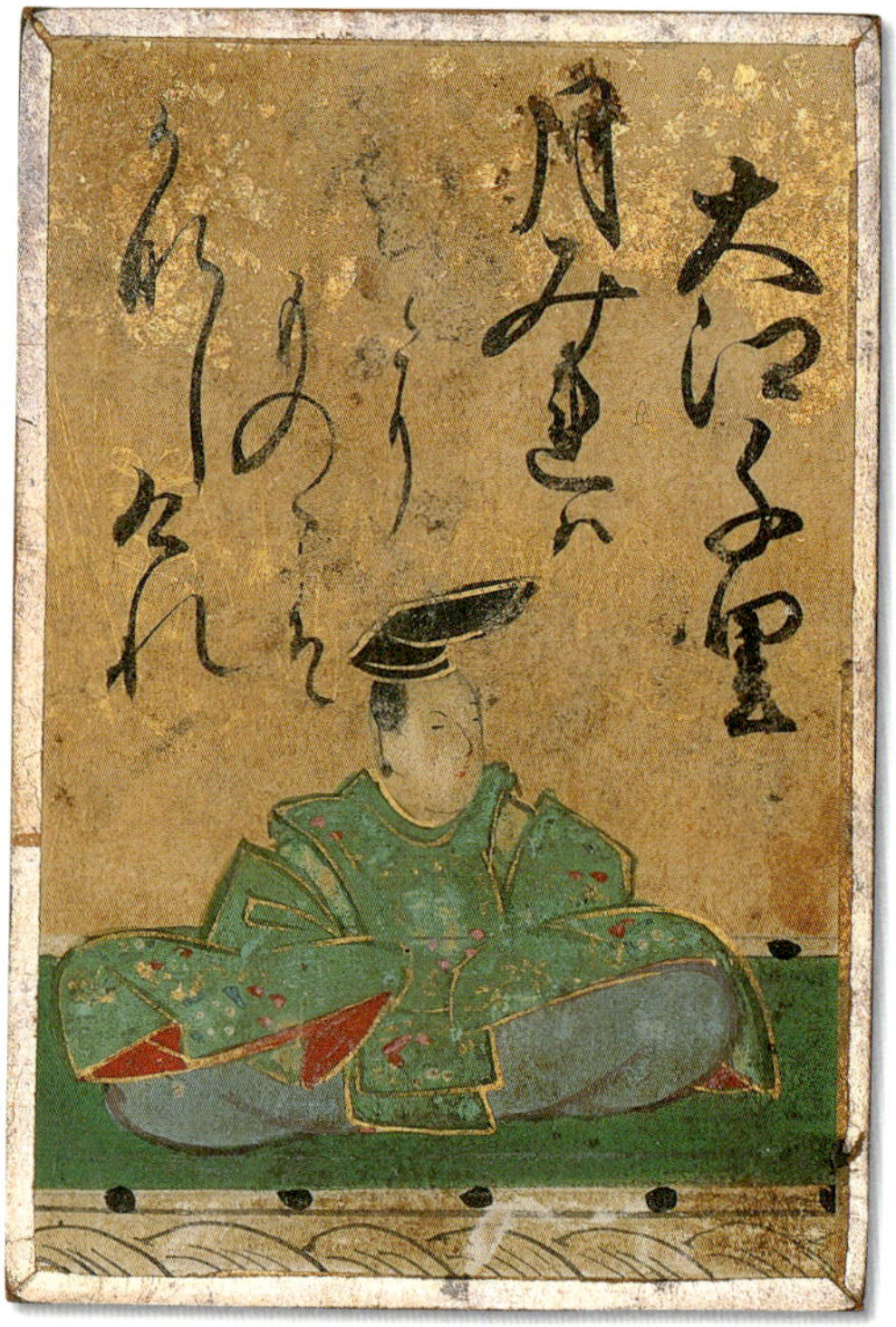

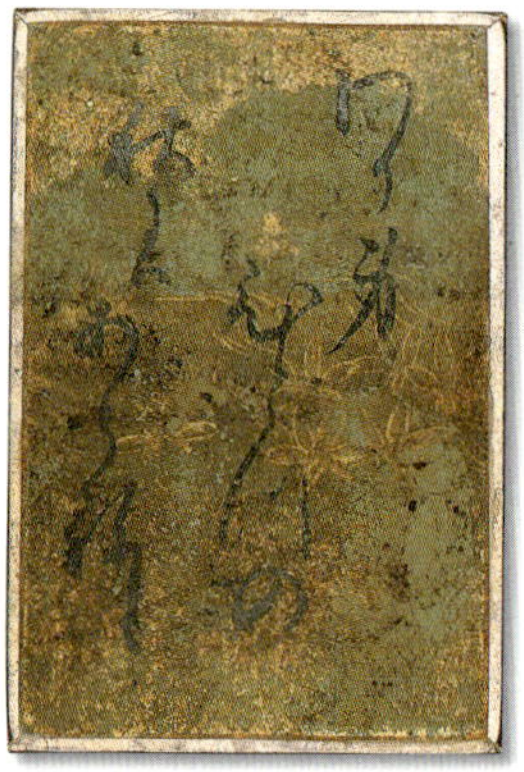

月を見ているとあれこれともの悲しくなってくる。私一人だけのためにやって来た秋ではないけれど。

大江千里は平安初期の歌人。阿保《あぼ》親王の子大江音人《おとんど》の子だが、生没年未詳。在原行平《ゆきひら》、在原業平《なりひら》は叔父にあたる。大江家は菅原家と並ぶ漢学の家柄にあった。家集の『句題和歌』（『千里集』）は『白氏文集《はくしもんじゅう》』などの漢詩句を題にして和歌を詠んだものである。

倒置法を使い、「千々」と「一つ」を対比させている。『白氏文集』の、「燕子楼中霜月ノ色 秋来リテ只一人ノ為ニ長シ」の翻案だとする説もある。22と同様、漢学の素養が背景にある歌であるが、秋はもの悲しいものだという規範を作り、後世に与えた影響は大きい。『古今集』秋歌上に、「是貞親王家歌合によめる」とある。

千里は、宇多《うだ》天皇の頃に活躍したことが知られ、「寛平《くわんぴやうの》御時后宮《おほんときさいのみやの》歌合」にも出詠していて、次のような歌が『古今集』に載る。

**鶯の谷より出《い》づる声なくは春来ることを誰《たれ》か知らまし**（春歌上）

**鶯が谷から出て鳴く声がなかったら、春が来ることを誰が知ることができようか。**

谷から出る鶯という発想は『詩経《しきょう》』の漢詩を踏まえている。なお、『源氏物語』の「花宴《はなのえん》」の巻に、朧月夜《おぼろづきよ》の君が春の月に惹《ひ》かれ、「朧月夜に似るものぞなき」と口ずさんで光源氏の前に現れ、二人の関係が始まる場面がある。この歌は、千里が『白氏文集』の漢詩を題に詠んだ、「照りもせず曇りも果てぬ春の夜の朧月夜に及《し》くものぞなき」（新古今集・春歌上）を踏まえる。女性である朧月夜の君は「及く」という硬い語を避けて、「似る」と言い換えたのだと考えられている。

24

# このたびは 幣《ぬさ》も取《と》りあへず 手向山《たむけやま》 紅葉《もみぢ》の錦《にしき》 神《かみ》のまにまに　菅家《かんけ》

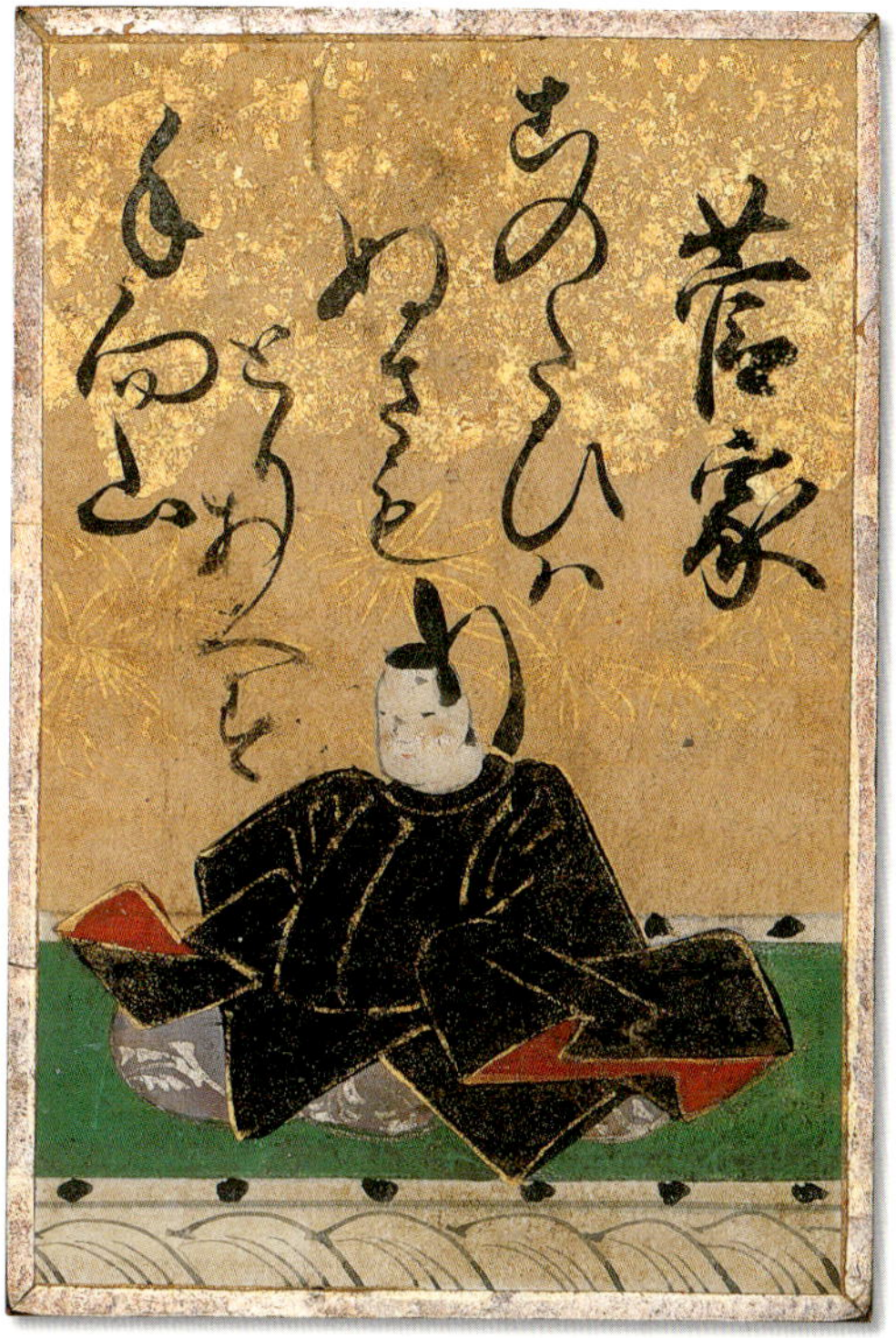

今度の旅は、神に捧げる幣も用意できていない。そこで、神よ、手向山の錦のような紅葉を御心のままに受けてください。

菅原 道真《すがわらのみちざね》（八四五～九〇三）は菅原是善《これよし》の子で、漢学者。遣唐使を廃止し、右大臣に上りつめるが、大宰権帥《だざいのごんのそち》に左遷されて、その地で没した。死後、天神として祭られ、『北野天神縁起絵巻』などに伝説化された。漢詩文集に『菅家文草《ぶんそう》』『菅家後集《こうしゅう》』がある。菅家とは菅原家のこと。

『古今集』羇旅歌《きりよのうた》に、「朱雀院《すざくゐん》の、奈良におはしましたりける時に、手向山にてよみける」として見える。宇多法皇が平安京から奈良へ出掛けた時に随行して、手向山で詠んだ歌である。この御幸は、昌泰元年（八九八）、宇多法皇が吉野の宮滝に行った道中のことと考えられている。

「このたび」には、「この度」と「この旅」を掛ける。「幣」は、神に祈るときに捧げる物で、旅行の折には紙または絹を細かく切ったものを使った。「手向山」は地名説もあるが、旅人が安全を祈って手向けをする山という意味の普通名詞と解釈する。手向ける幣を用意しておかなかったので、その代わりに、今が盛りの山の紅葉が織りなす錦を神に捧げようとした機知が、その場の雰囲気を盛り上げたにちがいない。

『古今集』ではこの後に、同じ詞書で、21の作者素性法師の歌が並ぶので、同じ時の歌だと思われる。勅命によって随行した臣下の者たちが、折あるごとに和歌を奉ったのである。

**手向けにはつづりの袖も裁《き》るべきに紅葉に飽《あ》ける神や返さむ**　（羇旅歌・素性法師）

手向けには私の粗末な僧衣の袖も裁って捧げるべきなのに、あの錦の美しい紅葉に満足した神は返すことだろうか。法師の立場で詠んだ歌で、道真の歌をまぜかえす感じであるが、挨拶の詠歌であろう。

歌川国芳筆『百人一首之内 菅家』江戸時代 那珂川町馬頭広重美術館所蔵

25

# 名《な》にし負《お》はば 逢《あふ》坂《さか》山《やま》の さねかづら 人《ひと》に知《し》られで くるよしもがな　三《さん》条《じょうの》右《う》大臣《だいじん》

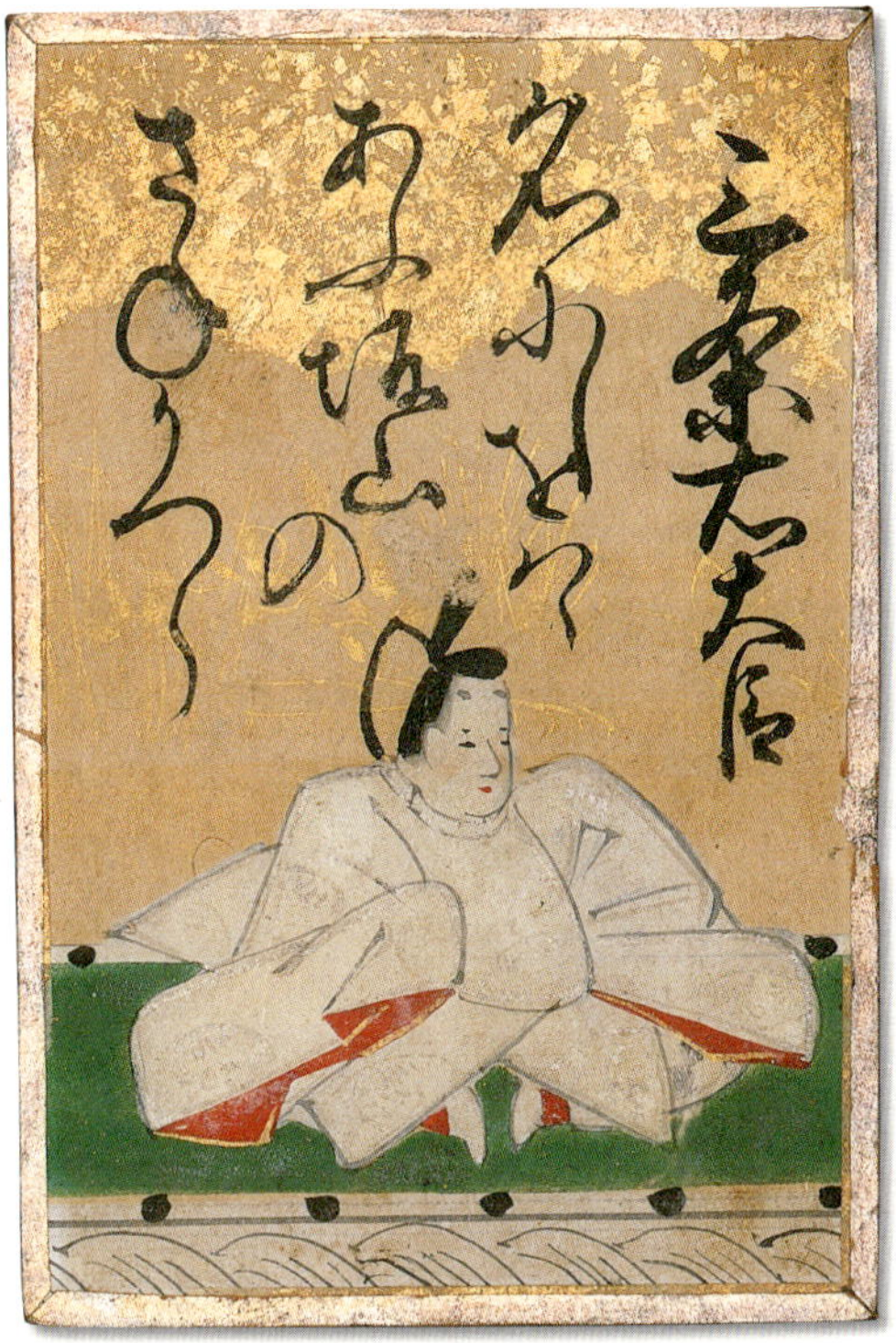

契るという意味の逢うという名を持っている逢坂山、そのさねかずらを手繰るように、人に知られないであなたのもとにやって来る方法があればいいなあ。

藤原定方《さだかた》（八七三〜九三二）は藤原高藤《たかふじ》の子。延長二年（九二四）、右大臣になり、邸宅が京都の三条にあったことから、三条右大臣と呼ばれた。和歌と管弦に優れ、27の歌の作者藤原兼輔《かねすけ》とともに、醍醐《だいご》天皇の時代の歌壇の中心人物になった。家集『三条右大臣集』がある。44の歌の作者藤原朝《あさ》忠《ただ》は子。

この歌は、『後撰集』恋三に、「女につかはしける」として見える。「女」が誰であるかは不明だが、実際に、歌の中に見える「さねかづら」に添えて贈ったものと考えられる。「人に知られで」とあるので、二人は忍ぶ関係だったらしい。

「逢坂山」は京都府と滋賀県の間にある山で、歌枕。「逢坂の関」は10にも見られたが、この「逢坂山」もやはり「逢ふ」を掛ける。「さねかづら」はモクレン科の常緑蔓草、「ね」には「寝」を響かせる。「名にし負はば」は、『伊勢物語』の第九段にも見えた定型句で、「逢坂山のさねかづら」という「名を持っているならば」という意味になる。三句までは「くる」を導きだす序詞で、「くる」には「来る」と「繰る」を掛ける。序詞と縁語・掛詞を多用する修辞の勝った歌であり、蔓草を手繰るようにして逢いたいというところに、執着する恋のイメージが象徴されている。

『後撰集』を見ると、定方と兼輔は親しかったことがうかがえる。特に哀傷歌には、醍醐天皇が延長八年（九三〇）に崩御した折の贈答歌（一三八九・九〇）、翌年正月の贈答歌（一三九六〜九八）が見える。実は、二人は従兄弟同士であり、兼輔は定方の娘を妻にしており、それぞれ娘を醍醐天皇に更衣《こうい》として入内させていた。醍醐天皇歌壇というのは、こうした人間関係と不可分に形成されていたのである。

26

## 小倉山《をぐらやま》 峰《みね》のもみぢ葉《ば》 心《こころ》あらば 今一度《いまひとたび》の みゆき待《ま》たなむ

貞信公《ていしんこう》

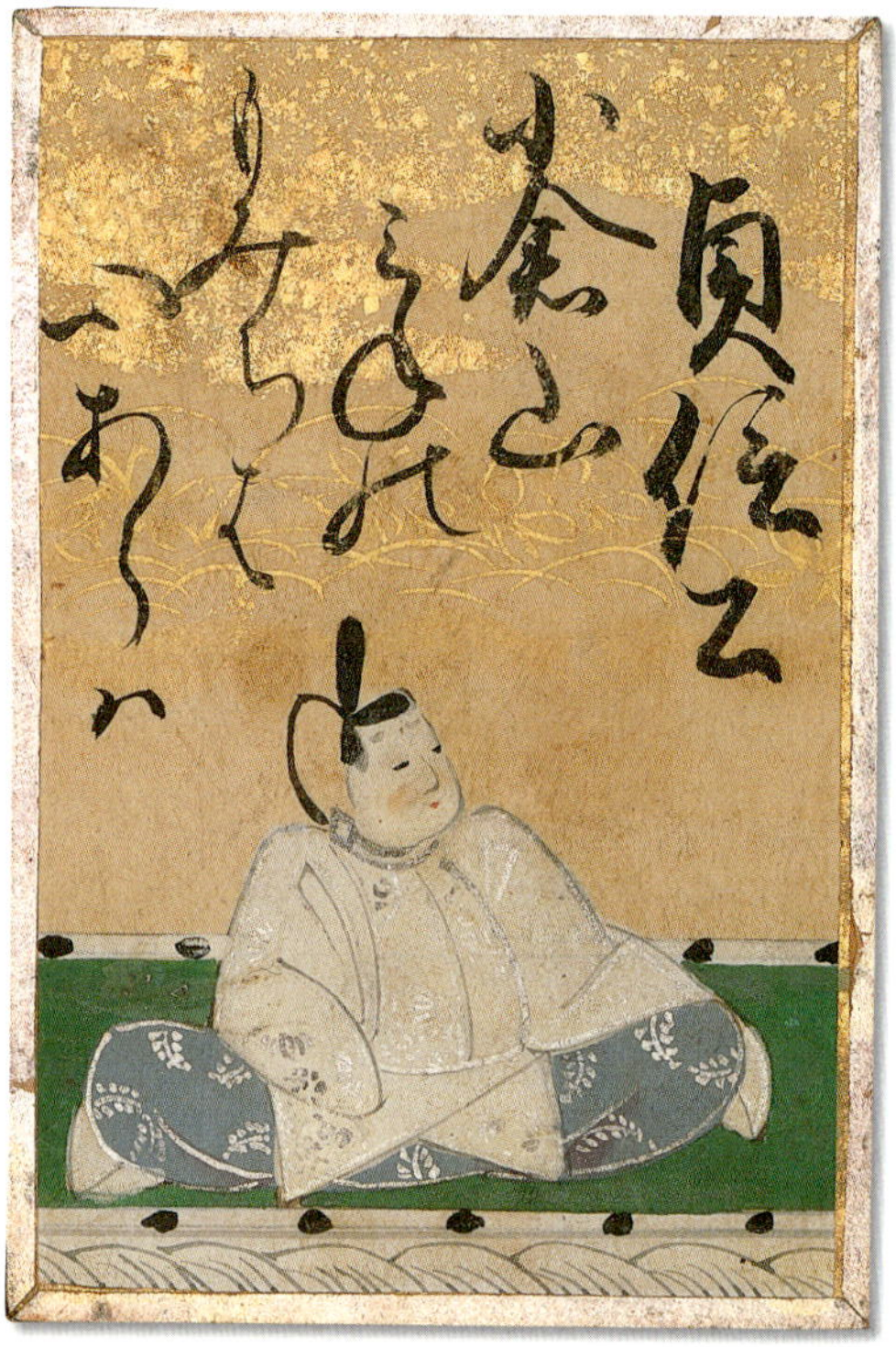

小倉山の峰の紅葉の葉よ、もしおまえに物の情趣を理解する心があるならば、この次に天皇の行幸があるまでは散らずに待っていてほしい。

藤原忠平《ただひら》（八八〇〜九四九）は藤原基経の子。貞信公は諡《おくりな》。兄の時平・仲平とともに「三平」と呼ばれた。忠平は小一条に住んだので、小一条太政大臣と呼ばれた。太政大臣になったのは承平六年（九三六）だが、長期にわたる政権を維持して、藤原氏の摂関制を安定させた。日記に『貞信公記』がある。

葛飾北斎筆『乳母か絵説 貞信公』 わが子醍醐天皇の行幸を迎える宇多法皇の様子を描く。
江戸時代 町田市立国際版画美術館所蔵

『拾遺集』雑秋に、「亭子院《ていじのゐん》、大堰川《おほゐがは》に御幸ありて、『行幸もありぬべき所なり』と仰せ給ふに、『事の由《よし》奏せん』と申して小一条太政大臣」とあり、宇多法皇が大堰川に御幸して、「醍醐天皇の行幸もあってよい場所だ」と言うので、忠平が「法皇の御意向を天皇に奏上しよう」と言って詠んだ歌である。

大堰川は京都市の嵐山辺りを流れる川。

「小倉山」は大堰川北岸にある歌枕で、「鹿」「紅葉」の名所。『拾遺集』の詞書でははっきりしないが、法皇が紅葉の美しさに感動したので、「小倉山峰のもみぢ葉」と呼びかけて擬人化したのが一つの機知だった。「みゆき」は、天皇や上皇、法皇、女院のお出ましを意味するので、法皇の御幸を受けて、次の天皇の行幸を「今一度のみゆき」と詠んだのである。

宇多法皇の御幸は延喜七年（九〇七）とする説があるが、忠平の年齢から見て、延長四年（九二六）一〇月一〇日で、醍醐天皇の行幸（法皇も同行）は一〇月一九日だったとする説をとりたい。この話は有名で、『大和物語』第九九段や『大鏡』「昔物語」などに載っている。藤原氏の摂関制というのは、こうした和歌の力を利用して天皇制と結びついたものだったことが実感される話である。

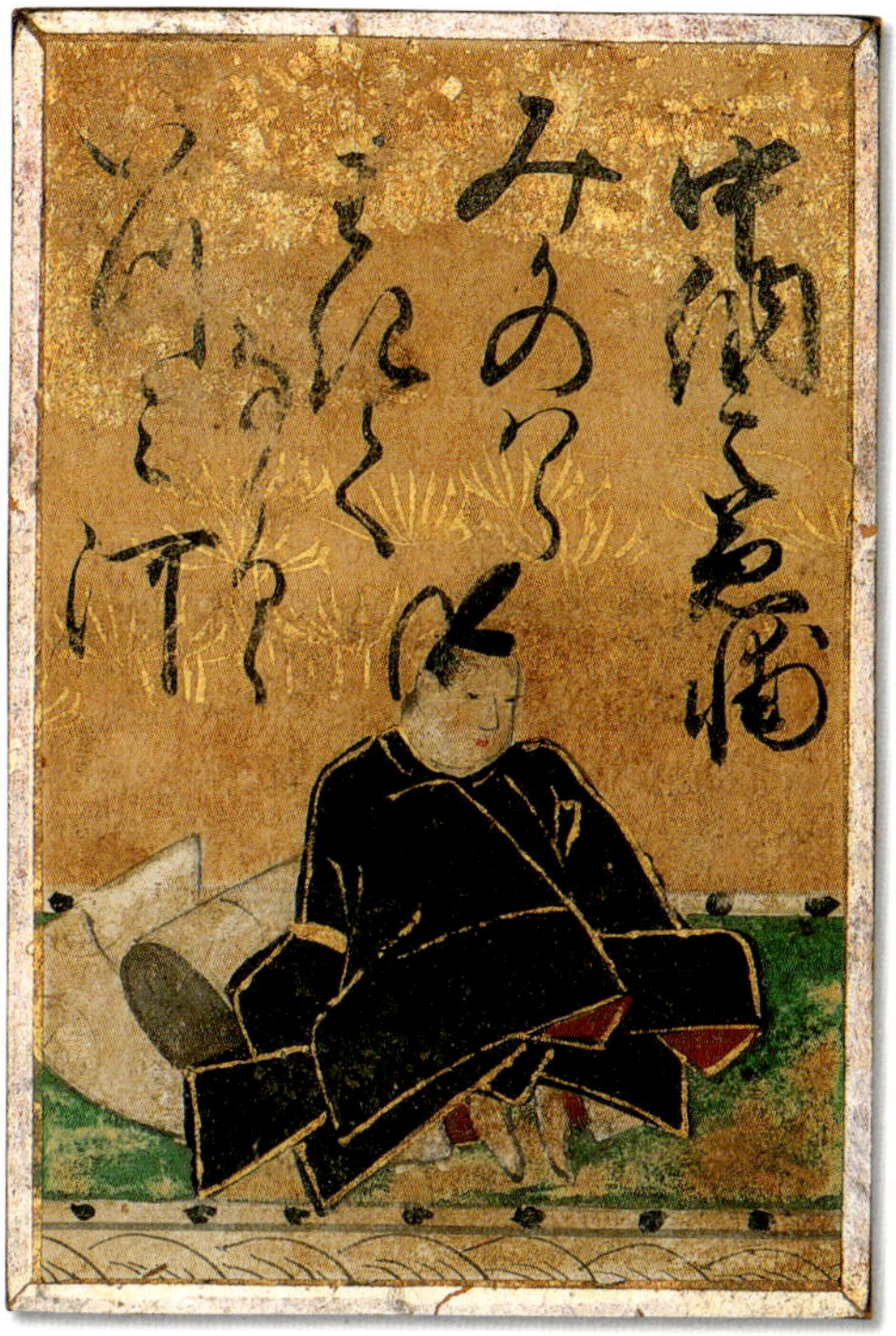

27

## みかの原《はら》 わきて流《なが》るる 泉川《いづみがは》 いつ見《み》きとてか 恋《こひ》しかるらむ

**中《ちゅう》納《な》言《ごん》兼《かね》輔《すけ》**

みかの原から湧いて、分けて流れる泉川ではないが、いつ見たというので、こんなにも恋しいのだろうか。まだ逢ったこともないのに。

藤原兼輔（八七七〜九三三）は藤原利基《としもと》の子。紫式部は曾孫。「堤中納言」と呼ばれ、『大和物語』に逸話が載る。25の歌の作者藤原定方と親交があった。三十六歌仙の一人。

三句までは「泉川」「いつ見」と同音反復式に掛かる序詞、「わき」は「湧き」「分き」の掛詞で、「湧き」「泉」は縁語になる。「みかの原」は京都府の地名、「泉川」はそこを流れる木津川の古名で、ともに歌枕である。『新古今集』恋歌一に、「題知らず」として載るが、『兼輔集』になく、兼輔自身の歌ではない可能性が高い。

28

# 山里《やまざと》は 冬《ふゆ》ぞ寂《さび》しさ まさりける 人目《ひとめ》も草《くさ》も かれぬと思《おも》へば

## 源宗于朝臣《みなもとのむねゆきあそん》

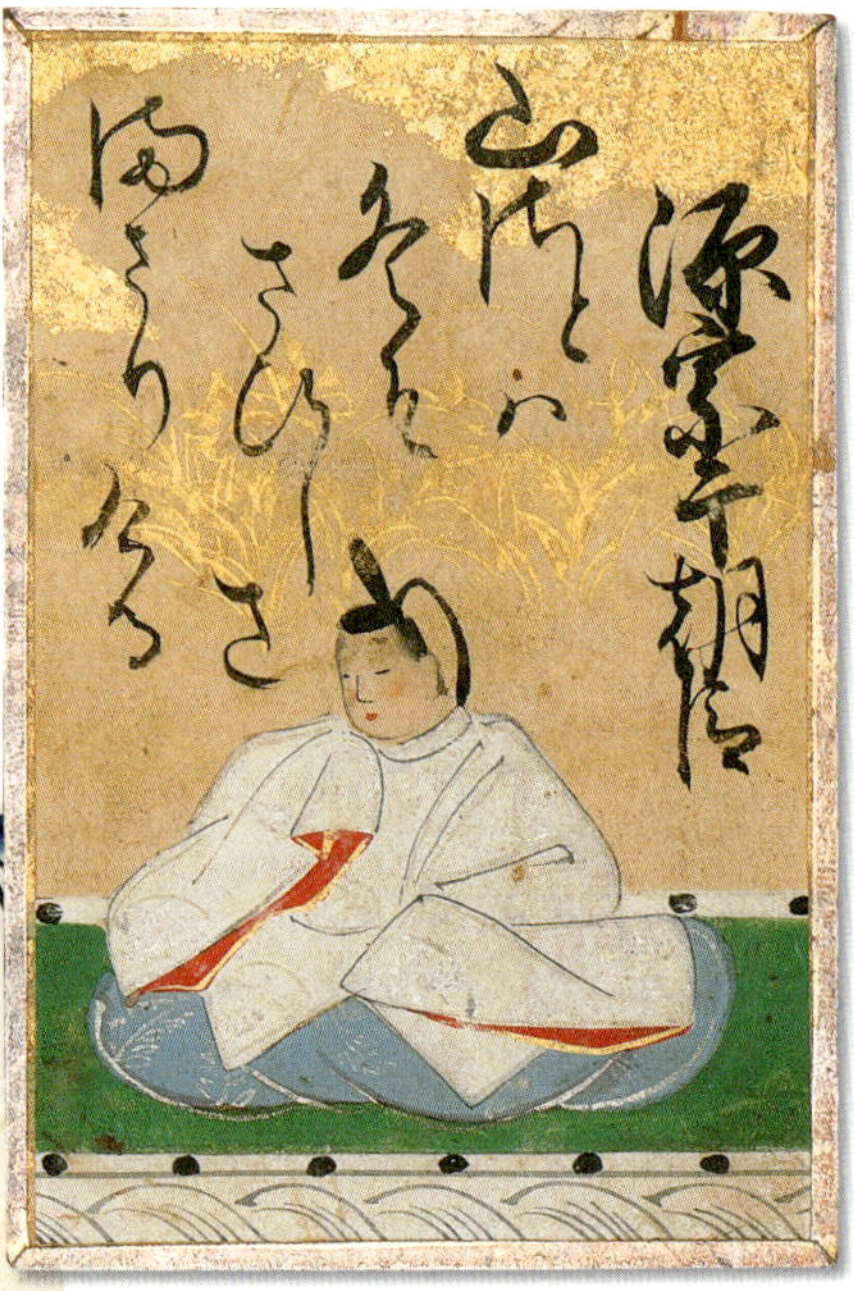

山里は普段でも寂しいが、冬は特に寂しさがまさることであったよ。人も訪ねて来なくなり、草も枯れてしまうと思うと。

源宗于（?〜九三九）は、光孝天皇の孫是忠《これただ》親王の子。寛平六年（八九四）、臣籍に降下して、源姓となった。三十六歌仙の一人で、『宗于集』がある。

『古今集』冬歌に「冬の歌とてよめる」として見え、「冬の歌」という題で詠んだ題詠歌である。倒置法を使い、「離《か》れ」「枯れ」の掛詞で、「人目も離れ」「草も枯れ」という対句的な文脈を作る。「……と思へば」という表現が観念的であるが、冬の山里のイメージを鮮明に構築したところに、題詠歌の力が発揮されている。

三代歌川豊国筆『百人一首絵抄 源宗于朝臣』 巻子や冊子に歌と解釈を載せ、女性を描いて合わせた見立て絵の傑作。七夕の行事で牽牛（けんぎゅう）・織女の逢瀬（おうせ）を願い、墨を磨る女性を描く。江戸時代 跡見学園女子大学短期大学部図書館所蔵

29

心当《こころあ》てに 折《を》らばや折《を》らむ 初霜《はつしも》の
置《お》きまどはせる 白菊《しらぎく》の花《はな》 凡河内躬恒《おおしこうちのみつね》

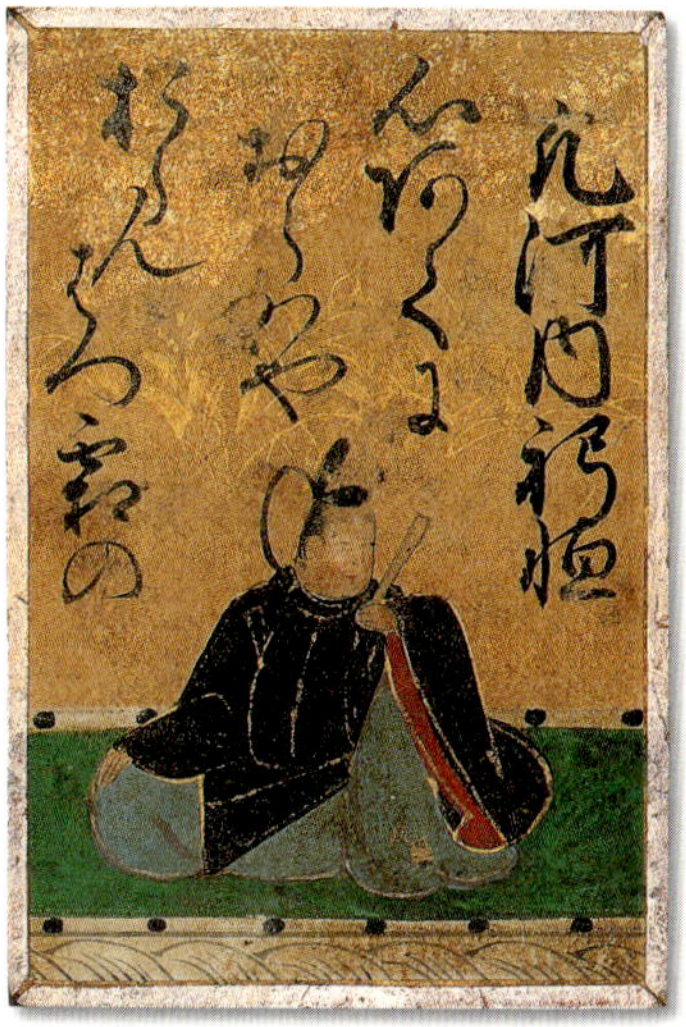

よく注意して、もし折るならば折ってみることもできようか。初霜が降りて白くなり、見る者を困惑させている白菊の花を。

凡河内躬恒は平安初期の歌人。生没年未詳。官位は低かったが、『古今集』の撰者の一人となり、宇《う》多《だ》法皇の御幸に供奉《ぐぶ》した。三十六歌仙の一人で、家集『躬恒集』がある。

この歌は、『古今集』秋歌下に、「白菊の花をよめる」として見える。二句切れで、倒置法を使う。初霜が地面を白く覆って白菊の花が見分けられない、というのは大袈裟な誇張であるが、それによって、花の白さを強く印象づけるのに成功した。「心当てに」は、一般に「当て推量で」と解釈するが、「よく注意して」とする説をとった（103頁参照）。

30

有明《ありあけ》の つれなく見《み》えし 別《わか》れより
暁《あかつき》ばかり 憂《う》きものはなし 壬生忠岑《みぶのただみね》

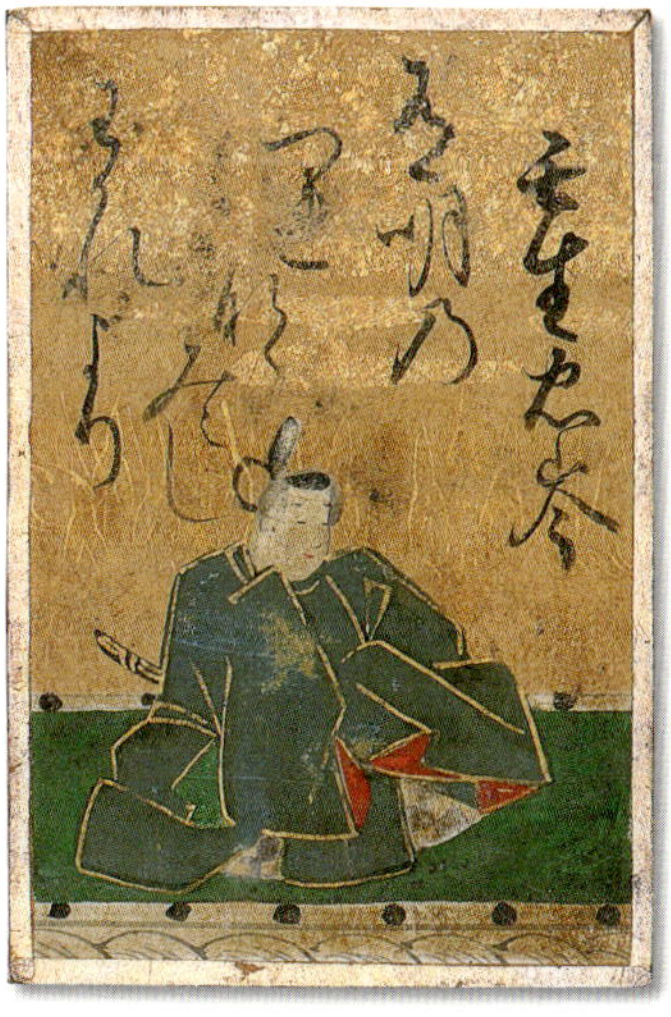

夜明けだというのに、有明の月が冷たく見えて、折角逢いに行ったのに逢ってもくれないあの人が薄情に見えた別れの時から、私には暁ほどつらく感じられるものはない。

壬生忠岑は平安初期の歌人。生没年未詳。官位は低かったが、『古今集』の撰者となった。41の作者壬生忠見《ただみ》の父。三十六歌仙の一人で、家集に『忠岑集』、歌論書に『和歌体十種』がある。

一句の「有明」は夜が明けようとするのに、まだ空に残っている月のことで、この歌では、訪ねて行ったのに、逢わずに帰した冷淡な女性に喩えている。「つれなく見えし」は、有明の月と女性の両方を指すことになる。『古今集』恋歌三に、「題知らず」として収められている。

31

## 朝《あさ》ぼらけ 有明《ありあけ》の月《つき》と 見《み》るまでに 吉野《よしの》の里《さと》に 降《ふ》れる白雪《しらゆき》　坂上是則《さかのうえのこれのり》

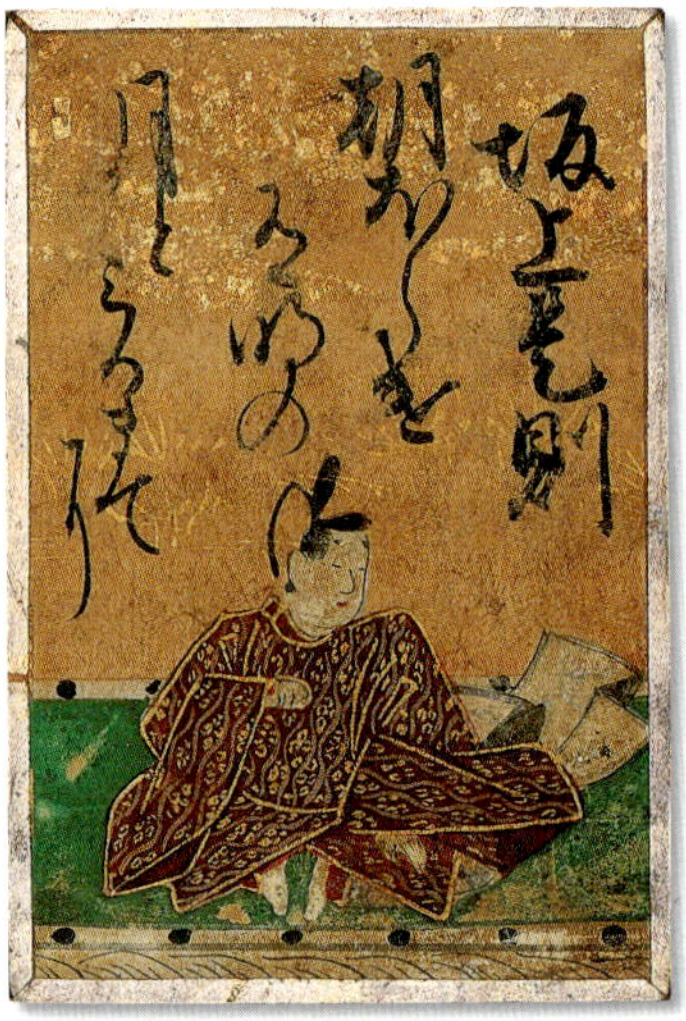

夜が明ける頃、有明の月の光が地上を照らしているのかと思うほどに、吉野の里に降り積もっている白雪よ。

坂上是則は平安初期の歌人。坂上田村麻呂の子孫で、生没年未詳。官位は低かったが、三十六歌仙の一人になり、『是則集』がある。『後撰集』の撰者の一人、坂上望城《もちき》は子。

『古今集』冬歌に、「大和《やまと》の国にまかれりける時に、雪の降りけるを見てよめる」として見える。「吉野」は奈良県の歌枕で、代表的な景物が「雪」であった。「白雪」を「月」の光に見立てたところに機知があるが、これは漢詩に学んだ発想であると考えられている。

32

## 山川《やまがは》に 風《かぜ》のかけたる しがらみは 流《なが》れもあへぬ 紅葉《もみぢ》なりけり　春道列樹《はるみちのつらき》

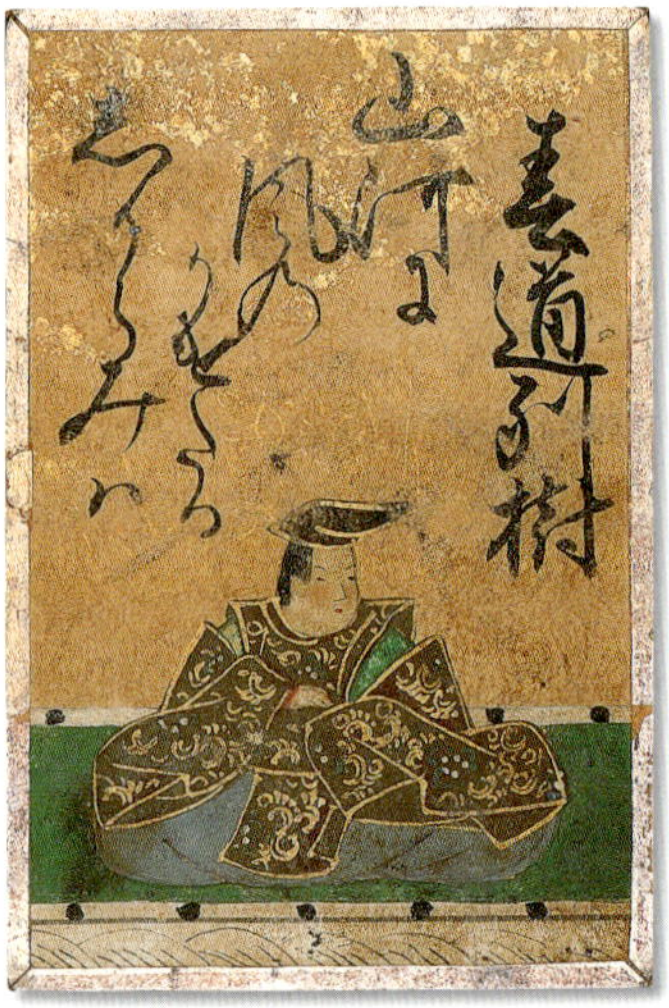

山の中を流れる川に風がかけた柵《しがらみ》だと思ったのは、実は、流れることもできずに滞っている紅葉だったのだ。

春道列樹（?〜九二〇）は新名宿禰《にいなのすくね》の子。壱岐守《いきのかみ》になるが、赴任前に没した。勅撰集への入集は少ない。

『古今集』秋歌下に「滋賀の山越えにてよめる」として見える。「滋賀の山越え」は京都市左京区から滋賀県大津市へ出る山道のこと。「しがらみ」は杭を打ち込んで木や竹を並べて流れを塞き止めるもので、「紅葉」を「しがらみ」に見立てている。「風のかけたるしがらみ」と風を擬人化したところもおもしろく、この一首で後世に名が残った人であった。

33
# ひさかたの 光《ひかり》のどけき 春《はる》の日《ひ》に 静心《しづごころ》なく 花《はな》の散《ち》るらむ

紀友則《きのとものり》

日の光がのどかな春の日に、どうして落ち着きのない心で桜の花が散るのだろう。

紀友則（?～九〇五?）は紀有朋《ありとも》の子。『古今集』の撰者の一人だが、完成以前に没したらしく、従兄弟の紀貫之《つらゆき》の哀傷歌がある。三十六歌仙の一人で、『友則集』がある。

一句の「ひさかたの」は「光」に掛かる枕詞。「静心なく」は花を擬人化して、落ち着いた心がないから散るのだ、と推測したのである。そこに、のどかな春の日なのに、あわただしく散る桜の花を惜しむ気持ちを込めている。『古今集』春歌下に、「桜の花の散るをよめる」として見える。

34
# 誰《たれ》をかも 知《し》る人《ひと》にせむ 高砂《たかさご》の 松《まつ》も昔《むかし》の 友《とも》ならなくに

藤原興風《ふじわらのおきかぜ》

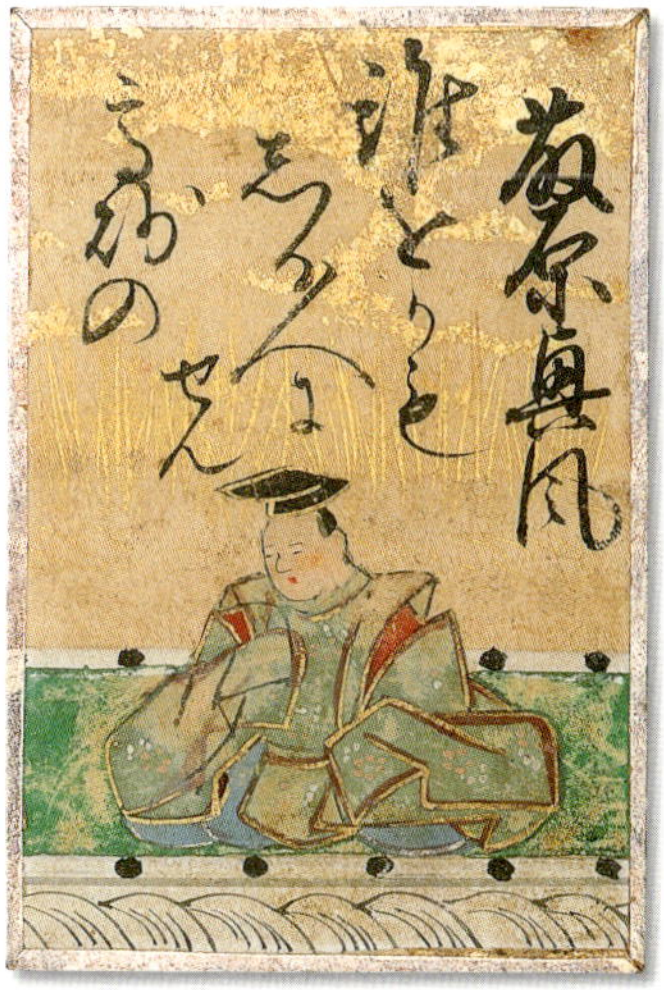

年老いた私は、いったい誰を知人としようか。あの長寿で有名な高砂の老松も、人間ではないから、昔からの友人というわけではないのだから。

藤原興風は平安初期の歌人。歌学書『歌経標式《かきょうひょうしき》』の著者藤原浜成《はまなり》の曾孫で、生没年未詳。官位は低かったが、和歌が認められたらしく、歌合に出詠している。三十六歌仙の一人で、『興風集』がある。

三句の「高砂」は兵庫県高砂市の海岸。「松」「鹿」「桜」が景物だが、「松」は古く久しいもので、孤独な老人を象徴する。次々に友人に先立たれた作者が「高砂の松」を引き合いに出して、老人の悲嘆を諧謔《かいぎゃく》を込めて詠んでいることになる。『古今集』雑歌上に、「題知らず」として見える。

35

# 人《ひと》はいさ 心《こころ》も知《し》らず 古里《ふるさと》は 花《はな》ぞ昔《むかし》の 香《か》ににほひける

紀貫之《きのつらゆき》

人の心というのは変わりやすいものだから、あなたはさあどうだろう、その気持ちもわからない。けれども、この旧都では、梅の花だけは昔のままの香りで変わらずかおっていることだなあ。

紀貫之（八七二?~九四五?）は紀望行《もちゆき》の子。地方官を歴任し、『古今集』の撰者の一人。執筆した「仮名序」は、この時代を代表する歌論である。日記に『土佐《とさ》日記』、私撰集に『新撰和歌集』、家集に『貫之集』がある。歌合歌や多くの屏風歌《びょうぶうた》を詠んでいる。三十六歌仙の一人。

『古今集』春歌上に、「初瀬《はつせ》に詣づるごとに宿りける人の家に久しく宿らで、程経て後に至れりければ、かの家の主《あるじ》、『かく定かになむ宿りはある』と言ひ出《い》だして侍りければ、そこに立てりける梅《むめ》の花を折りてよめる」とある。初瀬に参詣するたびに泊まっていた人の家に長い間泊まりに行かず、久しぶりに行ったところ、その家の主人が「こうしてちゃんと泊まる宿はあるよ」と中から言ったので、そこに立っていた梅の花を折って詠んだ歌である。

初瀬は奈良県桜井市にある長谷寺《はせでら》で、観音信仰の霊場として人気があった。「古里」を「昔なじみの土地」と解釈するが、一般には「昔、都があって、今は荒れ果てた所。旧都」の意味であることが多い。『古今集』春歌下には「古里となりにし奈良の都」と見え、ここも初瀬に行く途中の「中宿り」であり、「古里」は初瀬ではなく、奈良の都と見る説を支持したい。

この歌は、貫之が訪れないのに不満をもらした宿の主人に対して、梅の花は昔のままでも、あなたの心は変わったかもしれない、と切り返したのである。気心の知れた者同士の挨拶と見ていいだろう。ただし、「言ひ出だし」は御簾《みす》の中などから外にいる人に言うことなので、この主人は女性ではないかと見る説もある。そうすると、挨拶の中にも幽かな色気が伴うことになる。

『古今集』では、貫之の歌で終わっているが、『貫之集』には、「花だにも同じ心に咲くものを植ゑたる人の心知らなむ」という返歌が載っている。「花でさえ昔と同じ心のままで咲くのに、それを植えた人の心は変わるはずのないことを知ってほしい」という意味である。返歌としては常套的なもので、貫之の歌の機知には及ばない。

貫之は『古今集』の「仮名序」をこう始めた。

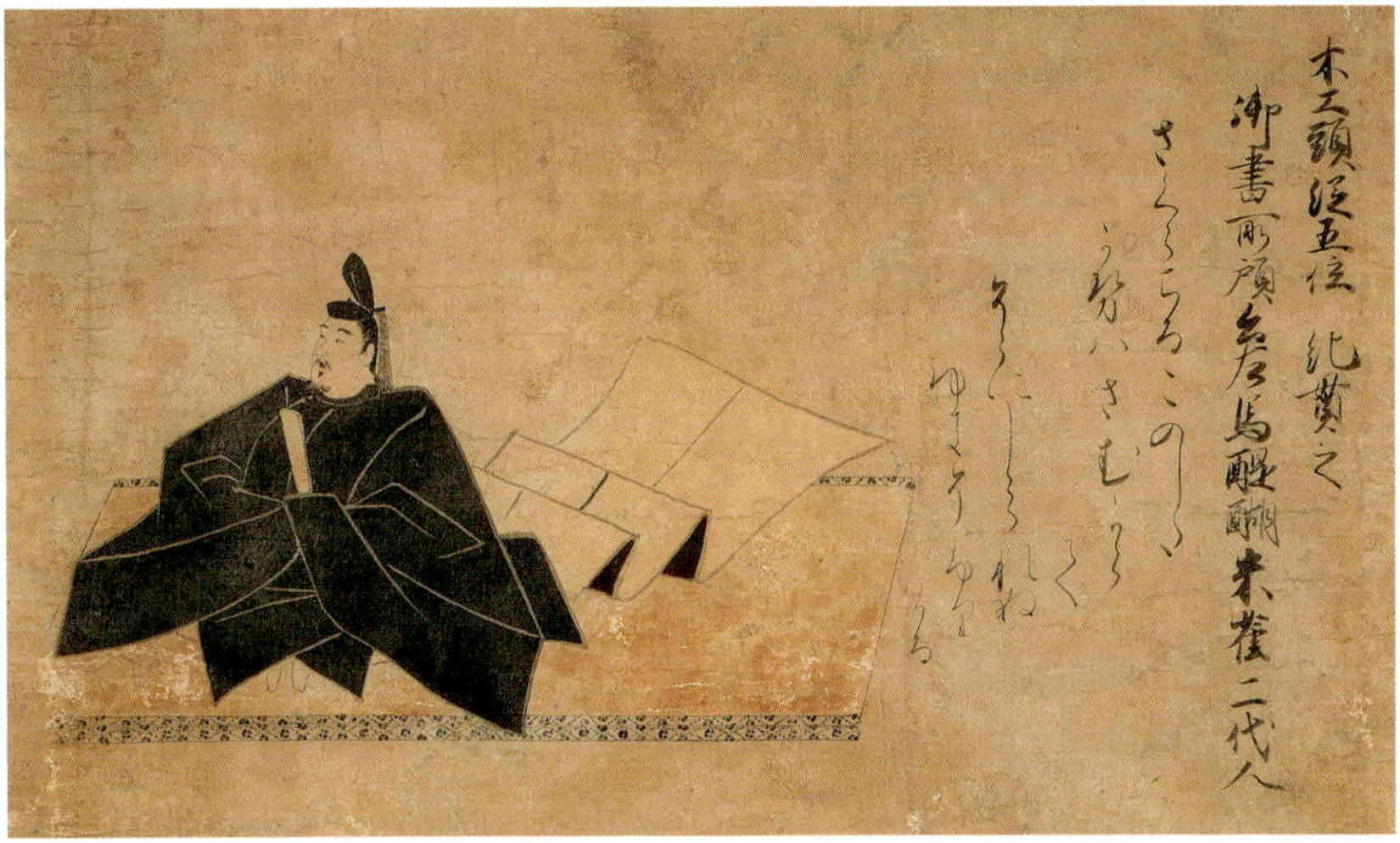

紀貫之像（『上畳本三十六歌仙絵』） 貴人用の畳に座る姿を描いた似せ絵の優品。鎌倉時代 五島美術館所蔵

> やまと歌は人の心を種として、よろづの言の葉とぞなれりける。世の中にある人、事・業《わざ》繁きものなれば、心に思ふことを、見るもの聞くものにつけて、言ひ出だせるなり。花に鳴く鶯《うぐひす》、水に住む蛙《かはづ》の声を聞けば、生きとし生けるもの、いづれか歌を詠まざりける。力をも入れずして天地《あめつち》を動かし、目に見えぬ鬼・神をもあはれと思はせ、男女《をとこをむな》の仲をも和《やは》らげ、猛き武士《もののふ》の心をも慰むるは歌なり。

和歌は人の心をもとにして、種から葉が出るように、あらゆる言葉となったのだった。世の中に生きる人は、関わり合う事物と行為が多いものなので、その際に心に思うことを、見るものや聞くものに託して、歌として表現したのである。花に鳴く鶯や水に住む蛙の声を聞くと、生きているすべてのものは、どれといって歌を詠まなかったか、いや皆歌を詠むものだった。力をも入れないで天や地を動かし、目に見えない魂や神をしみじみと思わせ、男と女の関係をもうち解けさせ、勇猛な武士の心をも慰めるのは歌である。

この一節は、和歌の本質を「心」と「言の葉」の二元論で説明し、和歌のもつ効用を力説した名文であり、後世の歌論の出発点となった。

明治になって、正岡子規《まさおかしき》が和歌の革新運動を実践するために、『古今集』と貫之を厳しく批判したことはよく知られている（103頁参照）。しかし、『古今集』や貫之の歌の中には、それ以後の勅撰集はもちろん、日記や物語のみならず、日本人の精神形成に影響を与えた名歌が少なくない。

36

# 夏《なつ》の夜《よ》は まだ宵《よひ》ながら 明《あ》けぬるを 雲《くも》のいづこに 月《つき》宿《やど》るらむ

清原《きよはらの》深養父《ふかやぶ》

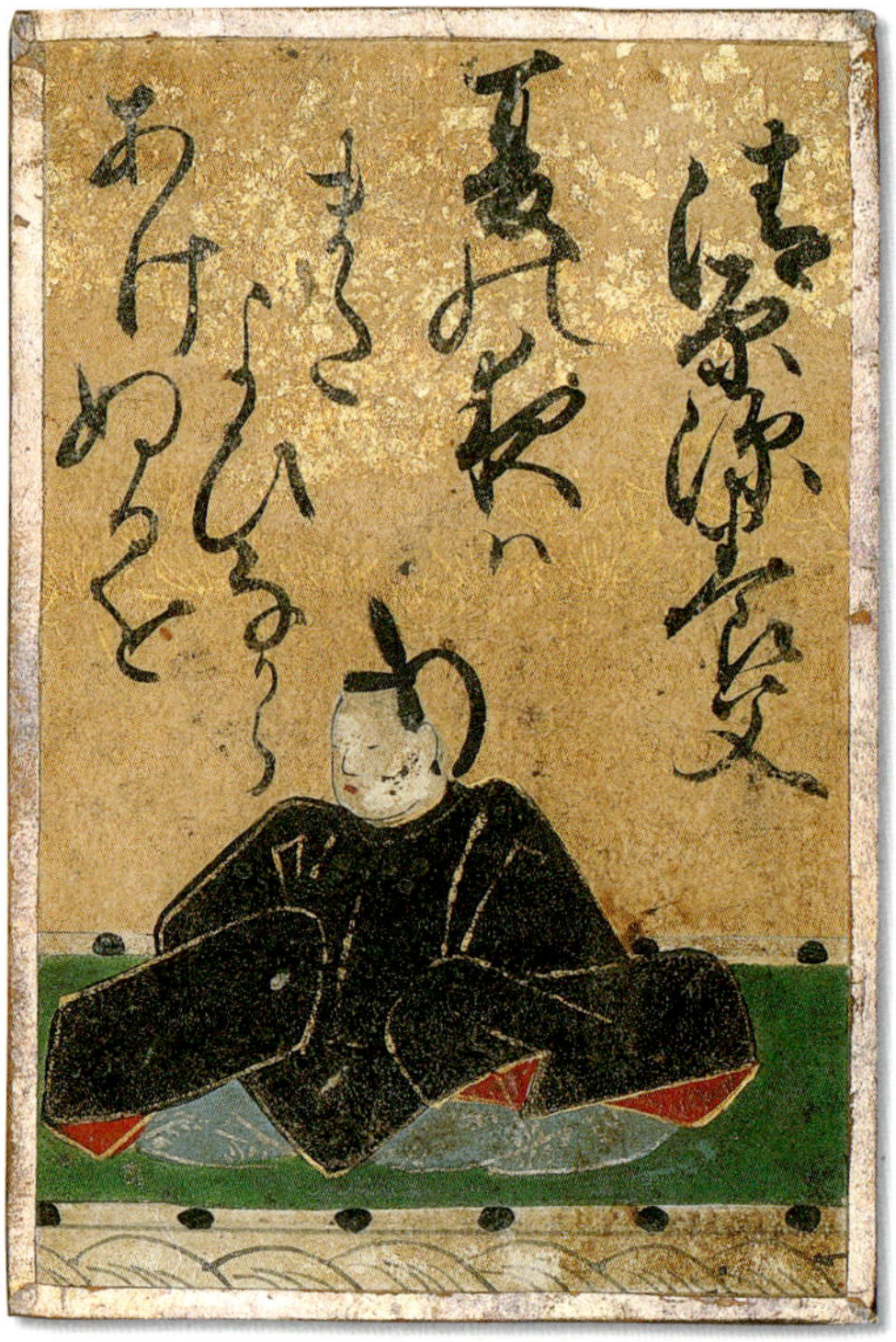

夏の夜は短くて、まだ宵だと思っているうちに早くも明けてしまったが、あの美しい月はまだ西の山に沈む暇《いとま》もなくて、いったい雲のどの辺りに宿っているのだろう。

清原深養父は平安初期の歌人。清原房則《ふさのり》の子で、生没年未詳。官位に恵まれなかったが、歌人としての評価は高かった。42の歌の作者清原元輔《もとすけ》は子（一説に孫）、62の歌の作者清少納言は孫（一説に曾孫）にあたる。家集に『深養父集』がある。

『古今集』夏歌に「月のおもしろかりける夜、暁方によめる」とある。

夏の夜が短いことは、紀貫之の、「夏の夜の臥《ふ》すかとすれば時鳥《ほととぎす》鳴く一声に明くるしののめ」（古今集・夏歌）でも明らかである。どちらも夏の夜の短さを誇張した歌だが、貫之の歌は時鳥の声に驚き、深養父の歌は月の行方に想像をめぐらす。二首を比べてみればわかるように、貫之の歌が感覚的なのに、深養父の場合は理知が勝っている。「月宿るらむ」の「月」の擬人化も、そうした傾向と軌を一にする表現だろう。

深養父は『古今集』に一七首が入集し、生前から評価が高かった。歌合歌・屏風歌のような晴れの歌はないが、詠歌は各方面に及んでいる。次のような見立てや擬人法を駆使した自然詠は、『古今集』の歌風を代表する歌だと言っていい。

**神奈備《かむなび》の山を過ぎゆく秋なれば竜田川にぞ幣《ぬさ》は手向《たむ》くる**　（秋歌下）

秋が神奈備山を通り過ぎてゆくので、その時に、竜田川に流れる紅葉を幣として手向けたのだ。

**冬ながら空より花の散りくるは雲のあなたは春にやあるらむ**　（冬歌）

雪が降ってきたが、冬でありながらまるで空から花が散ってくるようなのは、雲の向こう側は春なのだろうか。

37
白露《しらつゆ》に 風《かぜ》の吹《ふ》きしく 秋《あき》の野《の》は
貫《つらぬ》きとめぬ 玉《たま》ぞ散《ち》りける　文屋朝康《ふんやのあさやす》

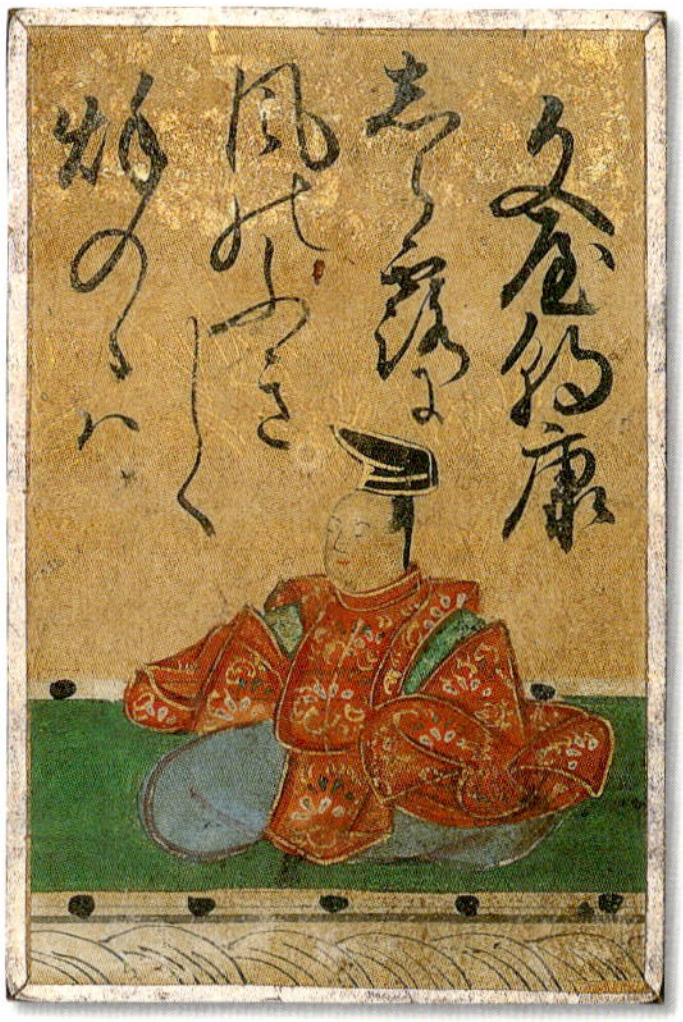

白露に風が頻りに吹きつける秋の野では、置いただけで糸に通して留めていない玉が散り乱れているようだなあ。

文屋朝康は平安初期の歌人。22の作者文屋康秀の子で、生没年未詳。官位は低かったが、宇多・醍醐両天皇の時代に活躍した。

『後撰集』秋中に「延喜御時、歌召しければ」と見え、醍醐天皇の御代に命ぜられて詠んだ歌だった。「玉」は宝玉や真珠を言うが、露なら水晶を指しているのではないか。いずれにしても、草葉に置いた露が風に吹かれてぱらぱらとこぼれ落ちる様子を、糸で留めていない玉が散るようだと見立てたところに斬新さがある。清新な感じを与える名歌である。

38
忘《わす》らるる 身《み》をば思《おも》はず 誓《ちか》ひてし
人《ひと》の命《いのち》の 惜《を》しくもあるかな　右近《うこん》

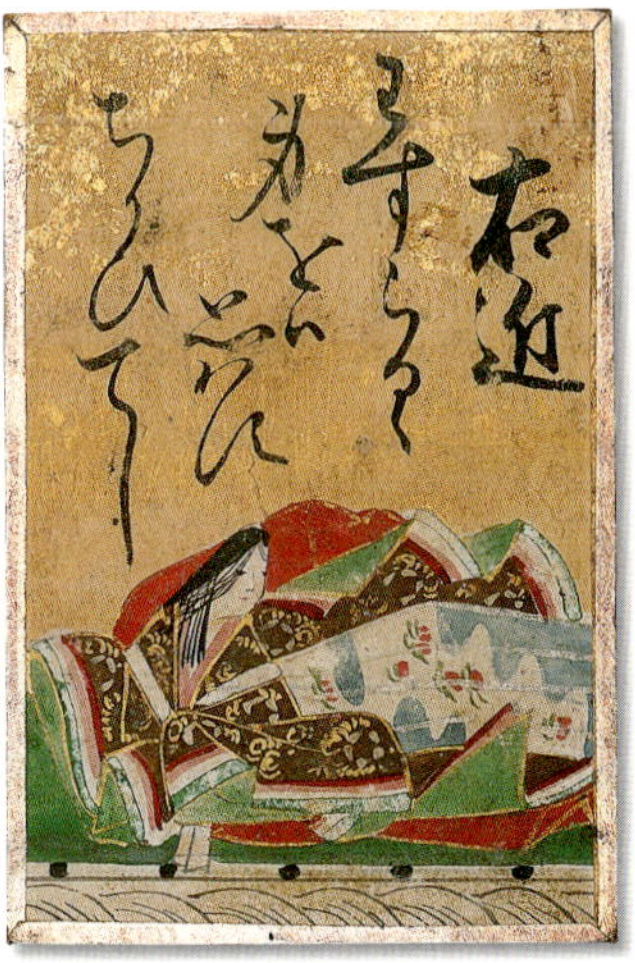

あなたに忘れ去られる私自身のことは、何とも思わない。でも、永遠の愛を神に誓ったのにそれを破ったあなたの命が、神の怒りに触れて失われるのが惜しく思われることだ。

右近は平安初期の歌人。藤原季縄女《すえなわのむすめ》で、生没年未詳。右近は父の官職に拠る。醍醐天皇の中宮穏子《おんし》に仕えた。

忘れないと誓ったのに、愛情が薄れてゆくので、神罰で死ぬのではないか、と同情する形で恨んだのである。『大和物語』には右近に関する一連の話があり、第八四段にこの歌を載せている。『源氏物語』の「明石《あかし》」の巻には、光源氏から明石の君との関係を聞かされた紫の上がこの歌を引く場面がある。『拾遺集』恋四に、「題知らず」と見える歌であった。

39
# 浅茅生《あさぢふ》の 小野《をの》の篠原《しのはら》 忍《しの》ぶれど 余《あま》りてなどか 人《ひと》の恋《こひ》しき 参議等《さんぎひとし》

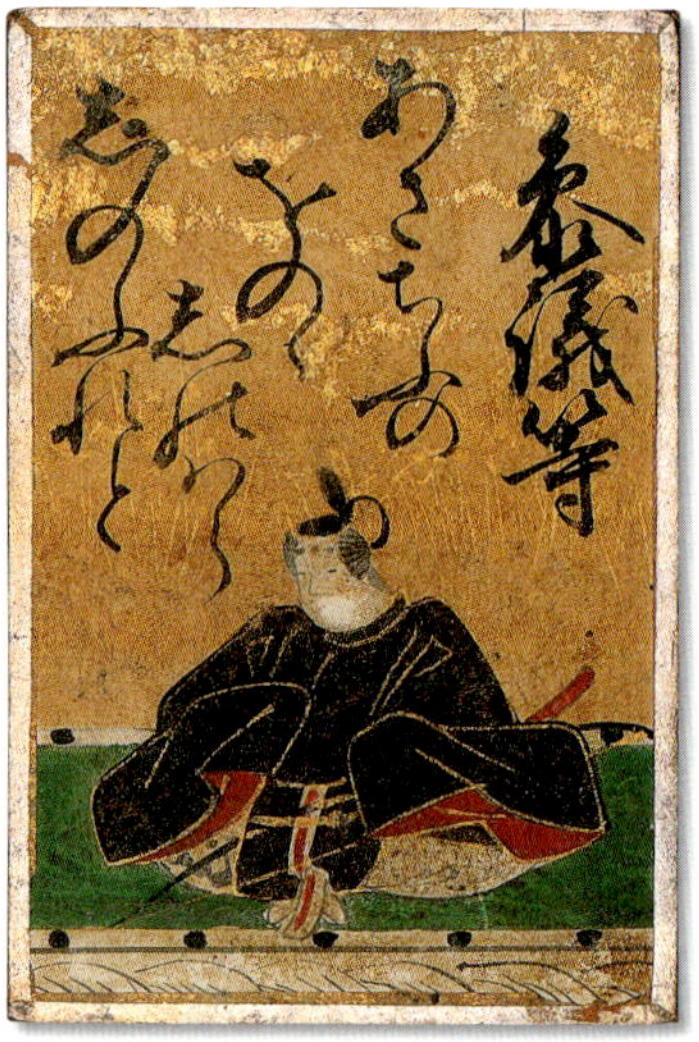

丈の低い茅萱《ちがや》の生えた小野の篠原ではないが、私はあなたへの思いを忍んできたけれど、その思いは耐えきれないで、どうしてこんなにもあなたが恋しいのか。

源等（八八〇〜九五一）は源希《まれ》の子。晩年の天暦元年（九四七）、参議になった。参議は大・中納言に次ぐ重職。娘が43の作者藤原敦忠《あつただ》と結婚している。

この歌は、『後撰集』恋一に、「人につかはしける」と見え、女性に贈った歌であった。二句までは「篠原」「忍ぶれど」と同音反復式に掛かる序詞である。『古今集』恋歌一の、「浅茅生の小野の篠原忍ぶとも人知るらめや言ふ人なしに」を本歌としている。

40
# 忍《しの》ぶれど 色《いろ》に出《い》でにけり 我《わ》が恋《こひ》は 物《もの》や思《おも》ふと 人《ひと》の問《と》ふまで 平兼盛《たいらのかねもり》

私は密かな恋の思いに耐え忍んでいたが、とうとう顔色に出てしまったことだ。「恋のために物思いしているのか」と、周囲の人が不審に思って尋ねるほどになってしまった。

平兼盛（?〜九九〇）は平篤行《あつゆき》の子。受領を歴任したが、和歌に優れ、歌合に出詠したほか、多くの屏風歌を残している。赤染衛門《あかぞめえもん》の実父ともいう。

『拾遺集』恋一に、「天暦御時《てんりやくのおほんとき》歌合」として、41の壬生忠見の歌に続いて見える。この歌合は天徳四年（九六〇）に催された「内裏歌合」を指し、二十番で忠見の歌と合わせられて勝っている。表現としては、倒置法と会話文を使ったところに特徴がある。『平家物語』巻第六「葵前《あおいのまえ》」にも、古歌として引かれている。

41

# 恋《こひ》すてふ 我《わ》が名《な》はまだき 立《た》ちにけり 人《ひと》知《し》れずこそ 思《おも》ひそめしか　壬生《みぶの》忠見《ただみ》

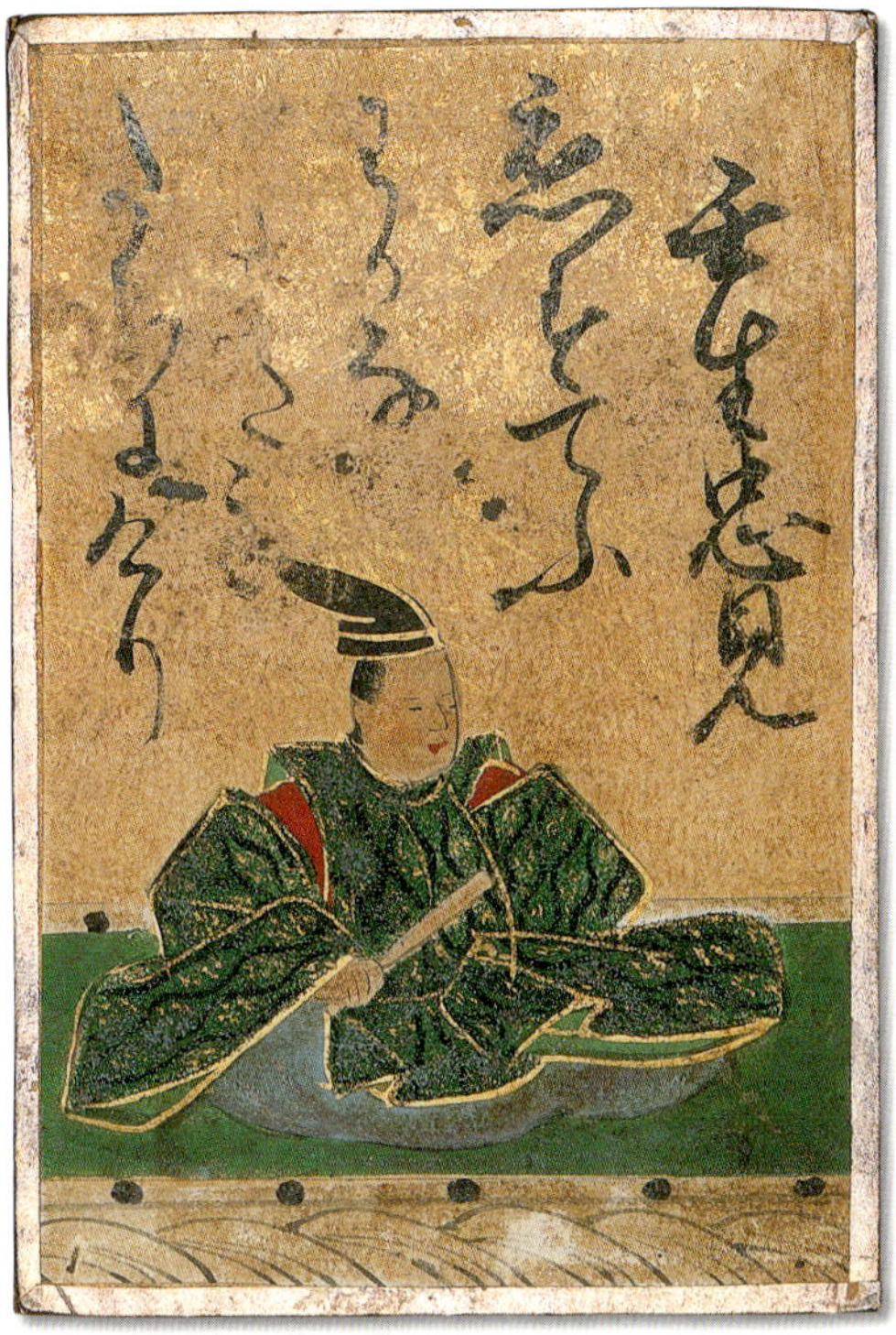

私が恋をしているという噂は、早くも立ってしまったことだなあ。人に知られないように、密かに恋いはじめたばかりだったのに。

壬生忠見は平安初期の歌人。30の歌の作者壬生忠岑《ただみね》の子。官職には恵まれなかったが、忠岑の子として優遇され、各種の歌合に出詠したり、屏風歌を詠んだりした。三十六歌仙の一人で、家集『忠見集』がある。

『拾遺集』恋一に、「天暦御時歌合」として載る。40で述べたように、天徳四年（九六〇）に催された「内裏歌合」での歌である。これは後の歌合の規範とされた豪華なもので、『源氏物語』「絵合《えあわせ》」の巻はこれに拠っている。

天徳四年の「内裏歌合」では、40の兼盛の歌と合わせられて負けたが、判定は微妙だった。判者の藤原実頼《さねより》は優劣を付けがたいと思い、村上天皇の様子をうかがったら、兼盛の歌を低く口ずさんだので、兼盛が勝ちとなった。その後、勝負に負けた忠見は、食事が喉《のど》を通らなくなり、それがもとで死んでしまった、と伝えられている。これは和歌に命をかけた話として有名になり、二人の名を不動のものにした。歌合というのは単なる遊戯ではなく、人生をかけた真剣勝負だったのである。

40の歌と同様、この歌も倒置法を使って下の句と上の句を転倒させる。「恋すてふ」の「てふ」は「といふ」のつづまった形なので、ここは「恋す」という会話文を持ち込んだことになる。そうした点でも、両歌の表現は実によく似ている。判定では負けになったが、実頼はこの歌も「甚だ好し」としているので、捨てがたいものと考えていたことが知られる。

42

## 契《ちぎ》りきな かたみに袖《そで》をしぼりつつ 末《すゑ》の松山《まつやま》 波《なみ》越《こ》さじとは

清原元輔《きよはらのもとすけ》

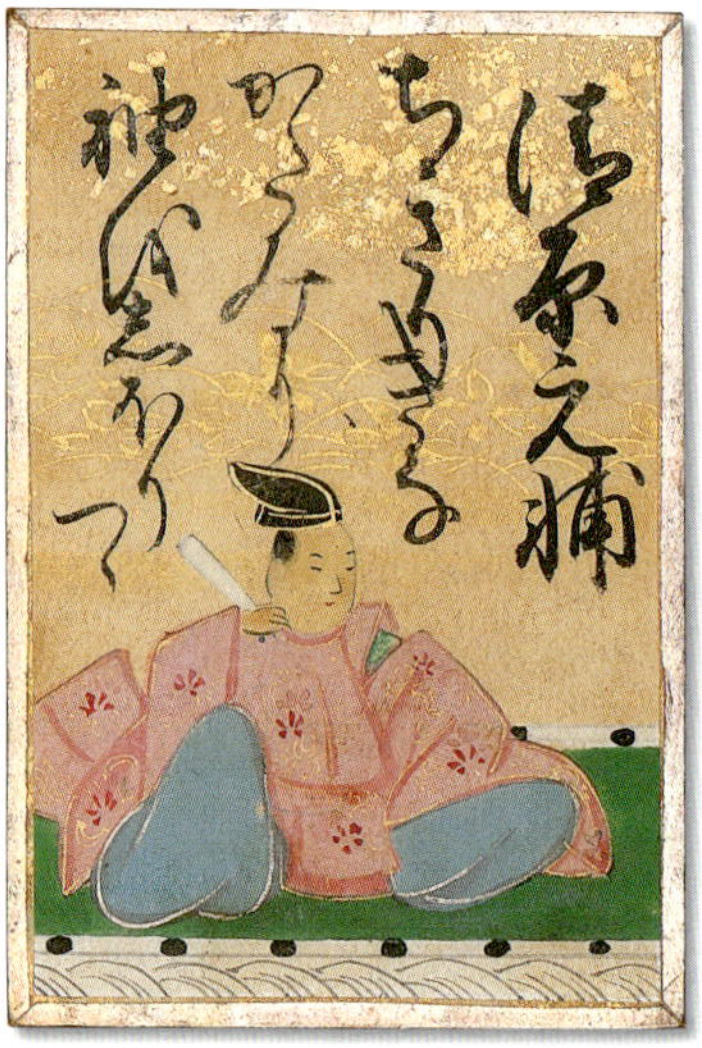

約束したよね。互いに袖の涙を絞りながら、末の松山を波が越さないように、決して浮気をしないつもりだとは。

清原元輔（九〇八〜九九〇）は、36の作者清原深養父《ふかやぶ》の子（一説に孫）。子は清少納言。「梨壺《なしつぼ》の五人」の一人で、『後撰集』を撰進。三十六歌仙の一人である。

『後拾遺集』恋四に「心変はりて侍りける女に、人に代はりて」とあり、心変わりした女性に対して、人に代わって詠んだ歌である。「末の松山」は宮城県の歌枕で、決して波が山を越さないとされるので、波が山を越す場合を恋人の浮気に喩えることが多い。この歌も大胆な倒置法を使って、不実な女性をなじっている。

43

## 逢《あ》ひ見《み》ての 後《のち》の心《こころ》に 比《くら》ぶれば 昔《むかし》は物《もの》も 思《おも》はざりけり

権中納言敦忠《ごんちゆうなごんあつただ》

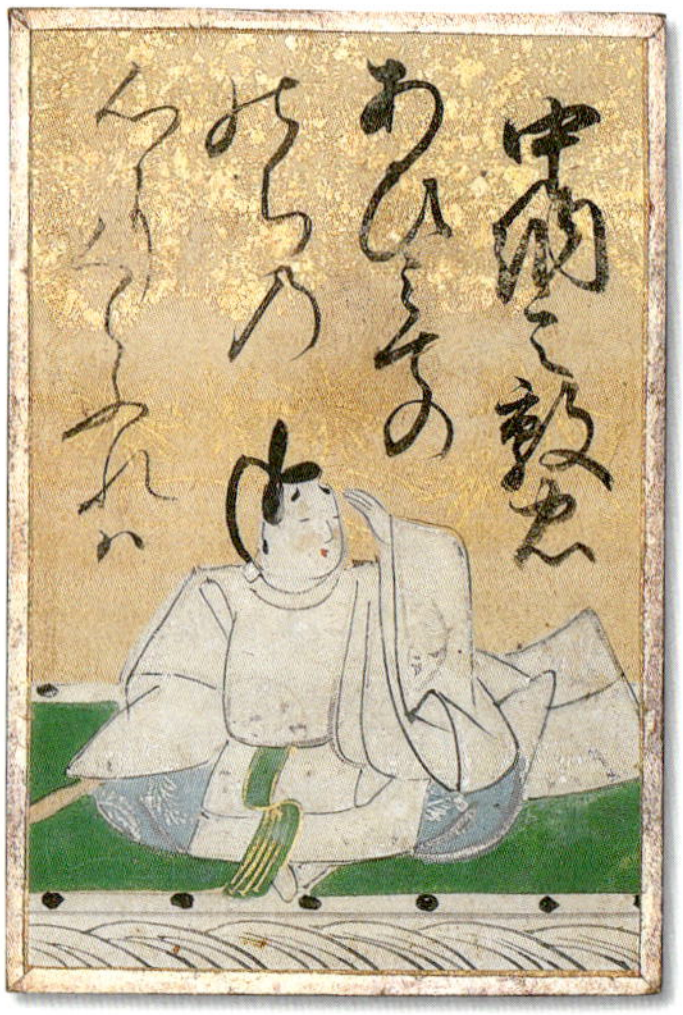

あなたと逢って契ってから後の切ない心に比べてみると、契る前は物思いもしていないに等しいほど、取るに足りないことだったなあ。

藤原敦忠（九〇六〜九四三）は藤原時平の子で、母は在原棟梁《むねやなの》女《むすめ》。晩年の天慶五年（九四二）、権中納言になった。和歌と管弦に優れ、三十六歌仙の一人。

『拾遺集』恋二に「題知らず」と見えるが、もとの『拾遺抄』は、「はじめて女のもとにまかりて、またの朝《あした》につかはしける」とあり、初めて女性と契って、翌朝贈った後朝《きぬぎぬ》の歌である。「逢ひ見ての後」と「昔」を並べ、恋心の変化を捉えた点が巧みである。

44
逢《あ》ふことの 絶《た》えてしなくは なかなかに
人《ひと》をも身《み》をも 恨《うら》みざらまし　中納言《ちゅうなごん》朝忠《あさただ》

逢うことがまったく期待できないのならば、すっかり諦《あきら》めて、かえってつれないあなたをも、それをつらく思う私自身をも恨まないだろうに。

藤原朝忠（九一〇〜九六六）は、25の作者藤原定方《さだかた》の子。晩年の応和三年（九六三）、中納言になった。和歌と笙《しょう》の笛に優れ、三十六歌仙の一人。

『拾遺集』恋一に、「天暦御時歌合に」と見える歌であった。これは40・41に述べたように、天徳四年（九六〇）に催された「内裏歌合」を指す。

この歌の解釈には、まだ恋人に逢うことのできない恋とする説と、すでに逢った恋人にたまにしか逢えない恋とする説がある。『拾遺集』の配列では前者になる。

45
あはれとも 言《い》ふべき人《ひと》は 思《おも》ほえで
身《み》のいたづらに なりぬべきかな　謙徳公《けんとくこう》

恋人に捨てられた私のことを、かわいそうだとでも言ってくれるはずの人は思いあたらないままに、あなたに思い焦がれながら、むなしく死んでしまうのだろうなあ。

藤原伊尹《これまさ》（九二四〜九七二）は藤原師輔《もろすけ》の子。号は一条摂政、死後に贈られた諡《おくりな》が謙徳公。『一条摂政御集』は歌物語的家集として知られる。50の作者藤原義孝は子、52の作者藤原道信《みちのぶ》は孫。

『拾遺集』恋五に、「もの言ひ侍りける女の、後につれなく侍りて、さらに逢はず侍りければ」とある歌。親しくしていた女性が冷淡になり、まったく逢わなくなったので、詠んだ歌である。「あはれとも言ふべき人」は、女性に捨てられたことを気の毒だと言ってくれそうな親友などを指す。

46

由良《ゆら》の門《と》を 渡《わた》る舟人《ふなびと》 かぢを絶《た》え
行方《ゆくへ》も知《し》らぬ 恋《こひ》の道《みち》かな　曾禰好忠《そねのよしただ》

由良の海峡を漕ぎ渡る舟人が櫂《かい》を失って漂うように、私の恋はこれから先どうなるのかわからないことだなあ。

曾禰好忠は平安中期の歌人。『後撰集』『拾遺集』時代に活躍したが、生没年未詳。丹後掾《たんごのじょう》の官職にあったので、「曾丹後」「曾丹」と呼ばれた。中古三十六歌仙の一人で、『曾丹集』がある。

この歌は、『新古今集』恋歌一に、「題知らず」として載り、五句は「恋の道かも」となる。「由良の門」は紀淡《きたん》海峡とする説もあるが、作者の経歴から、京都府由良川の河口とする説をとる。「かぢ」は櫂や櫓《ろ》のこと。三句までは「行方も知らぬ」を導きだす序詞になり、櫂を失った舟人のとまどいは、将来が見えない恋の不安定さを象徴する。

47

八重葎《やへむぐら》 茂《しげ》れる宿《やど》の 寂《さび》しきに
人《ひと》こそ見《み》えね 秋《あき》は来《き》にけり　恵慶法師《えぎょうほうし》

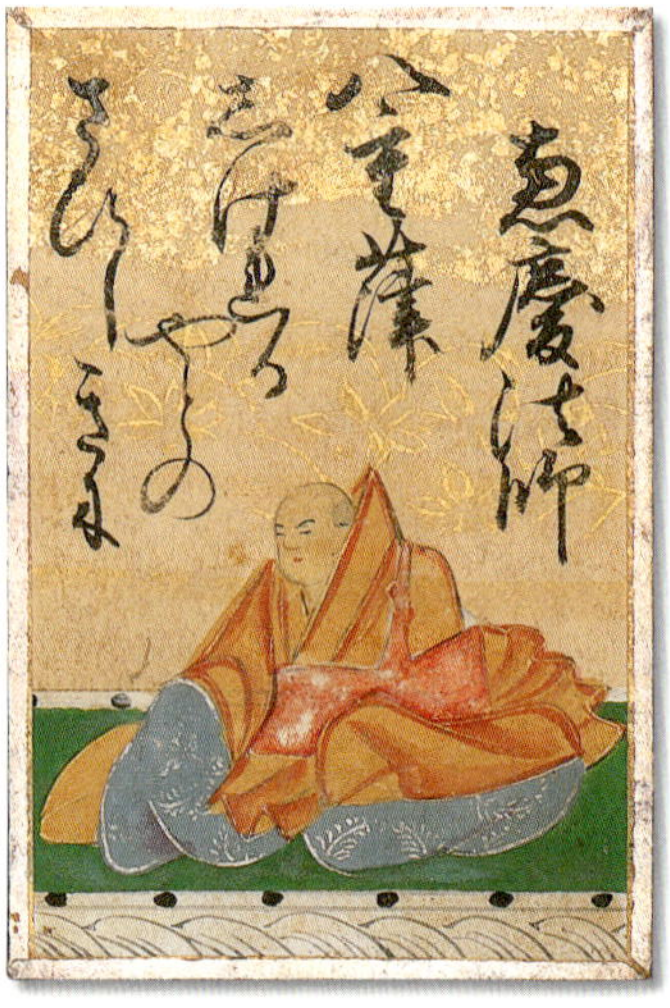

幾重にも葎が生い茂った屋敷で、ただでさえ寂しい所に、持ち主だった人は姿を見せないが、それでも秋はやって来たことだなあ。

恵慶法師は平安中期の歌人。播磨《はりま》国分寺の講師《こうじ》を務めたらしいが、生没年未詳。『拾遺集』時代に活躍し、中古三十六歌仙の一人で、『恵慶法師集』がある。

この歌は、『拾遺集』秋に、「河原院《かはらのゐん》にて、荒れたる宿に秋来《きた》るといふ心を人々よみ侍りけるに」と見え、源融《みなもとのとおる》の旧宅である河原院で、「荒れたる宿に秋来る」（荒廃した屋敷に秋が来た）という題で、人々が詠んだ時の歌である。河原院は14を参照。「八重葎」は繁茂した雑草で、邸宅の荒廃を表す歌語。

48
風《かぜ》をいたみ 岩《いは》打《う》つ波《なみ》の おのれのみ 砕《くだ》けて物《もの》を 思《おも》ふころかな
源《みなもとの》重之《しげゆき》

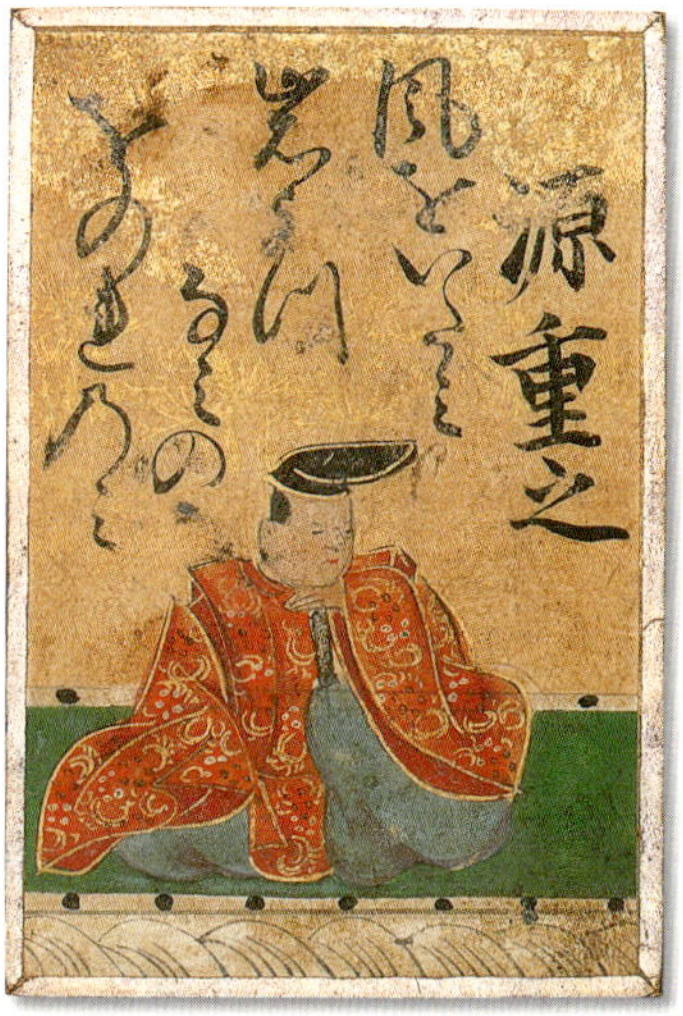

激しく風が吹くので、岩に砕け散る波のように、心動かさぬあなたを思い、自分一人だけが心を砕いて物思いをするこの頃だなあ。

源重之は平安中期の歌人。源兼信の子で、生没年未詳。51の歌の作者藤原実方《さねかた》に従って陸奥《みちのく》に下り、そこで没した。三十六歌仙の一人で、『重之集』がある。

『詞花集』恋上に「冷泉院春宮《れいぜいゐんとうぐう》と申しける時、百首歌奉りけるによめる」と見える。二句までは「砕けて」を導きだす序詞で、心を動かさない相手を岩に、自分を砕け散る波に喩え、片思いの苦しさを詠んでいる。「おのれのみ」は、恋に悩むのは自分だけで、あなたは違うという非難を含む。

49
御垣守《みかきもり》 衛士《ゑじ》の焚《た》く火《ひ》の 夜《よる》は燃《も》え 昼《ひる》は 消《き》えつつ 物《もの》をこそ思《おも》へ
大中臣能宣朝臣《おおなかとみのよしのぶあそん》

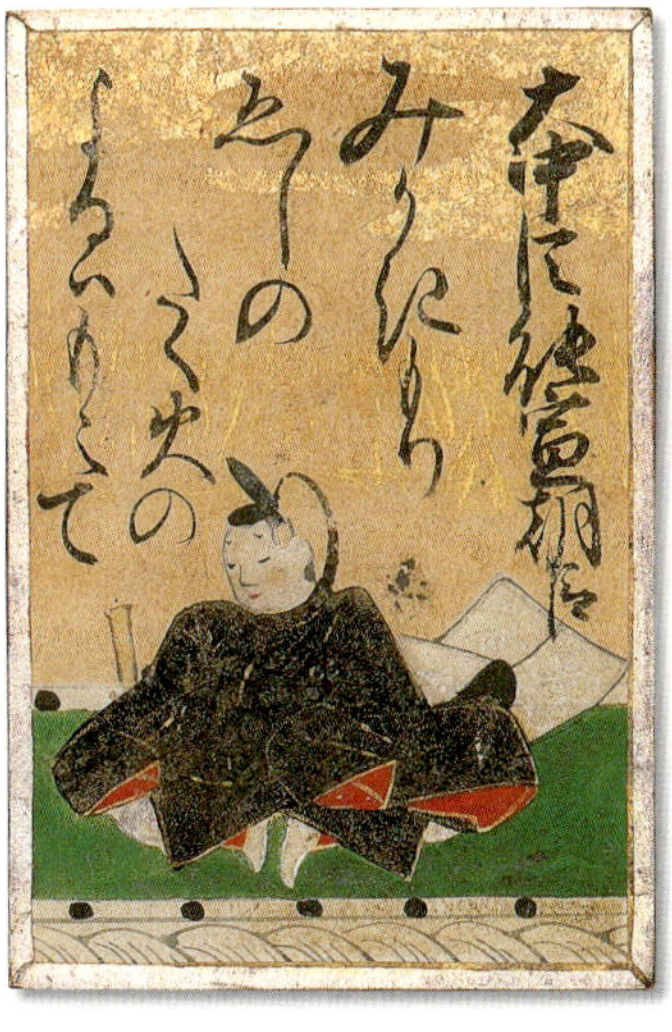

宮中の御門を警固する衛士が夜焚く篝火《かがりび》のように、私の心は夜は燃え、昼は消え入るばかりに物思いに沈んでいる。

大中臣能宣（九二一～九九一）は「梨壺の五人」の一人で、『後撰集』を撰進した。三十六歌仙の一人で、『能宣集』がある。歌人大中臣輔親《すけちか》の父である。

二句の「衛士」は、衛門府・衛士府に属して警固を行う官人で、火を焚くのが職務の一つだった。二句までは「燃え」を導きだす序詞で、恋の苦しみを喩える。「夜は燃え」「昼は消え」の対句も、恋の炎の明滅をうまく表現している。衛士が焚く篝火は、『源氏物語』「篝火」の巻にも、見事に使われている。『詞花集』恋上に、「題知らず」とある歌であった。

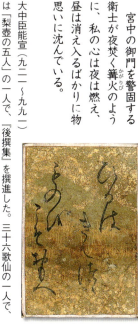

50

君《きみ》がため 惜《を》しからざりし 命《いのち》さへ
長くもがなと 思《おも》ひけるかな　藤《ふじ》原《わらの》義《よし》孝《たか》

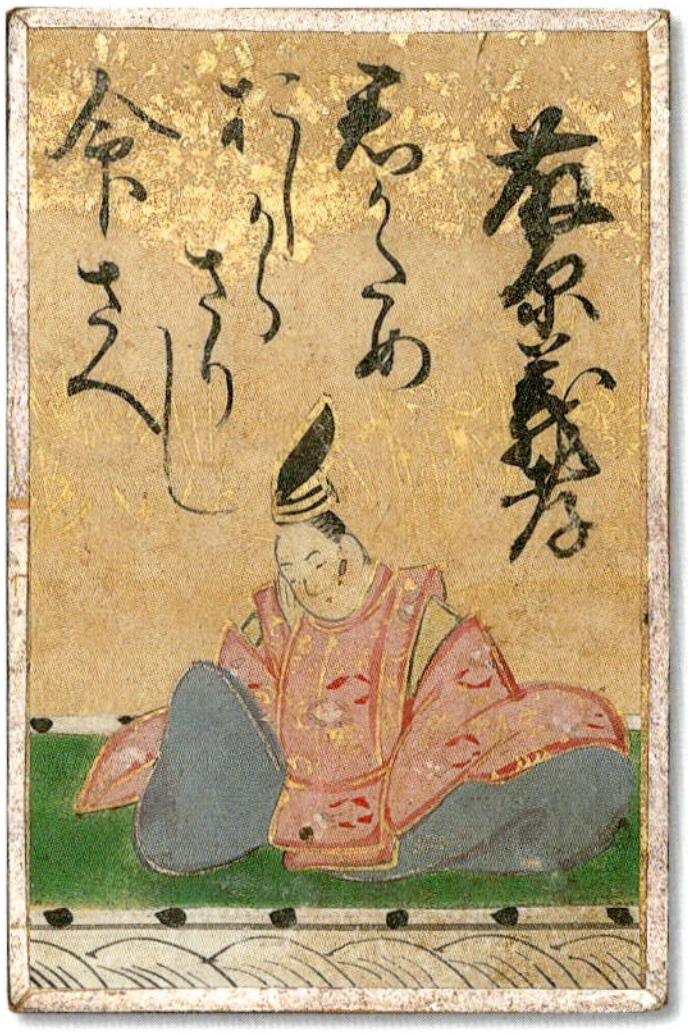

あなたに逢うためなら、死んでも惜しくないと思った命だったけれど、あなたと結ばれて思いがかなった今では、長く生きたいと思うようになったことだなあ。

藤原義孝（九五四〜九七四）は、45の作者藤原伊尹《これまさ》の子。仏道に志したが、疱瘡《ほうそう》になり、二一歳で早世。中古三十六歌仙の一人で、『義孝集』がある。

『後拾遺集』恋二に「女のもとより帰りてつかはしける」と見え、女性の所から帰って贈った後朝《きぬぎぬ》の歌である。結句は「思ひぬるかな」。長く思いつづけた女性と初めて契った後の心理の変化を詠んでいる。この「ける」という助動詞は、長生きしたいという自分の気持ちに初めて気がついたことを表す。作者が早世しただけに感慨深い歌である。

51

かくとだに えやはいぶきの さしも草《ぐさ》 さし
も知《し》らじな 燃《も》ゆる思《おも》ひを　藤《ふじ》原《わらの》実《さね》方《かた》朝《あ》臣《そん》

このようにあなたを恋していると さえ言えないのだから、伊吹山《いぶきやま》のさしも草のように、私の火のように燃える思いを、あなたはそれほどとも知らないだろうよ。

藤原実方（?〜九九八）は花山《かざん》天皇の側近歌人だったらしいが、陸奥守《むつのかみ》として赴任し、そこで没した。中古三十六歌仙の一人。

『後拾遺集』恋一に「女に初めてつかはしける」と見え、女性に初めて贈った歌であった。「えやは言ふ」と地名「伊吹」、「思ひ」と「火」は掛詞、「伊吹のさしも草」は同音反復で「さしも」を導きだす序詞、「さしも草」「燃ゆる」「火」は縁語となり、修辞の混んだ歌である。「伊吹」は歌枕だが、場所は諸説ある。「さしも草」は艾《もぐさ》に用いる蓬《よもぎ》のことである。

52

# 明《あ》けぬれば 暮《く》るるものとは 知《し》りながら なほ恨《うら》めしき 朝《あさ》ぼらけかな

## 藤《ふじ》原《わらの》道《みち》信《のぶ》朝臣《あそん》

夜が明けると必ず日が暮れ、そしてあなたに逢えるものとは知っているけれど、夜が明ければ帰らねばならないので、やはり恨めしい夜明け方であるなあ。

藤原道信（九七二～九九四）は藤原為光《ためみつ》の子で、母は藤原伊尹女《これまさのむすめ》。45の伊尹の孫にあたる。伯父藤原兼家《かねいえ》の養子として元服、将来を期待されたが、夭折した。中古三十六歌仙の一人で、『道信集』がある。

この歌は、『後拾遺集』恋二に、「女のもとより、雪降り侍りける日帰りてつかはしける」とあり、「帰るさの道やは変はる変はらねどとくるにまどふ今朝の淡雪」の歌に続いて、この歌が見える。『道信集』では別の時にするが、女性のもとから、雪が降った日に帰って贈った後朝《きぬぎぬ》の歌となる。「帰るさの」の歌は、「あなたの家から帰る時の道はいつもと変わっているか。いや変わらないけれど、今朝降る淡雪が解けるように、あなたがうち解けてくれたので、かえって心が動揺して道に惑うことだ」という意味である。

当時の結婚は普通、通い婚の形態をとるので、男性は夜が明ける前に女性の家から帰らなければならなかった。掲載歌は、まだ通いはじめた段階なので、その別れを思うと夜明けが恨めしくなる、というのである。「明けぬれば暮るるもの」という時間の原則は理解しても、思うにまかせない感情を顕わにしている。「……とは知りながら……」はそうした論理を作る構文で、しばしば見られる定型句である。

道信の和歌の才能は抜群で、勅撰集への入集も多かった。『新古今集』への入集には、藤原定家《さだいえ》の推挙が大きかったことが明らかで、その延長上に『百人一首』の撰歌があった。『今昔物語集』の編者も道信に深い関心を持っていたようで、巻第二四の和歌説話には道信の話を多く載せている。夭折の歌人を哀惜する思いは、各方面で実に深かったのである。

## 53

# 嘆《なげ》きつつ 独《ひと》り寝《ぬ》る夜《よ》の あくる間《ま》は いかに久《ひさ》しき ものとかは知《し》る

右《う》近《こんの》大《だい》将《しょう》道《みち》綱《つなの》母《はは》

繰り返し嘆きながら、一人で寝る夜が明けるまでの間はどんなに長いものか、あなたはわかっているのか。いや、門を開けるのが遅かった程度で不満を言うようでは、その苦しみは到底わからないだろう。

藤原道綱母（?～九九五）は藤原倫寧女《ともやすのむすめ》。藤原兼家《かねいえ》の妻の一人で、右大将道綱を産んだ。夫婦生活を二一年間にわたって書いた『蜻蛉《かげろう》日記』の作者でもある。『更級《さらしな》日記』の作者菅原孝標女《たかすえのむすめ》は姪にあたる。

この歌は、『拾遺集』恋四に、「入道摂政まかりたりけるに、門《かど》を遅く開けければ、『立ちわづらひぬ』と言ひ入れて侍りければ」と見える。夫藤原兼家がやって来た時に、開けるべき門を開けなかったところ、「立ち疲れてしまった」と家の中に言葉をかけたので、詠んだ歌というのである。

この歌は、門を開けなかったことに兼家が不満を言ってきたので、自分はつらい一人寝をして、夜が明けるまでの長い時間を待っていたのだ、と答えた歌である。「あくる」に夜が「明くる」と戸が「開く」を掛けて重ね、見事に切り返したところに眼目がある。末尾に「かは知る」の反語を使い、強い反発の意志を表している。一人寝の嘆きを機知を込めて訴え、新しい閨怨詩《けいえんし》を開拓したと言っていいだろう。

しかし、『蜻蛉日記』の記述を見ると、この歌を詠んだ情況は実に複雑だった。天暦九年（九五五）八月に道綱が生まれたが、一〇月下旬に、兼家が三夜来ないことがあり、人に後をつけさせて、町の小路に女がいることを知った。二、三日後の夜明け前に門を叩く音がしたが、開けさせずにいたら、例の女の辺りへ行ってしまった。翌朝、このまま黙ってはいられないと思って、この歌を詠んで、色変わりした菊に付けて持たせたという。色変わりした菊は、兼家の心が他の女性に移ったことを喩えたものである。『拾遺集』の詞書にあるような、単純な情況ではなく、まして、その時に詠んだ歌でもなかったのである。

日記には、兼家の返事があって、「夜が明けるまで、門が開くのを待とうとしたが、急な召使いが来合わせたので」と言い訳をして、「げにやげに冬の夜ならぬ真木《まき》の戸も遅く開くるはわびしかりけり」と詠んできたとする。「なるほど言うとおり、冬の夜は長くて明けにくいが、冬の夜でもない真木の戸でも、なかなか開けてくれないのはつらいことだったなあ」という意味である。兼家も「あくる」の掛詞にこだわるが、形式的な対応にすぎない。その後、兼家は平然と町の小路の女に通うようになったので、無神経さに呆れた、と書いている。

『大鏡』兼家伝では、兼家の次男道綱を紹介しながら、その母は「きはめたる和歌の上手」で、兼家が通った頃のことや歌を書き集めて、『蜻蛉日記』と名づけて世に広めた、と述べている。その後で、この掲載歌を引くが、兼家伝の中なので、兼家の返歌も載せている。しかし、町の小路の女ができたことは省略され、『拾遺集』の取り上げ方に近い。兼家が返歌した動機は、「いと興ありと思《おぼ》し召して」（たいそうおもしろいとお思いになって）と述べられるが、道綱母の歌に興味を持ったというのは、「きはめたる和歌の上手」と紹介したのと対応している。『大鏡』の取り上げ方は、やはり兼家伝のエピソードの一齣に過ぎなかったのである。

『蜻蛉日記』は、「人にもあらぬ身の上まで書き日記し」（人並みでもない身の上まで書いて日記にし）たものであり、後半は息子道綱への思いが中心になってゆくが、最後は、「思へば、かう長らへ、今日になりにけるもあさましう」（考えてみると、このように生き長らえ、今日になったのも呆れるばかりで）という感慨で結ぶ。この日記には、その後に、「巻末歌集」を載せている。他撰であるが、道綱母が屏風歌や歌合歌などの晴れの場の歌で活躍した様子がうかがわれる。まさに、「きはめたる和歌の上手」だったのである。

### 歌合に、卯《う》の花

**卯の花の盛りなるべし山里の衣さ干せる折と見ゆるは**

卯の花が盛りなのであろう。山里が衣を干している時のように見えるのは。

これは、正暦四年（九九三）、春宮《とうぐう》居貞《おきさだ》親王が主催した「帯《たち》刀陣《わきのじん》歌合」への出詠である。居貞親王は68の歌の作者三条院で、「帯刀陣」は春宮を護衛した役人の詰め所であった。

歌川国芳筆『百人一首之内 右大将道綱母』
江戸時代 那珂川町馬頭広重美術館所蔵

54

# 忘《わす》れじの 行末《ゆくすゑ》までは かたければ 今日《けふ》を限《かぎ》りの 命《いのち》ともがな

儀同三司母《ぎどうさんしのはは》

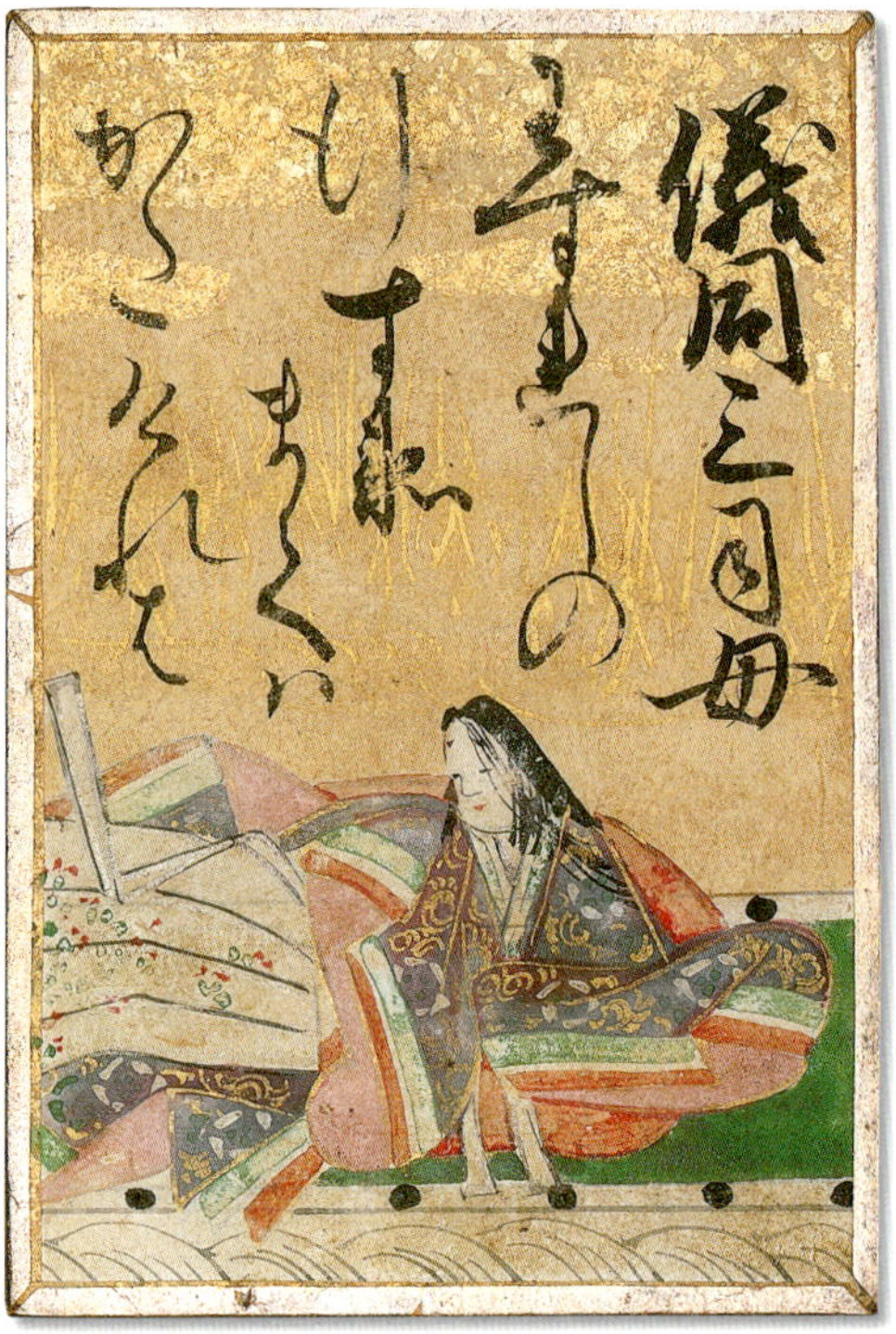

忘れまいという、あなたの言葉が将来まで変わらないことは難しいので、こうして逢っている幸せな今日を最後に死んでしまいたいものだなあ。

高階《たかしなのき》 貴子《し》(?〜九九六)は高階成忠《なりただのむすめ》 女。円融《えんゆう》天皇に高内侍《こうのないし》として仕えたが、藤原道隆《みちたか》と結婚し、伊周《これちか》、隆家、定子《ていし》を産んだ。道隆が没し、伊周と隆家が流される悲運の中で亡くなった。儀同三司は太政大臣・左右大臣の三司に準ずる大臣という意味で、最初にこの官職に就いた伊周をこう呼んだ。

『新古今集』恋歌三に「中《なかの》関白通ひそめ侍りける頃」と見え、夫となった藤原道隆が通いはじめた頃の歌である。貴子の歌は勅撰集に五首入集するだけだが、この歌は、『新古今集』に入る前に、55の藤原公任《きんとう》が撰んだ『前《さきの》十五番歌合』十二番にも入っていて、高い評価を受けていたと思われる。

一句の「忘れじ」は、男性が睦言の中で女性に誓う言葉で、『新古今集』にも「忘れじと言ひしばかりの名残とて」(恋歌四)のように見える。「行末まではかたければ」は、きっと変わってしまうと思うので、という意味を言外に含む。そのため、今日のうちに死んでしまえば、その言葉に裏切られることはない、とするのである。「行末までは」と「今日を限り」の対照が、この思いを明確にしている。

貴子は中関白家の栄華と没落を経験した女性だったが、この歌は波乱の人生の幕開けとも言える一首であった。それより少し後のことだろうか、道隆が女性のもとから夜明けに来て、部屋の外にいて帰った時の歌が、高内侍の名で見える。

**暁の露は枕に置きけるを草葉の上と何思ひけむ**

(後拾遺集・恋二)

夜明けの涙の露は私の枕の上に置いたのに、今まで草葉の上に置くものとばかりどうして思っていたのだろう。

どちらの歌も技巧は少ないが、素直ななかにも激しい歌になっている。

# 55
# 滝《たき》の音《おと》は　絶《た》えて久《ひさ》しく　なりぬれど　名《な》こそ流《なが》れて　なほ聞《き》こえけれ　大納言公任《だいなごんきんとう》

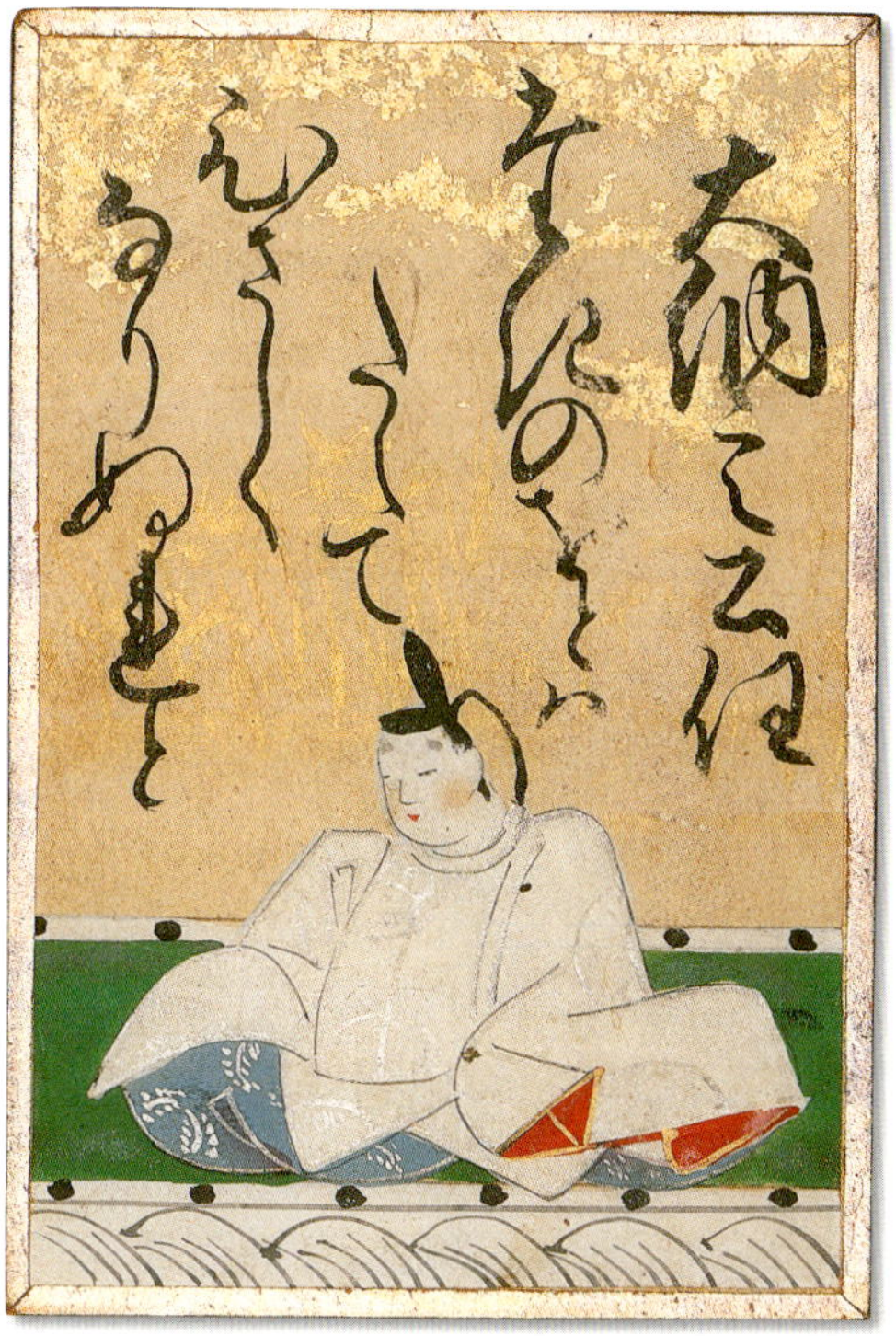

滝の水音は絶えてからずいぶん久しくなってしまったけれども、その名声だけは流れ伝わって、やはり今でも聞こえてくることよ。

藤原公任（九六六〜一〇四一）は藤原頼忠《よりただ》の子。博学多才の文化人で、寛弘六年（一〇〇九）に権大納言。著書『新撰髄脳《しんせんずいのう》』、私撰集『拾遺抄』、詩歌集『和漢朗詠集』、家集『公任集』などがある。中古三十六歌仙の一人。64の作者藤原定頼《さだより》は子。

『拾遺集』雑上に、「大覚寺《だいかくじ》に人々あまたまかりたりけるに、古き滝をよみ侍りける」とあり、京都府嵯峨《さが》の大覚寺に人々が大勢出かけた時に、古い滝を詠んだ歌であるが、一句は「滝の糸は」とする。これは、長保元年（九九九）、藤原道長が嵯峨を遊覧した時の歌と考えられている。

ただし、『千載集《せんざいしゅう》』雑歌上に、「嵯峨大覚寺にまかりて、これかれ歌よみ侍りけるによみ侍りける」として重出し、これは一句が「滝の音は」である。この時の記事は藤原行成《ゆきなり》の日記『権記《ごんき》』に詳しく、それに拠れば「滝の音は」が原形で、『百人一首』の典拠としてはこちらを考えるべきだろう。

大覚寺は嵯峨天皇（七八六〜八四二）の離宮があった所で、滝殿は景勝として有名だったが、その頃はなくなっていたので、それを詠んだ歌である。「音」「絶え」「流れ」「聞こえ」が「滝」の縁語で、それで一首を統一したのが見事である。道長の遊覧を飾るにふさわしい、晴れやかな歌だったと思われる。

やはり道長が大堰川《おおいがわ》で船遊びをした際、漢詩・管弦・和歌の船に優れた人を乗せたところ、公任は和歌の船に乗り、「小倉山峰の嵐の寒ければ紅葉の錦着ぬ人ぞなき」と詠んで賞賛されたが、漢詩の船に乗ればもっと評価を上げたのに、と悔やんだ話がある（『大鏡』頼忠伝）。これにより、この三つのどれにも堪能なことを「三船《さんせん》の才《さい》」と呼ぶようになった。

56

# あらざらむ この世《よ》のほかの 思《おも》ひ出《で》に 今《いま》一度《ひとたび》の 逢《あ》ふこともがな

和泉式部《いずみしきぶ》

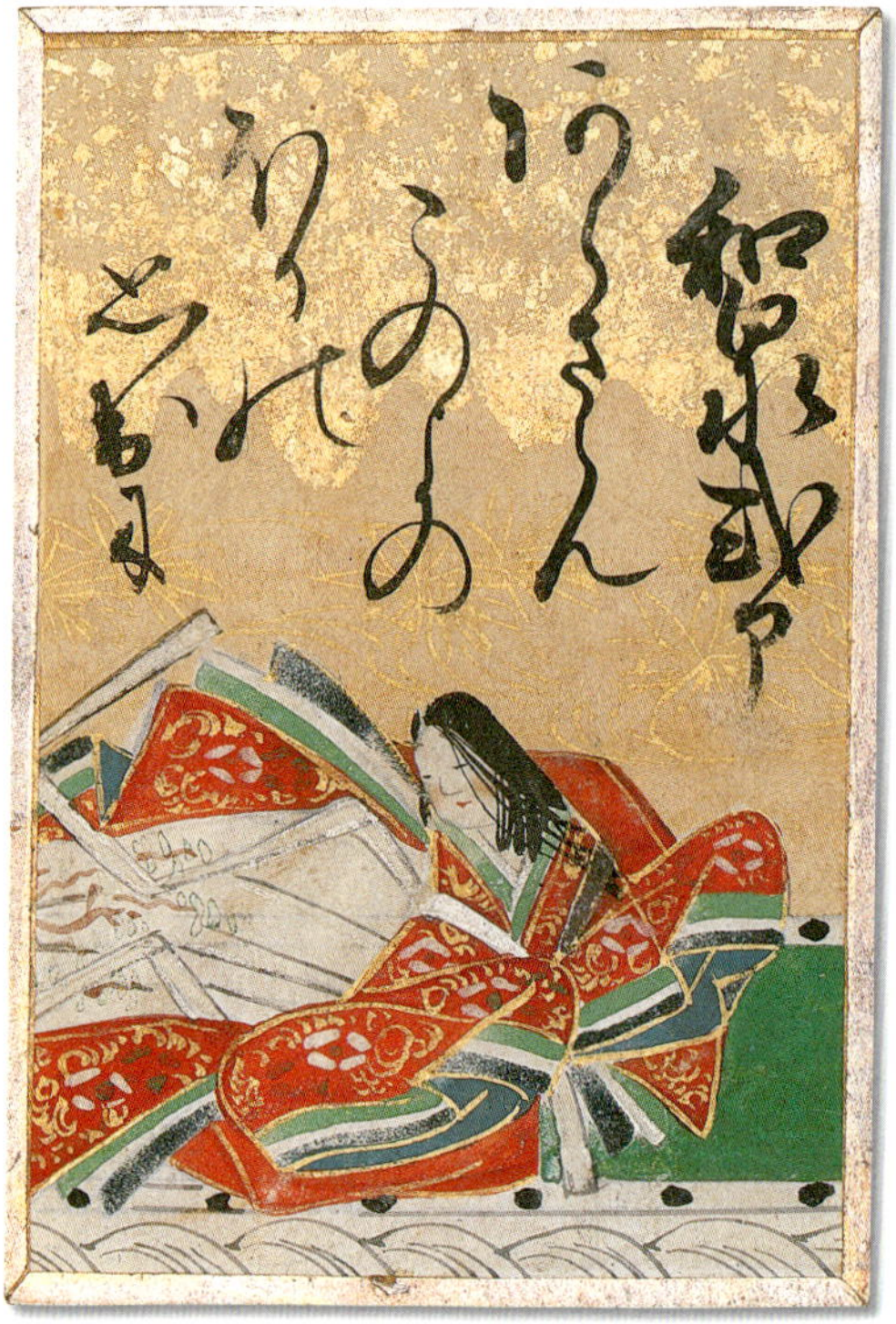

私はもう間違いなく死ぬだろうが、あの世への思い出として、せめてもう一度あなたに逢うことができればいいのになあ。

和泉式部は平安中期の歌人。大江雅致女《まさむねのむすめ》だが、生没年未詳。橘道貞《たちばなのみちさだ》と結婚し、60の作者小式部内侍《こしきぶのないし》を産んだ。やがて冷泉《れいぜい》天皇の皇子為尊《ためたか》親王と敦道《あつみち》親王に愛され、寛弘六年（一〇〇九）、藤原道長の娘で一条天皇の中宮彰子《しょうし》に仕えるが、藤原保昌《やすまさ》の妻となった。夫道貞が和泉守《いづみのかみ》だったことから、和泉式部と称された。日記『和泉式部日記』、家集『和泉式部集』がある。中古三十六歌仙の一人。

『後拾遺集』恋三に、「心地例ならず侍りける頃、人のもとにつかはしける」と見え、気分がいつもと違って悪かった頃、男性のもとに贈った歌である。『和泉式部集』にも、「心地あしき頃、人に」とある。重病を患って恋人に歌を贈る、という類型の歌になるが、相手や時期は不明。

この歌の載った『後拾遺集』は、和泉式部の歌を数多く入集していて、その歌を高く評価していたことが知られる。その前後には、次のような恋歌が見つかる。

**黒髪の乱れも知らずうち臥《ふ》せばまづかきやりし人ぞ恋ひしき**　（恋三）

黒髪が乱れるのも気にせずに臥すと、まずこの髪をかき上げてくれたあの人が恋しく思われる。

これらは『和泉式部集』では百首歌の中にあり、題詠であった。従って、具体的な恋愛があったのではないが、官能的な詠みぶりは時代の規範を越えて、近代の与謝野晶子《よさのあきこ》にまで通じている。

また、他作説もあるが、自作と考えられる『和泉式部日記』の冒頭は、長保五年（一〇〇三）の夏の四月中旬、前年亡くなった故宮為尊親王を失った悲しみに沈むところに、弟宮敦道親王が小舎人童《こどねりわらわ》に橘の花を持たせて寄越した場面から始まる。そこで詠んだのは、次のような歌であった。

**薫る香によそふるよりは時鳥《ほととぎす》聞かばや同じ声やしたると**
（長保五年四月）

いただいた橘の薫る香りに昔逢った兄宮にことよせてしのぶよりは、旧暦五月になると鳴く時鳥ではないが、あなたの声が聞きたいものだ、兄宮とそっくりな声をしているのかどうかと。

こうして始まった二人の関係は、和歌の贈答を繰り返して深められ、その年の一二月一八日に宮邸に入り、翌長保六年、北の方藤原済時《なりときの》女《むすめ》が宮邸を退去することで、この日記は終わる。

歌川国芳筆『百人一首之内 和泉式部』江戸時代
那珂川町馬頭広重美術館所蔵

こうした男性関係の多さから、藤原道長は和泉式部のことを「浮かれ女《め》」と呼んだとされる（『和泉式部集』）。しかし、和泉式部が恋の煩悩に悩む思いを歌にして、播磨《はりま》（兵庫県）書写山円教寺の性空上人に贈ったことが知られている。

**暗きより暗き道にぞ入《い》りぬべき遥かに照らせ山《やま》の端《は》の月**
（拾遺集・哀傷）

私は、煩悩の闇から闇に深く入ってしまいそうだ。遥か彼方まで照らしてくれ、山の端にかかる月のような上人よ。

こうして繰り返された恋の終わりであろうか、二度目の夫藤原保昌に忘れられた頃、京都北山の貴船《きぶね》神社に参拝し、身を清める御手洗川《みたらしがわ》に蛍が飛ぶのを見て詠んだ歌がある。

**物思へば沢の蛍もわが身よりあくがれ出《い》づる魂《たま》かとぞ見る**
（後拾遺集・雑六）

物思いをしていると、この沢辺を飛ぶ蛍も、自分の肉体からふらふらとさまよい出た魂なのではないかと思って見ている。

この歌には貴船明神の返歌も載っていて、男の声で和泉式部の耳に聞こえた歌だ、と伝えている。

これらの話は各種の説話集に入って有名になったが、その他にも、波瀾万丈の人生を送った和泉式部は話の種になりやすかったらしい。娘小式部内侍との話や道命阿闍梨《どうみょうあじゃり》との話ばかりでなく、さらには、道命との母子相姦、鹿の子として生まれた話などへ広がってゆく。和泉式部に名を借りた伝説は、さまざまなかたちで生成を繰り返してきたのである。

57

# めぐり逢《あ》ひて 見《み》しやそれとも 分《わ》かぬ間《ま》に 雲《くも》隠《がく》れにし 夜《よ》半《は》の月《つき》かな

紫式部《むらさきしきぶ》

やっと見たのが月かどうかとも見極めがつかないうちに、雲に隠れてしまった真夜中の月のように、久方ぶりにめぐり逢って、ちょっと逢ったと思う間もなく、急いで帰ってしまった昔の幼友達だなあ。

紫式部は平安中期の歌人・物語作家。27の歌の作者藤原兼輔《かねすけ》の曾孫で、漢学者藤原為時 女《ためときのむすめ》だが、生没年未詳。藤原宣孝《のぶたか》と結婚して、58の作者大弐《だいにの》三位《さんみ》を産んだ。夫の死後、寛弘二年（一〇〇五）頃、藤原道長の娘で、一条天皇の中宮彰子《しょうし》に仕えた。『源氏物語』の作者として知られ、日記『紫式部日記』、家集『紫式部集』がある。中古三十六歌仙の一人。

『新古今集』雑歌上に、「早くより童友達《わらはともだち》に侍りける人の、年ごろ経て行《ゆ》きあひたる、ほのかにて、七月十日の頃、月に競《きほ》ひて帰り侍りければ」とあり、昔から幼友達だった人が長年経ってばったり行き逢ったのに、わずかに話をしただけで、慌ただしく帰ったので、それを惜しんで詠んだ歌である。『新古今集』では五句を「夜半の月影」と体言止めにしたが、『百人一首』は『紫式部集』にある原形をとっている。

旧暦七月一〇日頃、早々と沈む月と争うようにして慌ただしく帰ったので、それを惜しんで詠んだ歌である。

旧暦の「十日」の月は半月なので、夜中には早々と沈んでしまうことから、急いで帰った友達をそれに喩えている。『紫式部集』では「十月十日」なので、冬の月である点が異なる。友達は女性らしく、『新古今集』も雑歌に分類する。

この歌は『紫式部集』の冒頭にある歌であったが、この家集は、長徳二年（九九六）、父の任国越前《えちぜん》（福井県）に同行し、単身帰京して宣孝と結婚するなど、その人生を彩った歌を編集していて興味深い。

また、『紫式部日記』は、一条天皇の中宮彰子が父道長の土御門邸《つちみかど》で敦成《あつひら》親王（後の後一条天皇）を出産した際の記事を中心に書くが、その中にも何首かの歌が散見される。一条天皇の土御門邸行幸が近づき、邸内を磨きたてているのに、自身は出家遁世を考え、屈託のなさそうな水鳥を見て、こう詠む。

**水鳥を水の上とやよそに見むわれも浮きたる世を過ぐしつつ**　（寛弘五年一〇月）

あの水鳥を水の上で無心に遊ぶものと、私と無関係に見ることができようか、いやできない。私も水鳥と同じように、うわついた落ち着かない人生を過ごしていることだ。

道長が『源氏物語』を見て、冗談のついでに、梅の実の下に敷いた紙に、「浮気者だと評判のあなたなので、見る人がそのまま何もなく見過ごすことはあるまい」という意味の歌を詠みかけたので、こう返している。

**人にまだ折られぬものをたれかこのすきものぞとは口ならしけむ**　（寛弘六年夏）

私はまだ誰にもなびいたことはないのに、酸き物（すっぱい物）に口を鳴らすではないが、だれが私を好き者（浮気者）とは言いふらしたのだろうか。

なお、この日記には消息文と呼ばれる部分があり、同時代の女房たちを批評している。その中で、56の作者和泉式部については、その歌の本質に迫る。

和泉式部は感心しないところがある。うち解けて手紙を走り書きすると、文章の才能のある人だった。歌はたいそう興味深い。しかし、古歌の知識や和歌の論理から見れば、正統的な歌人のようではない。だが、口に任せて詠んだ歌には必ずおもしろい一点が含まれていた。

59の作者赤染衛門については、好意的である。

赤染衛門は、歌は格別優れているわけではないが、実に由緒ありげで、歌人だからということで詠み散らすことはないが、世に知られている歌はどれも、こちらが恥ずかしくなるような立派な歌である。

62の作者清少納言については、なかなか厳しい。

清少納言は、得意顔で偉そうにしていた人だった。あれほど利口ぶって漢字を書き散らしているが、よく見ると十分でないことが多い。いつも風流ぶっていようとする人は、感動しているように振る舞い、おもしろいことを見逃さないようにするうちに、自然と浮薄な態度になるのだろう。

この日記には、紫式部は漢学に長けていたが、同僚女房に「日本紀《にほんぎ》の御局《みつぼね》」というあだ名をつけられ、「一」という漢字も書かなかったという逸話を記す。そうした教養が存分に発揮されたのが『源氏物語』の創作であった。これは物語作品であるために、紫式部自身の歌としては評価されていないが、登場人物に多くの歌を詠ませていることは見逃せない。物語歌まで含めて、一流の歌人だったと見るべきだろう。

香蝶楼国貞筆『本朝名異女図鑑 紫式部』国貞は三代歌川豊国を襲名した浮世絵師。34頁参照。江戸時代 国立国会図書館所蔵

58

## 有馬山《ありまやま》 猪名《ゐな》の笹原《ささはら》 風吹《かぜふ》けば いでそよ人《ひと》を 忘《わす》れやはする　大弐三位《だいにのさんみ》

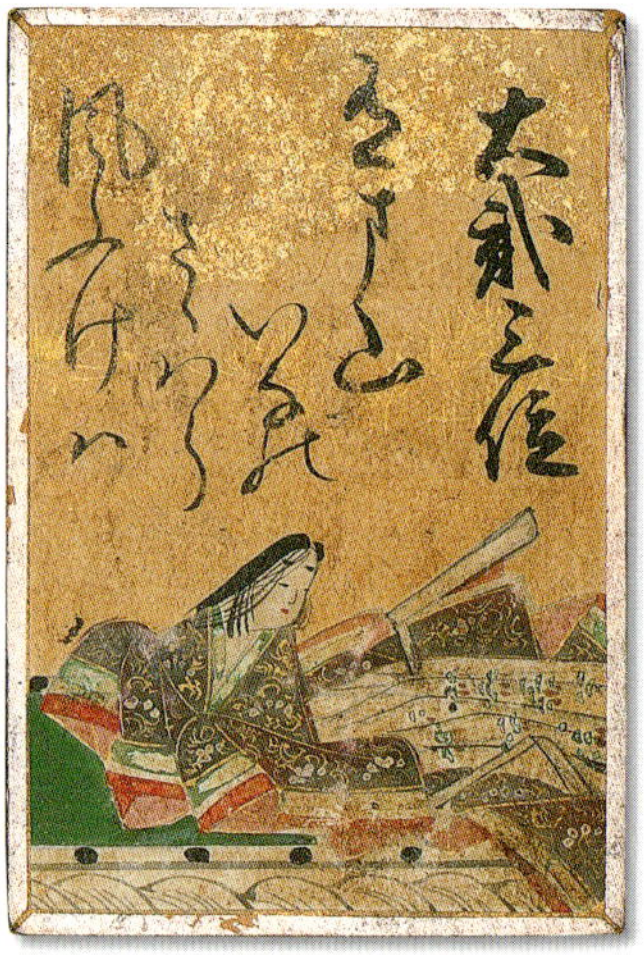

有馬山に近い猪名の笹原に風が吹くと、笹の葉がそよそよと音を立てるけれど、さあ、そのことよ、私はあなたのことを忘れると思うか、いいえ忘れはしない。

大弐三位（九九九？～一〇八二？）は、紫式部の娘。本名は藤原賢子《けんし》。大《だ》宰大弐《ざいのだいに》で正三位になった高階成章《たかしなのなりあきら》と結婚。家集『大弐三位集』がある。

『後拾遺集』恋二に、「離《か》れ離《が》れになる男の、おぼつかなくなど言ひたるによめる」と見え、足の遠のいた男性が、私を忘れたのか気がかりだと言ってきたのに詠んだ歌である。「有馬山」「猪名」は兵庫県の歌枕。三句までが「そよ」を導きだす序詞で、「そよ」は笹の葉の擦れる音の「そよ」と、それだよの意の「そよ」を掛ける。後者の「そよ」は、「おぼつかなく」（心配だ）という男性の言葉を受けることになる。

59

## やすらはで 寝《ね》なましものを さ夜更《よふ》けて 傾《かたぶ》くまでの 月《つき》を見《み》しかな　赤染衛門《あかぞめえもん》

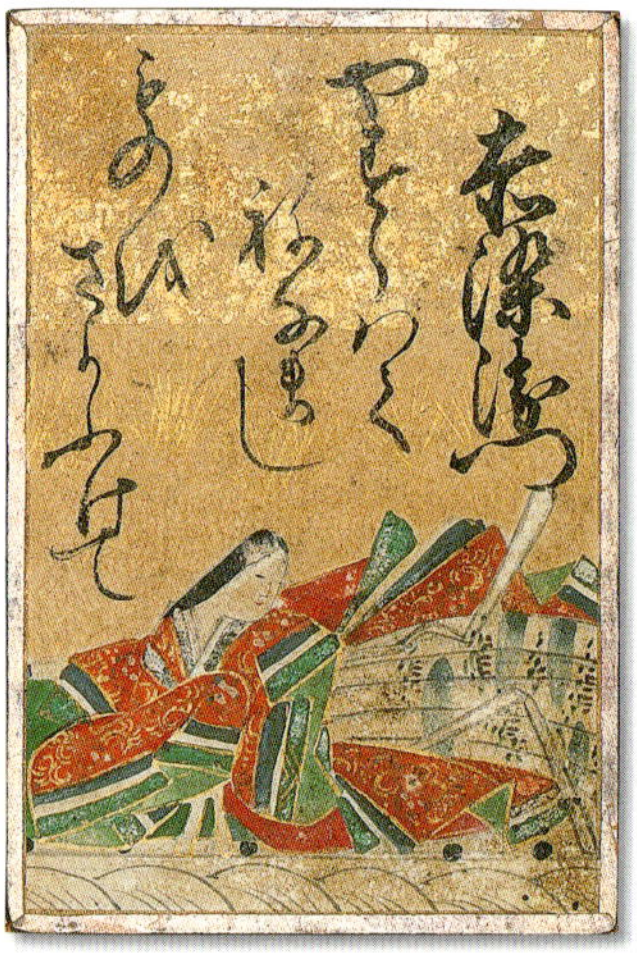

あなたが来ないとわかっていたら、ためらわずに寝てしまっただろうに。あなたのおいでを待っていたら、夜が更けて、とうとう月が西に傾くまで見ていたことだなあ。

赤染衛門は平安中期の歌人。赤染時用女《ときもちのむすめ》で、実父は40の歌の作者平兼盛《かねもり》ともいう。生没年未詳。大江匡衡《まさひら》と結婚。中古三十六歌仙の一人で、『栄花物語』正編の作者とされる。

『後拾遺集』恋二に、「中《なかの》関白少将に侍りけるとき、はらからなる人にもの言ひわたり侍りけり、頼めてまうで来ざりけるつとめて、女に代はりてよめる」と見える歌。藤原道隆《みちたか》が作者の姉妹のもとに通っていたとき、今日も来るかと期待させておきながら来なかった翌朝、代わりに詠んだ歌である。道隆は清少納言が仕えた藤原定子《ていし》の父。

60

# 大江《おほえ》山《やま》 生野《いくの》の道《みち》の 遠《とほ》ければ まだふみも見《み》ず 天《あま》の橋立《はしだて》

## 小式部内侍《こしきぶのないし》

母のいる丹後《たんご》の国府は、大江山から生野を通って行くほど道のりが遠いので、まだ天の橋立を踏んだこともないし、母からの手紙を見たこともない。

小式部内侍（?～一〇二五）は橘道貞の子で、母は和泉式部。母と同様に、藤原道長の娘で一条天皇の中宮彰子《しょうし》に仕えた。道長の子藤原頼通《よりみち》に愛され、静円《じょうえん》僧正を産んだが、二〇歳代で亡くなっている。

この歌は、『金葉集《きんようしゅう》』雑部上に、「和泉式部、保昌《やすまさ》に具して丹後に侍りける頃、都に歌合侍りけるに、小式部内侍、歌よみにとられて侍りけるを、定頼卿、局《つぼね》の方にまうで来て、『歌はいかがせさせ給ふ。丹後へ人はつかはしてけんや。使ひまうで来ずや。いかに心もとなくおぼすらん』など戯《たはぶ》れて立ちけるを、引きとどめてよめる」と見える。第四句は「ふみもまだ見ず」。『俊頼髄脳《としよりずいのう》』などでも知られた有名な話である。

母和泉式部が夫の藤原保昌に伴って丹後の国（京都府北部）にいた頃、都に歌合があり、小式部内侍が歌人に撰ばれたところ、藤原定頼が部屋に来て、「歌はどうしたか。丹後へ人は派遣しただろうか。使者は帰って来ないか。どんなに心配に思っているだろう」など冗談を言って立っていたので、引き留めて詠んだ歌である。保昌の丹後守在任は、寛弘七年（一〇一〇）頃と治安三年（一〇二三）年頃と二説がある。定頼は64の歌の作者で、55の作者藤原公任《きんとう》の子であった。

定頼が「歌合に出す歌の代作を丹後の母に頼んだ使者が戻ってこないので、気がかりだろう」と冷やかしたのに対して、「行く」「生野」、「踏み」「文」を掛け、「そんな母からの手紙は見ていない」と切り返したのが巧みだった。「大江山」「生野」「天の橋立」はどれも京都府の歌枕で、それらを並べた地理感覚がこの歌を輝かせている。「天の橋立」の景物としては「松」が有名だが、そうした類型にとらわれていないのがいい。

61

# いにしへの 奈良《なら》の都《みやこ》の 八重桜《やへざくら》 今日《けふ》九重《ここのへ》に にほひぬるかな

## 伊勢大輔《いせのたゆう》

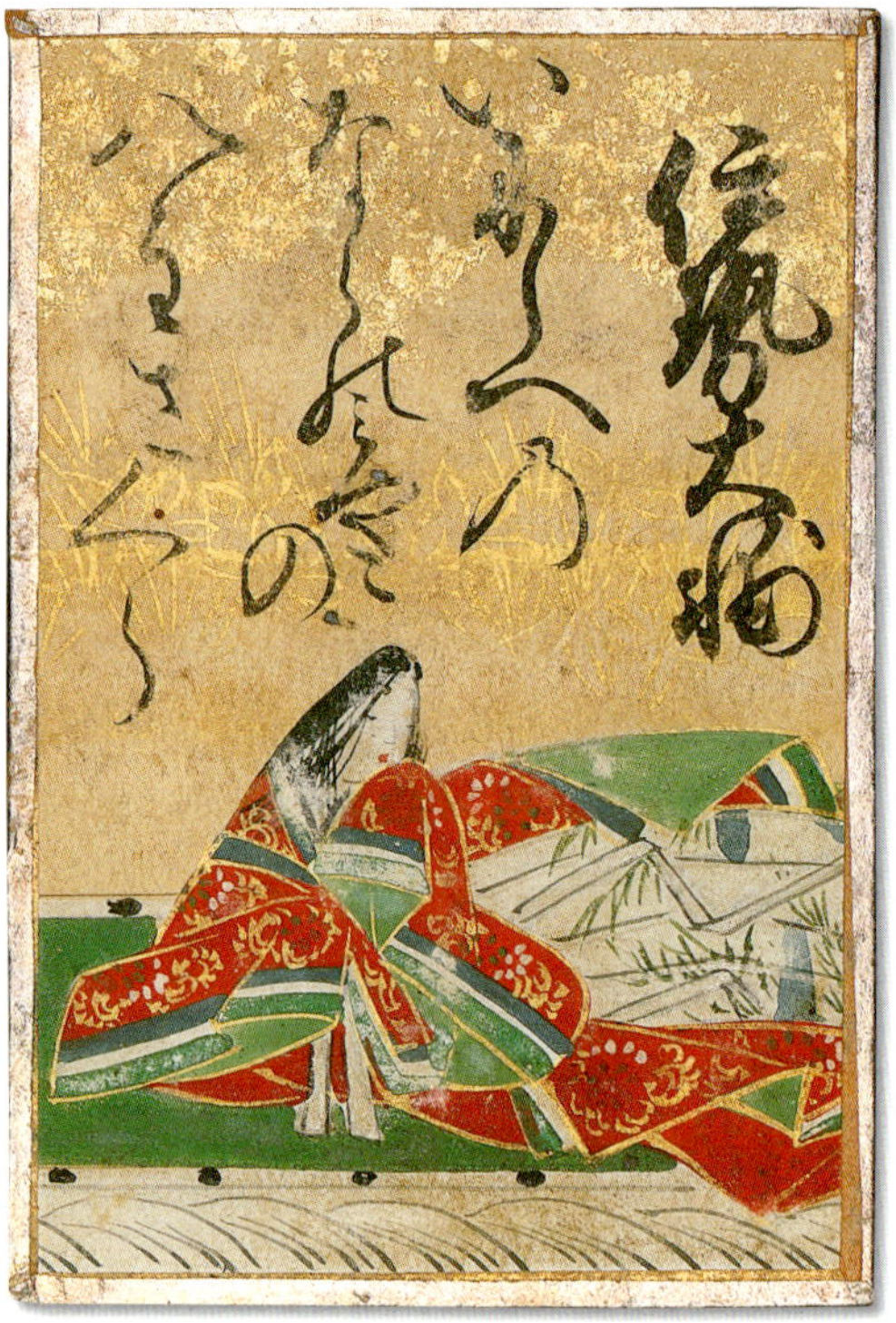

昔の都があった奈良の平城京で咲いた八重桜が、今日はこの新しい都平安京の宮中で、一段と色美しく咲いたことだなあ。

伊勢大輔は平安中期の歌人。49の歌の作者大中臣能宣《おおなかとみのよしのぶ》の孫、伊勢神宮の祭主大中臣輔親女《すけちかのむすめ》で、生没年未詳。藤原道長の娘である一条天皇の中宮彰子《しょうし》に仕えて活躍した。高階成順《たかしなのなりのぶ》の妻になり、康資王母《やすすけおうのはは》らを産む。『伊勢大輔集』がある。

歌の修辞としては、「いにしへ」と「今日」、「八重」と「九重」の対比が巧みである。桜は『万葉集』から詠まれてきたが、「八重桜」はまだ珍しかったのであろう。それゆえにわざわざ献上されたと思われるが、これを歌に詠むのも新しかった。「九重」は漢語を翻訳した歌語で、元は門を九重に造った中国の王城のことだが、転じて、宮中を意味した。

この歌は、『詞花集』春に、「一条院の御時、奈良の八重桜を人の奉りて侍りけるを、その折に御前に侍りければ、その花を賜ひて、『歌よめ』と仰せられければ、よめる」と見える。一条天皇の御代、奈良の八重桜を人が彰子に献上した折に、伊勢大輔が御前に仕えていたので、その花を与えて、「歌を詠め」と言われて、詠んだ歌である。

『詞花集』では「春」に分類しているが、単なる自然詠ではなく、むしろ、色美しく咲いた八重桜を通して、彰子を讃美した、と見るべきだろう。こうした歌が即座に詠めるのが宮仕えする女房の才覚であり、伊勢大輔はまだ新参でありながら、その能力に長けていたのである。

84の作者藤原清輔《きよすけ》の歌論書『袋草紙』では、この歌について、人が中宮彰子に桜を献上した時、父道長が伊勢大輔に歌を望んだところ、硯を引き寄せて墨を磨り、この歌を書いたので、道長をはじめ一座の人々が深く感動したと伝え、「かの人の第一の歌なり」と評価している。

62

# 夜《よ》をこめて 鳥《とり》の空音《そらね》は はかるとも よに逢坂《あふさか》の 関《せき》は許《ゆる》さじ

清少納言《せいしょうなごん》

まだ夜が明けないうちに、鳥の鳴き真似をして関守をだまし、関所を通ろうとしても、あの函谷関《かんこくかん》ならばそれもできるだろうが、私は守りが堅いので、決して私に逢うために逢坂の関守をだまして越えることは許さないつもりだ。

清少納言は平安中期の歌人・随筆作家。36の作者清原深養父《ふかやぶ》の孫（一説に曾孫）、42の作者清原元輔《もとすけ》の子。生没年未詳。橘則光《のりみつ》と結婚し、則長を産むが離婚。正暦四年（九九三）頃、一条天皇の中宮定子《ていし》に仕え、長保二年（一〇〇〇）の皇后定子崩御後は辞した。随筆『枕草子』、家集『清少納言集』がある。

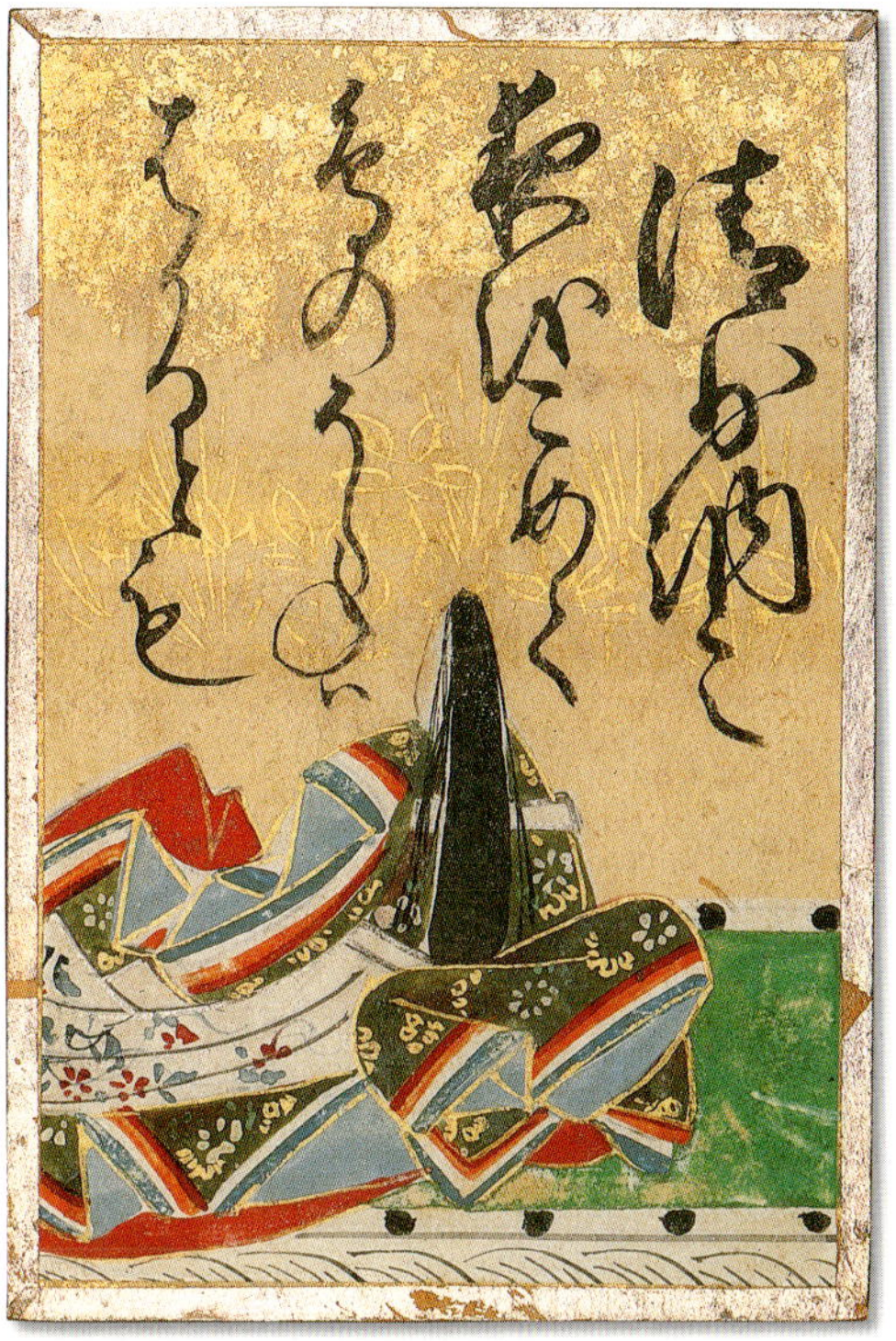

この歌は、『後拾遺集』雑二に、「大納言行成《ゆきなり》、物語などし侍りけるに、『内の御物忌《ものいみ》に籠れば』とて、急ぎ帰りてつとめて、『鳥の声に催されて』と言ひおこせて侍りければ、『夜深かりける鳥の声は函谷関のことにや』と言ひにつかはしたりけるを、立ち帰り、『これは逢坂の関に侍り』とあれば、よみ侍りける」と見える。

藤原行成が清少納言と雑談していたところ、「内裏の物忌に籠るので」と言って急いで帰った翌朝、「朝を告げる鶏の声に促されて」と言い訳をしてきたので、「深夜に鳴いた鳥の声とは函谷関のことでしょうか」と皮肉を言うと、「これは逢坂の関のことなので、また逢いたいものです」と返事があったので、詠んだ歌である。

「函谷関のこと」とは、『史記』孟嘗君伝《もうしょうくんでん》に、秦《しん》の国から逃げる孟嘗君が函谷関（中国河南省の関所）に至り、食客に鶏の鳴き真似をさせ、番人に開門の時刻と思わせて通過した、という故事を指す。「逢坂の関」は「逢ふ」を掛ける。行成の、「鳥の声に催されて」という言葉に、中国の故事を踏まえて答えた機知に、清少納言の才能がよく現れている。

『枕草子』一二九段「頭の弁の、職に参り給ひて」にも、この逸話が見える。この歌に対して、行成は「逢坂は人越えやすき関なれば鳥鳴かぬにも開けて待つとか」と返し、あなたは容易に人に逢うので、いつも訪れを待っていると聞く、と皮肉っている。

# 遊びの世界

『百人一首』はカルタに取り入れられて遊びの世界に入り込んだが、さらに浮世絵や双六、雛道具などの題材となり、皇族から庶民まで幅広い階層の教養と娯楽になっていった。

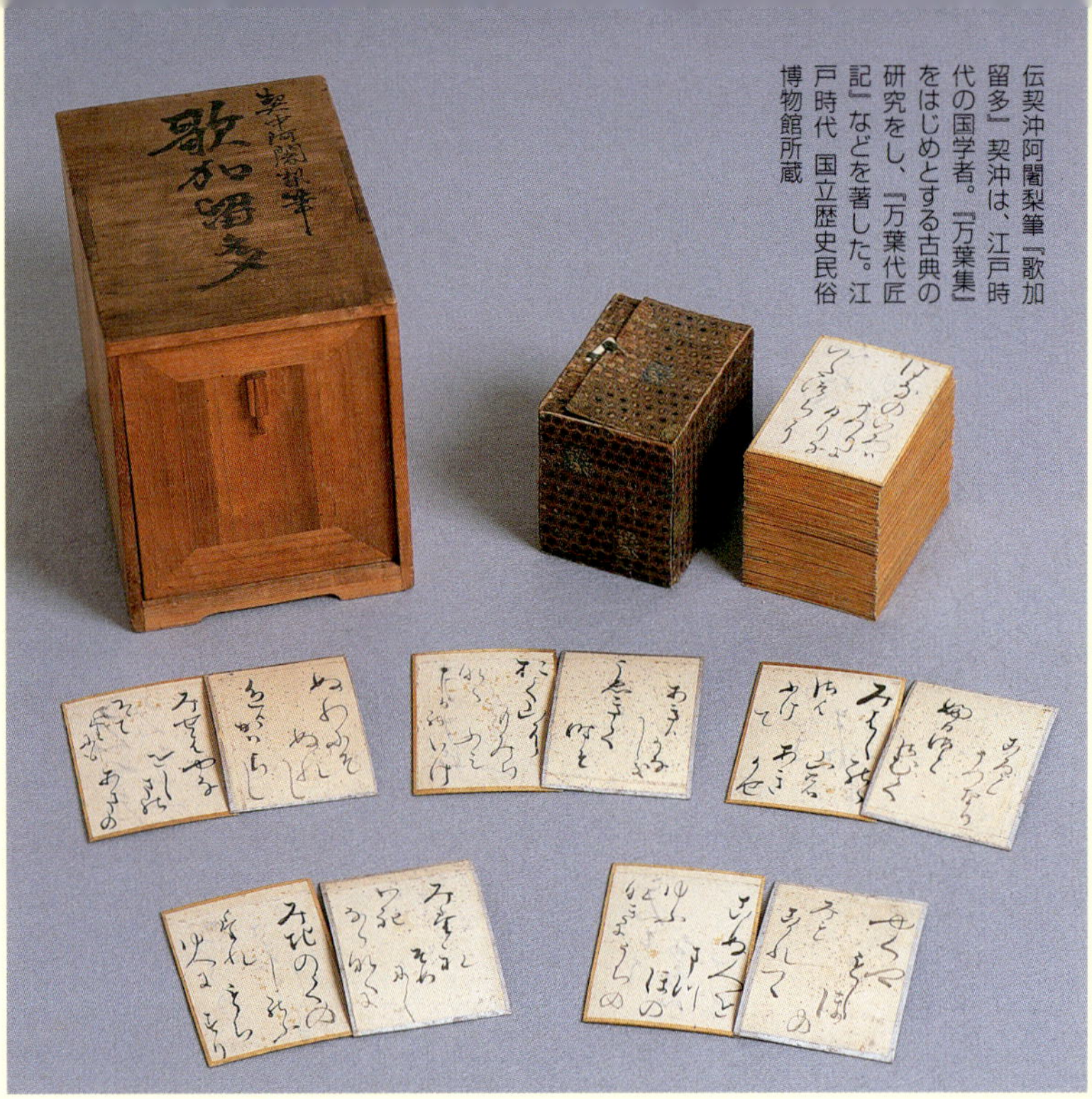

伝契沖阿闍梨筆『歌加留多』 契沖は、江戸時代の国学者。『万葉集』をはじめとする古典の研究をし、『万葉代匠記』などを著した。江戸時代 国立歴史民俗博物館所蔵

歌川広重筆『百人一首下の句ゑいり』 歌の下の句と題材になった風景や景物を象徴的に描く。一枚に二五句が載り、四枚で揃いとなるが、これはその一枚目と三枚目。江戸時代 跡見学園女子大学短期大学部図書館所蔵

綾岡主人筆『ひゃくにんしゅまはりすごろく』歌人名と上の句を描いたカルタを歌順に並べ、定家の小倉山荘図を描いた本の図を上がりとする。江戸時代 跡見学園女子大学短期大学部図書館所蔵

『小倉百人一首』カルタ一枚は縦二センチ・横一・二センチ。四頁の雛道具カルタの絵札。江戸時代 国立歴史民俗博物館所蔵

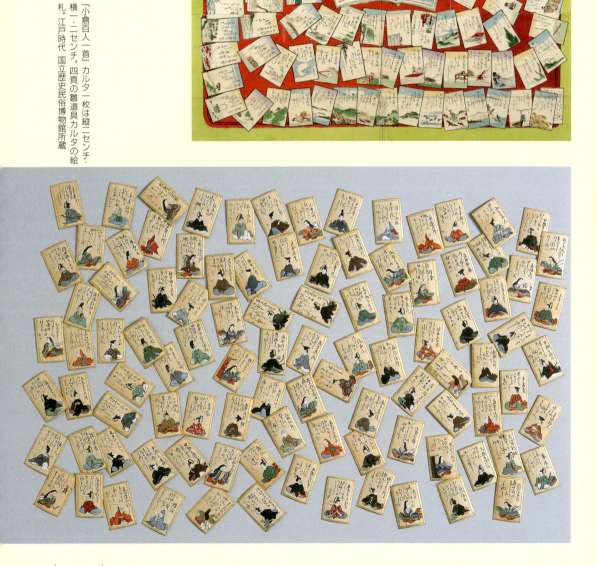

63
今《いま》はただ 思《おも》ひ絶《た》えなむ とばかりを 人《ひと》づてならで 言《い》ふよしもがな　左《さ》京《きやうの》大《だい》夫《ぶ》道《みち》雅《まさ》

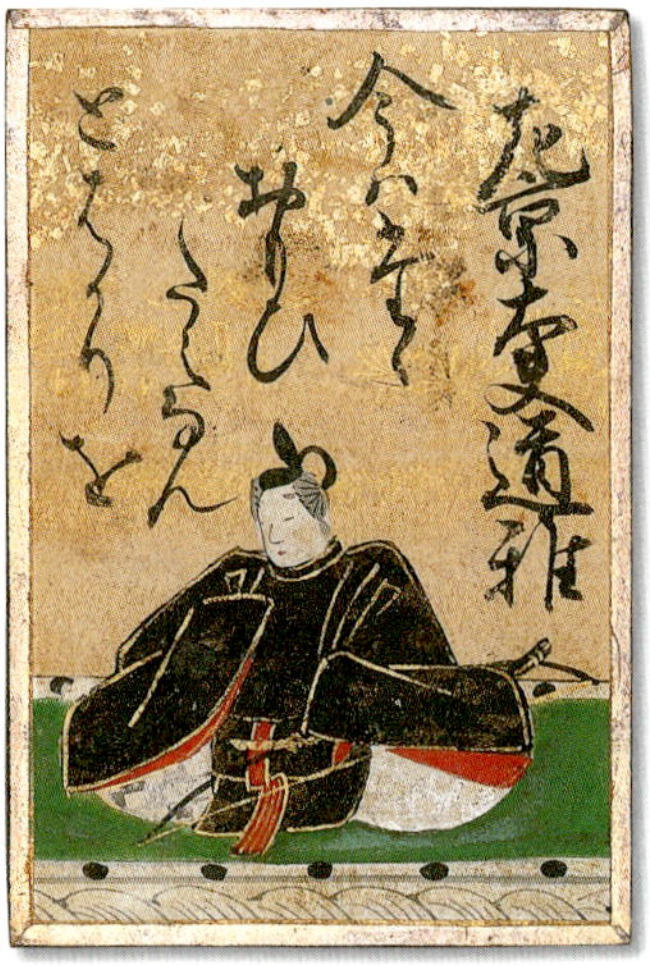

今はただ、「あなたのことを思い切ってあきらめてしまおう」ということだけを、他人を介さずに、直接言う方法があればいいなあ。

藤原道雅（九九二〜一〇五四）は藤原伊周《これちか》の子。中古三十六歌仙の一人。寛徳二年（一〇四五）、左京大夫になった。

『後拾遺集』恋三に「伊勢の斎宮わたりより上りて侍りける人に忍びて通ひけることを公《おほやけ》も聞こしめして、守《まも》り女《め》など付けさせ給ひて、忍びにも通はずなりにければ、よみ侍りける」と見えるうちの一首。伊勢の斎宮だった当子《とうし》内親王に密かに通っていたことを父の三条院が聞き、目つけ役の女性を付けたために通えなくなったのを嘆いて詠んだ歌である。この一件は『栄花物語』「玉の村菊」の巻に詳しい。

64
朝《あさ》ぼらけ 宇《う》治《ぢ》の川《かは》霧《ぎり》 絶《た》え絶《だ》えに 現《あらは》れわたる 瀬《せ》々《ぜ》の網《あ》代《じろ》木《ぎ》　権《ごん》中《ちゆう》納《な》言《ごん》定《さだ》頼《より》

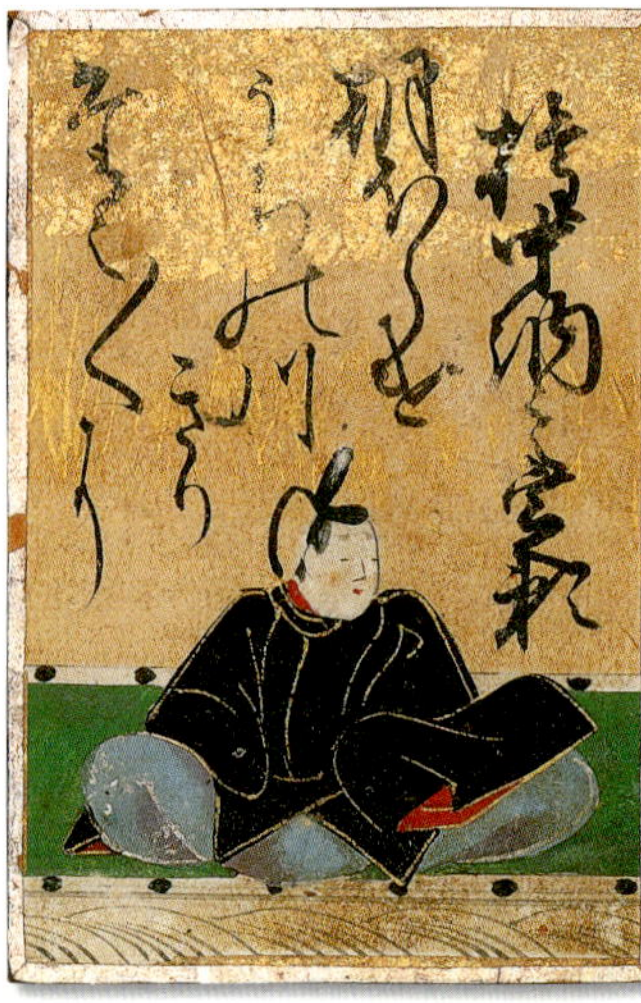

夜の明ける頃、宇治川の川霧がとぎれとぎれになって、川瀬ごとに仕掛けた網代木が次々と現れることよ。

藤原定頼（九九五〜一〇四五）は、55の歌の作者藤原公任《きんとう》の子。長元二年（一〇二九）、権中納言になる。60の小式部内侍の歌の相手でもある。中古三十六歌仙の一人。

この歌は、『千載集』冬歌に「宇治にまかりて侍りけるとき、よめる」と見え、宇治に下向した時に詠んだ歌である。「宇治川」は歌枕で、「網代」「氷魚《ひを》」が代表的景物。「網代木」は魚をとる網代を支える杭のことで、体言止めで終えることにより、余情を込めている。

65
# 恨《うら》みわび 干《ほ》さぬ袖《そで》だに あるものを 恋《こひ》に朽《く》ちなむ 名《な》こそ惜《を》しけれ　相模《さがみ》

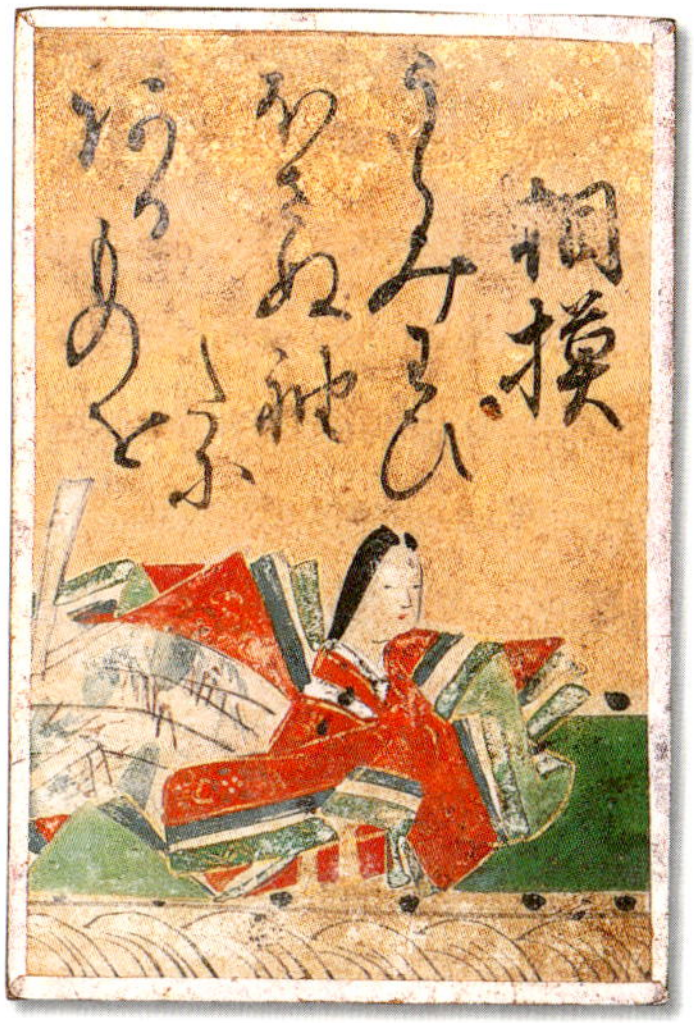

あの人のつれなさを恨み悲しんで流す涙を拭って濡れた袖を、乾かす暇もなくて朽ちるのさえ惜しく思うのに、恋のために浮き名が立って朽ちてしまうだろう、私の評判が惜しくてならない。

相模は平安中期の歌人。父は不明だが、母慶滋保章女《よししげのやすあきらのむすめ》は源頼光《よりみつ》と再婚している。生没年未詳。大江公資《きんすけ》と結婚し、相模の国（神奈川県）に同行したことから、この名がある。歌合に数多く出詠、家集『思女集《しじょしゅう》』がある。

男性との恋がかなわないうえに、浮き名が立って名声を失うという二重の苦しみを詠んでいる。『後拾遺集』恋四に、「永承六年内裏歌合に」とあり、後冷泉《ごれいぜい》天皇主催の「永承六年五月五日内裏根合《ねあはせ》」の歌であった。

66
# もろともに あはれと思《おも》へ 山桜《やまざくら》 花《はな》より ほかに 知《し》る人《ひと》もなし　大僧正行尊《だいそうじょうぎょうそん》

山桜よ、私がおまえをいとしいと思うように、私をいとしいと思ってくれ。花のおまえ以外に、この山奥では知ってくれる人もいないのだから。

行尊（一〇五五〜一一三五）は源基平《もとひら》の子で、園城寺《おんじょうじ》平等院に入室し、後に天台座主《てんだいざす》となる。

桜の花に語りかけるしかない孤独の中で、修行を重ねている時の作であろう。「もろともにあはれと思へ山桜」は倒置法で、私が山桜を思うように、山桜も私を思ってほしい、という意味になる。『金葉集』雑部上に、「大峰《おほみね》にて、思ひがけず桜の花を見てよめる」と見える。大峰は奈良県にある修験道の霊山。

67
# 春《はる》の夜《よ》の 夢《ゆめ》ばかりなる 手枕《たまくら》に かひなく立《た》たむ 名《な》こそ惜《を》しけれ　周防内侍《すおうのないし》

短い春の夜の、はかない夢ほどのあなたの腕枕を借りてしまったならば、そのためにあらぬ噂がつまらなく立つであろうことが残念である。

周防内侍（一〇三六?～一一〇九?）は平棟仲女《むねなかのむすめ》。本名は仲子《ちゅうし》。後冷泉《ごれいぜい》天皇、さらには白河・堀河両天皇にも出仕し、開催された多くの歌合に出詠した。家集『周防内侍集』がある。

この歌は、『千載集』雑歌上に、「二月ばかり、月明《あか》き夜、二条院にて、人々あまた居明かして物語などし侍りけるに、内侍周防、寄り臥《ふ》して、『枕もがな』と忍びやかに言ふを聞きて、大納言忠家《ただいえ》、『これを枕に』とて、腕《かひな》を御簾《みす》の下よりさし入れて侍りければ、よみ侍りける」とある。

旧暦二月の月の明るい夜、二条院で、人々が大勢夜を明かして雑談した時に、周防内侍が寄り臥して、「枕があればなあ」と小声で言うのを聞いて、藤原忠家が「これを枕に」と言って、自分の腕を御簾の下からさし入れたので、詠んだ歌である。「二条院」は、延久六年（一〇七四）に二条院の院号を受けているので、後冷泉天皇の中宮章子《しょうし》内親王の御所ではないかと考えられる。忠家は藤原俊成《としなり》の祖父にあたる。

この歌は、忠家が周防のつぶやきを聞きつけ、「自分の腕を枕に寝たらどうか」と言ったので、「腕枕を借りてあらぬ噂を立てられることになってはたまらない」と答えたのである。男性の戯れに対して、当意即妙に切り返したところが女性の歌らしい。「名が立つ」は定型句で、41の歌にも見える。「かひなく」には「腕」を掛け、「腕」は「手枕」の縁語になる。『千載集』が雑歌に入れているように、二人は恋愛関係にあるわけではないので、公的な場の挨拶の応酬だったと見るべきである。

68

# 心《こころ》にも あらで憂《う》き世《よ》に 長《なが》らへば 恋《こひ》しかるべき 夜半《よは》の月《つき》かな　三条院《さんじょういん》

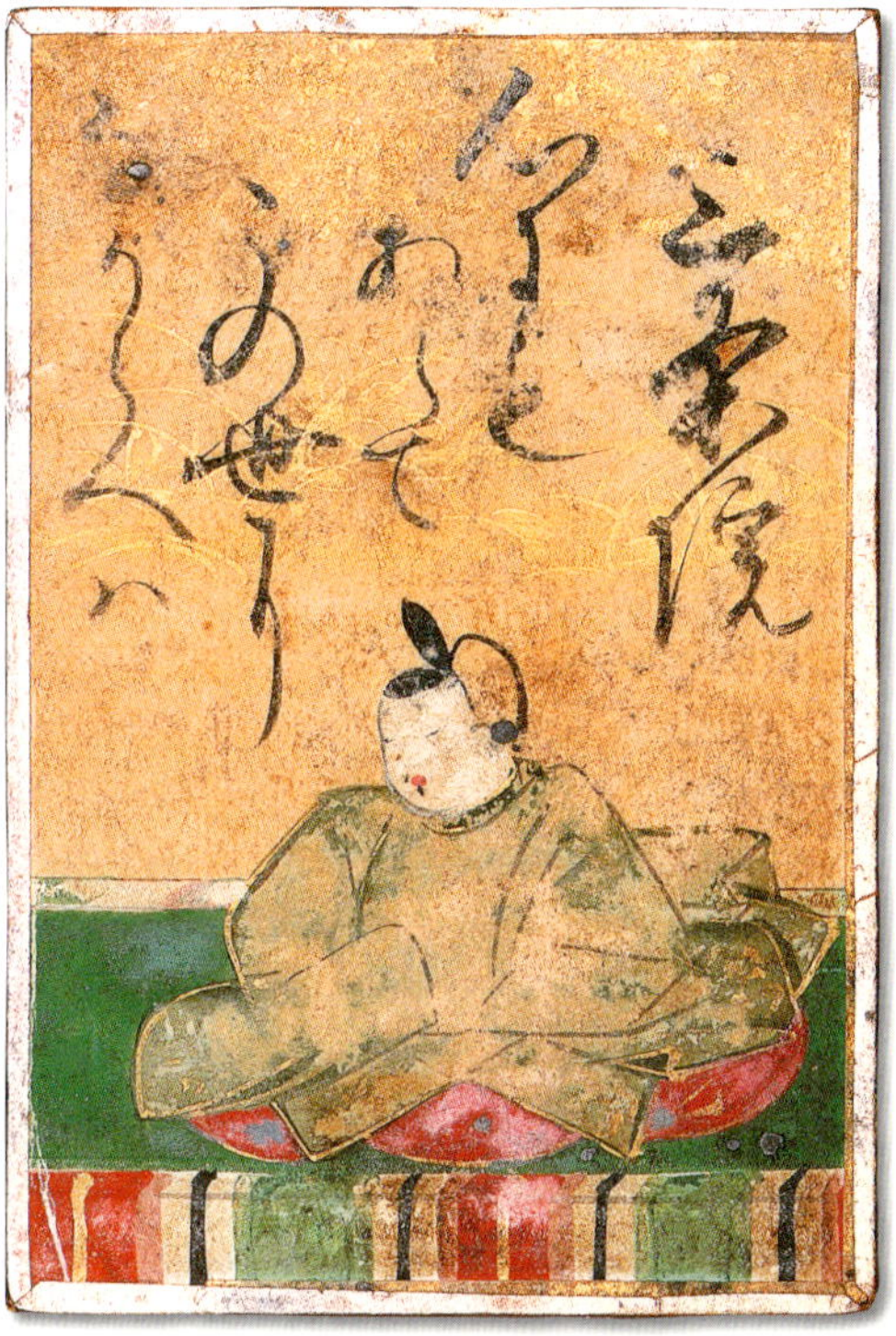

つらいことが多いこの世に、本心からでもなくて生き長らえているならば、そのときには、恋しく思い出されるにちがいない、この真夜中の美しい月であるよ。

三条院（九七六～一〇一七）は第六七代天皇。冷泉《れいぜい》天皇の皇子で、母は藤原兼家女《かねいえのむすめ》超子《ちょうし》。名は居貞《おきさだ》。藤原道長と対立し、長和六年（一〇一七）に出家した。法名は金剛浄。『後拾遺集』以下に八首入集。

『後拾遺集』雑一に、「例ならずおはしまして、位など去らむとおぼしめしける頃、月の明《あか》かりけるを御覧じて」とあり、三条院が病気が思わしくないので、譲位しようと考えていた頃、月の明るかったのを見て詠んだ歌である。『栄花物語』「玉の村菊」の巻では、旧暦一二月中旬の月が明るい時に、藤原道長の娘である中宮妍子《けんし》に詠みかけた歌となっている。

三条院は、寛弘八年（一〇一一）六月に三六歳で践祚《せんそ》したが、長和五年（一〇一六）一月には譲位しているので、『栄花物語』にあるように、その直前に詠んだ歌だったと考えられる。院は長く眼病を患っていた上に、二度にわたる内裏の炎上に遭い、娘彰子《しょうし》の産んだ敦成《あつひら》親王（後の後一条天皇）の擁立を図る道長に抑圧されていた中での譲位であった。

この歌の「憂き」は、そうしたことにさまざま悩んでいたことを指すことになる。それにしても、「心にもあらで憂き世に長らへば」という仮定は、在位中でありながら、絶望的な思いにあったことをうかがわせる。「夜半の月」は、『栄花物語』によれば冬の月になるが、冬の月が賞美されるのはもっと後のことだと考えられている。しかし、そうした極限的情況で発見されたのが冬の月の美しさだったのは、決して不思議ではない。勅撰集への入集も少ない三条院のこの歌が『百人一首』に撰ばれた理由は、そんなところにあるのではないか。

69

# 嵐《あらし》吹《ふ》く 三《み》室《むろ》の山《やま》の もみぢ葉《ば》は 竜田《たつた》の川《かは》の 錦《にしき》なりけり

## 能因法師《のういんほうし》

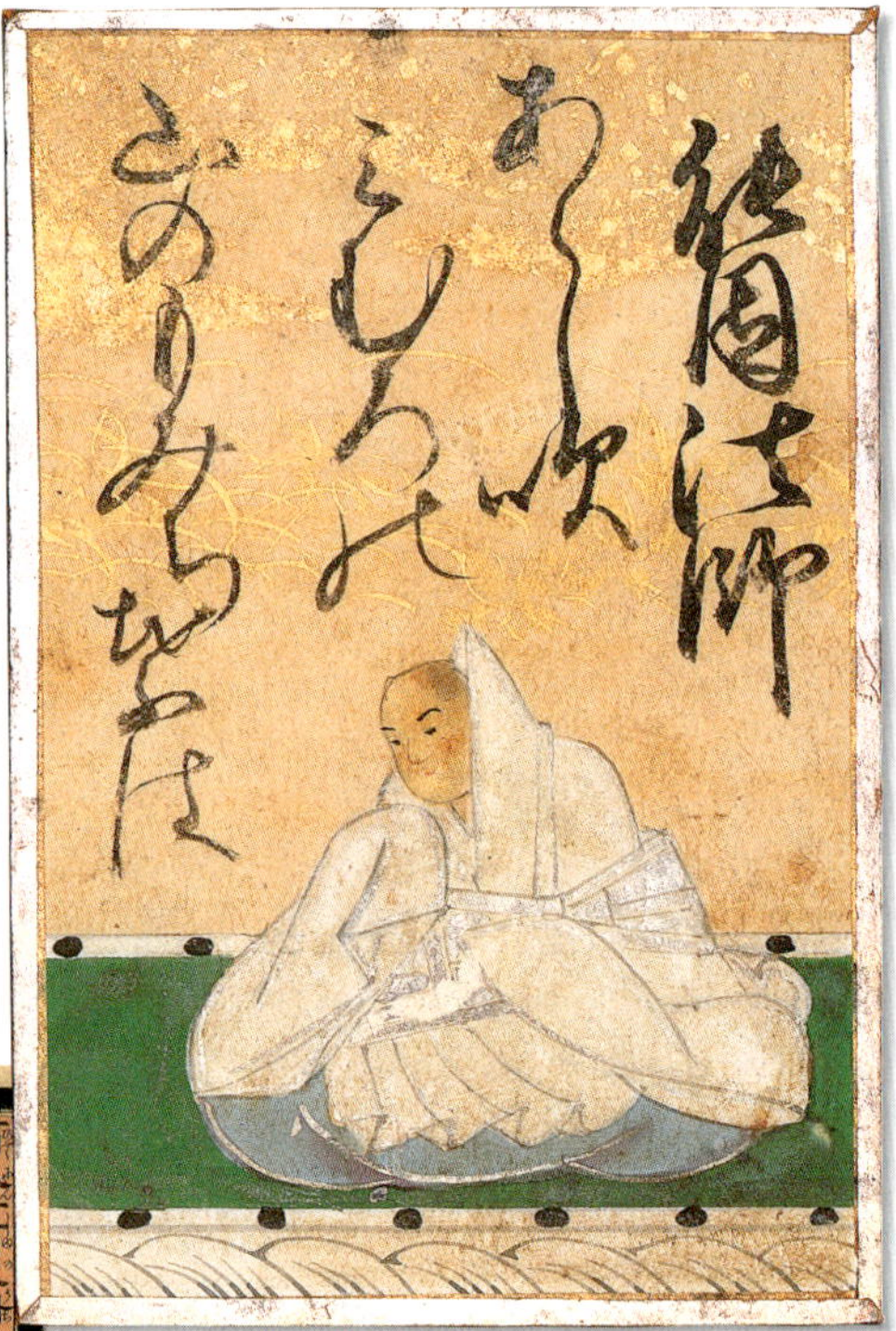

嵐が吹き散らす三室の山の紅葉の葉は流れるように散って、それは竜田川に織りなす錦のようだったのだ。

能因法師（九八八〜一〇五〇？）は、西行と並んで、旅の歌人として有名。長和二年（一〇一三）に出家。俗名は橘永愷《ながやす》、法名は融因。藤原長能《ながよし》に和歌を学んだ。中古三十六歌仙の一人で、歌論書『能因歌枕』などがある。

山と川の歌枕を意識的に詠んでいる。「三室の山」は奈良県生駒郡の山、「竜田の川」はその東の麓を流れる川で、「紅葉」が代表的景物である。しかし、実際には、「三室の山」の紅葉が散っても、「竜田の川」に流れ込むような地形ではないので、あくまでも観念の中で作った華やかな風景であった。『古今集』秋歌下の、「竜田川もみぢ葉流る神奈備《かむなび》の三室の山に時雨《しぐれ》降るらし」を踏まえる（『拾遺集』に重出）。

歌川国芳筆『百人一首之内 能因法師』 江戸時代
那珂川町馬頭広重美術館所蔵

『後拾遺集』秋下に「永承四年内裏歌合によめる」とあり、永承四年（一〇四九）後冷泉院主催の「内裏歌合」で、四番の「紅葉」に見える。これは、天徳四年（九六〇）に催された「内裏歌合」を模範に実現した、久しぶりの内裏歌合だった。

能因法師の歌としては、『おくのほそ道』も引くように、奥州に下向して、白河の関で詠んだ歌が有名である。

**都をば霞とともに立ちしかど秋風ぞ吹く白河の関**

（後拾遺集・羇旅）

**都を春の霞が立つのといっしょに出発したが、この白河の関に来た今はもう秋風が吹いている。**

しかし、『古今著聞集《ここんちょもんじゅう》』によると、好き者の能因法師は都に引き籠って日焼けして、奥州の修行の旅で詠んだと偽って披露した話になっている。能因法師の歌は、現実の地理などにとらわれない大胆な発想が持ち前で、それが多くの説話を生んだらしい。

## 70

# 寂《さび》しさに 宿《やど》を立《た》ち出《い》でて ながむれば いづくも同《おな》じ 秋《あき》の夕暮《ゆふぐ》れ

## 良《りよう》暹《ぜん》法《ほう》師《し》

寂しさに耐えきれないので、家を出て眺めてみると、どこも同じように寂しい秋の夕暮れであるよ。

良暹法師は平安末期の歌人。比叡山の僧だが、父母も生没年も未詳。歌合に数多く出詠したが、晩年は大原で隠棲した。

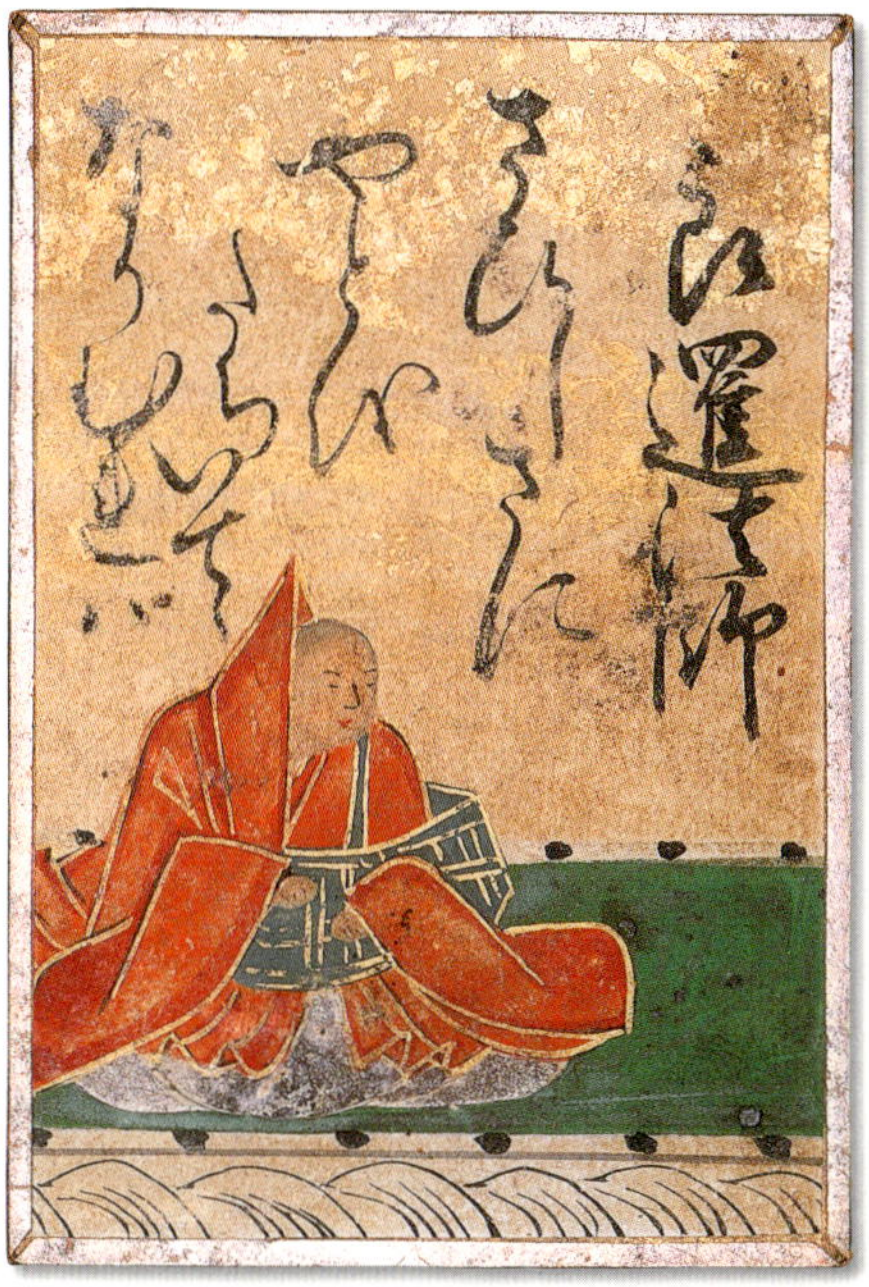

秋の夕暮れの寂寥感は、自分一人だけでなく、普遍的であることを認識した歌である。「秋」と、「夕暮れ」の再発見と言えよう。「同じ」は連体形で、「秋の夕暮れ」に掛かり、体言止めになると解釈した。しかし、この「同じ」は終止形で、どこも同じだ、秋の夕暮れは、という意味の倒置法と考える説もある。『後拾遺集』秋上に、「題知らず」として見える。

71

# 夕《ゆふ》されば 門田《かどた》の稲葉《いなば》 おとづれて 葦《あし》の丸屋《まろや》に 秋風《あきかぜ》ぞ吹《ふ》く

## 大納言《だいなごん》経信《つねのぶ》

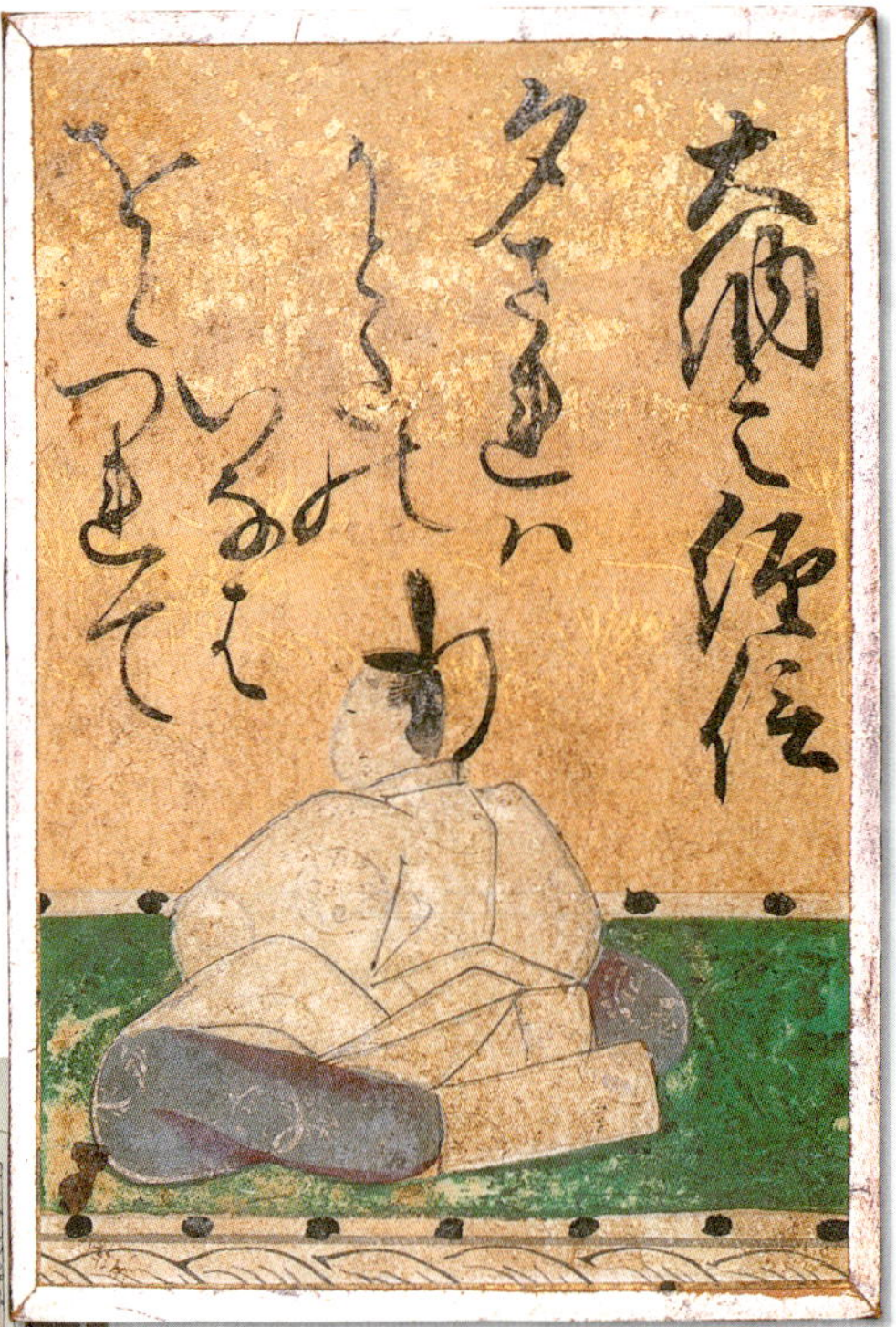

夕方がやって来ると、家の門の前にある田の稲葉がそよそよと音を立てて、まもなく、葦で屋根を丸く葺《ふ》いた仮小屋には秋風が吹いてくる。

源経信（一〇一六～一〇九七）は源道方《みちかた》の子で、歌壇の第一人者として活躍。寛治五年（一〇九一）に大納言、寛治八年、大宰権帥《だざいのごんのそち》を兼ね、大宰府で没した。74の作者源俊頼《としより》は子。

『金葉集』秋部に「師賢《もろかた》朝臣の梅津に人々まかりて、田家《でんか》の秋風といへることをよめる」と見え、源師賢の梅津の山荘で、「田家の秋風」という題で詠んだ歌である。「梅津」は京都府の地名で、貴族の山荘が造られた場所。郊外に出かけ、その田園風景を歌題にした時代の雰囲気をよく捉えている。

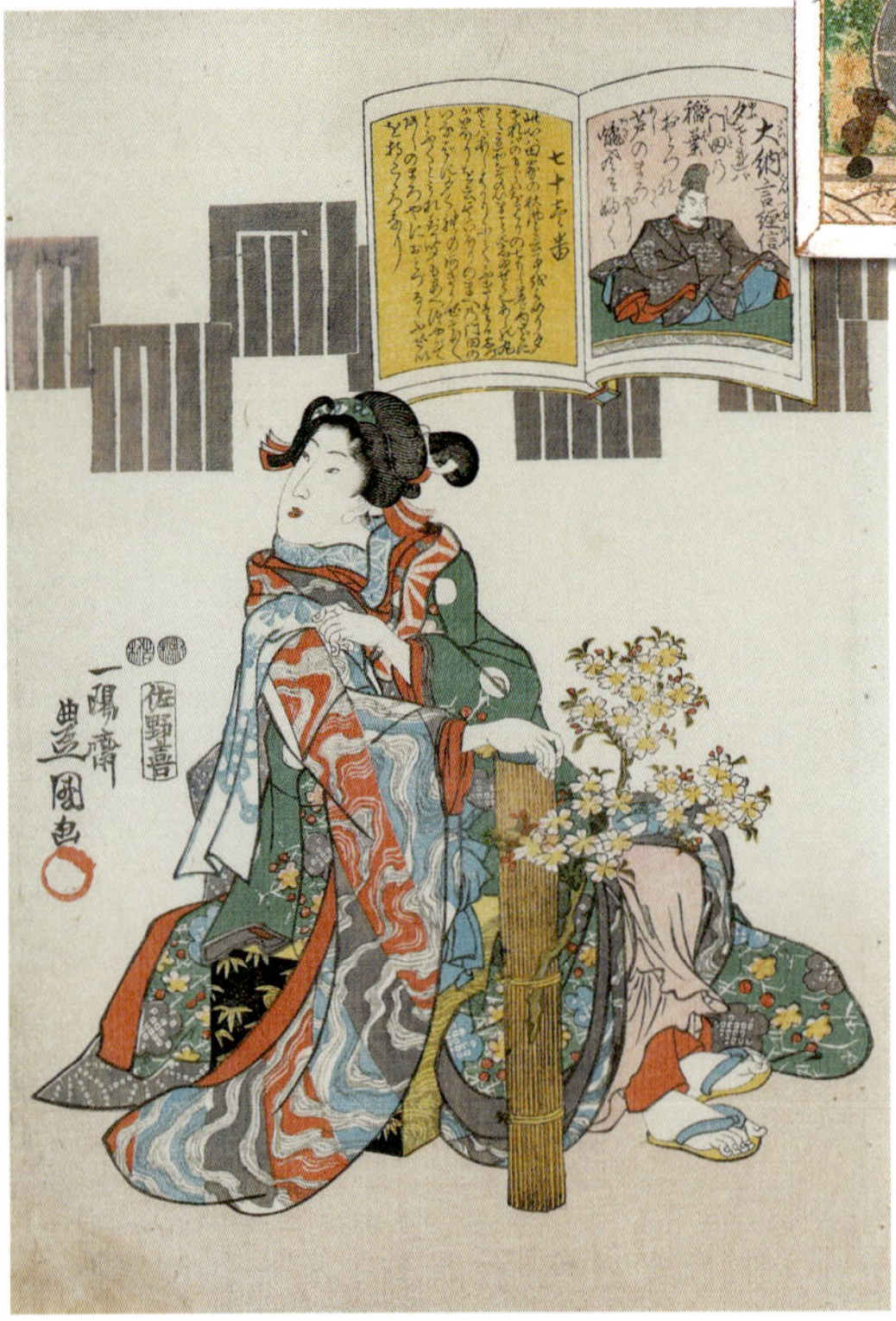

三代歌川豊国筆『百人一首絵抄 大納言経信』花の咲いた桜を挿した葦簾(あしすだれ)を持つ女性を描く。江戸時代 跡見学園女子大学短期大学部図書館所蔵

72

# 音《おと》に聞《き》く高師《たかし》の浜《はま》のあだ波《なみ》は　かけじや袖《そで》の濡《ぬ》れもこそすれ　祐子内親王家紀伊《ゆうしないしんのうけのきい》

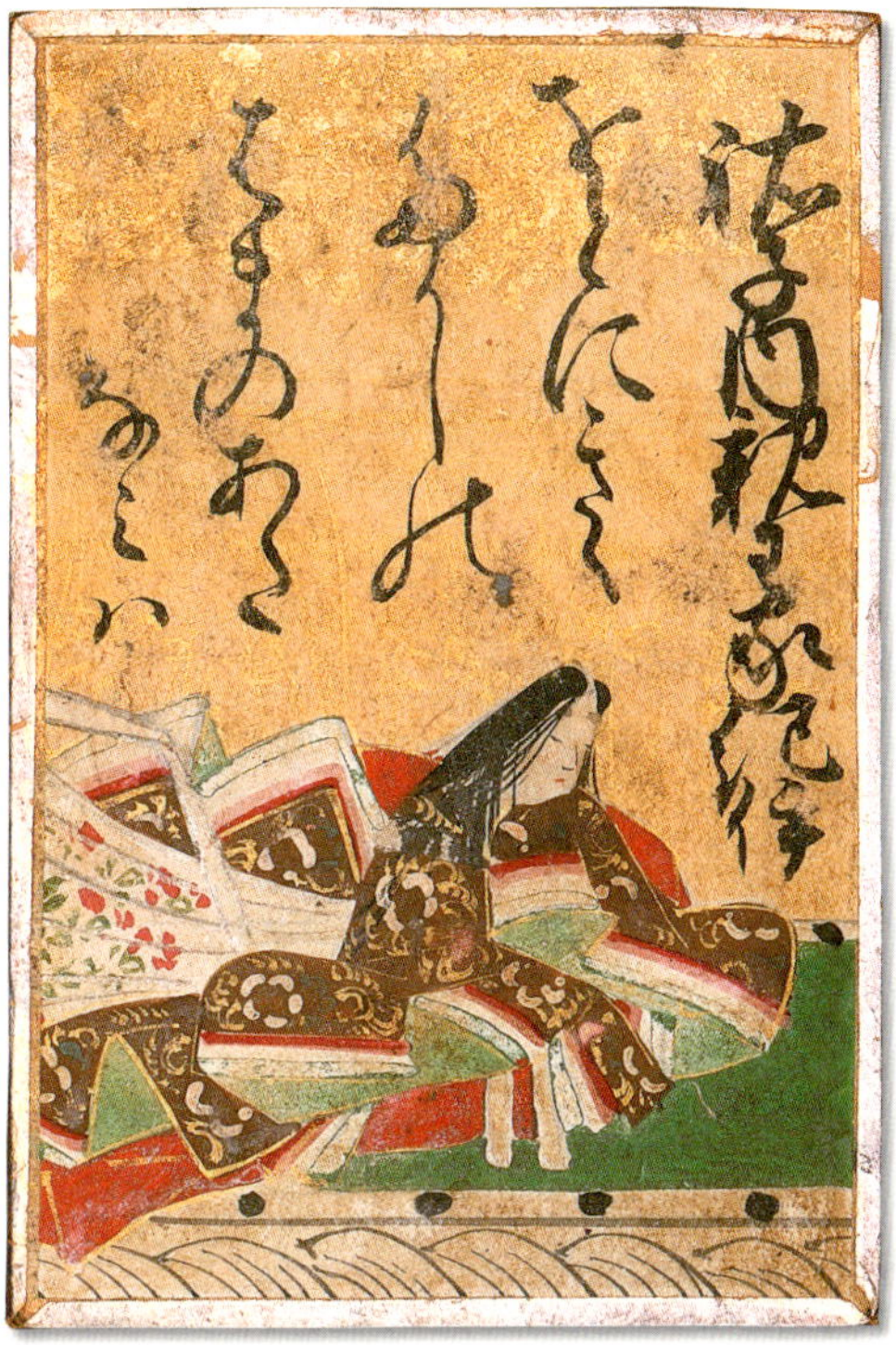

評判に聞くことが多い高師の浜のいたずらな波は掛けないように、噂に高い浮気な人の言葉は心にかけないことにしよう。海岸が高い波で濡れて困るように、つらい成り行きになって流す涙で袖が濡れると困るから。

祐子内親王家紀伊は平安末期の歌人。父は諸説があるが、母は祐子内親王家小弁。生没年未詳。後朱雀《ごすざく》天皇の皇女で、高倉一宮と呼ばれた祐子内親王に仕え、多くの歌合に出詠している。

これは、『金葉集』恋部下に、「堀河院御時の艶書合《けさうぶみあはせ》によめる　中納言俊忠《としただ》　人知れぬ思ひありその浦風に波のよるこそ言はまほしけれ」とあり、その「返し」として見える歌である。紀伊の歌の二句は「高師の浦の」。これは康和四年（一一〇二）に堀河天皇が主催した「堀河院艶書合」のことで、男女に恋文に付ける恋歌の贈答をさせて歌合にしたが、その一組だったことになる。

歌合の相手になった藤原俊忠は、藤原俊成《としなり》の父で、「人知れぬ」の歌は、「人知れぬ恋の思いがあるので、荒磯の浦風に波が寄るではないが、そんな夜にはうち明けたいものだ」という意味になる。「思ひあり」と「荒磯《ありそ》」を掛け、「ありその浦風に波の」が序詞で、「寄る」「夜」と掛詞式に掛かる。修辞の混んだ歌だが、知れぬ思いをうち明けたいという意図は単純である。

掲載歌は、これに答えて、紀伊が返した歌である。『百人一首』は、贈答歌のかけひきがなくても、それだけで名歌として詠まれることを意図していたと思われる。「高師の浜」は大阪府高石市の海岸で、歌枕。「波高し」と掛ける場合が多く、ここも「高し」を掛けている。「あだ波」は誠実でない男性を暗示し、「かけじ」は「波はかけじ」と「（心に）かけじ」を掛ける。表面的には波のことを言いながら、暗に浮気で評判な男性に対する不信感を表した詠みぶりが巧妙である。

73

# 高砂《たかさご》の 尾上《をのへ》の桜《さくら》 咲《さ》きにけり 外山《とやま》の霞《かすみ》 立《た》たずもあらなむ

## 権中納言《ごんちゅうなごん》匡房《まさふさ》

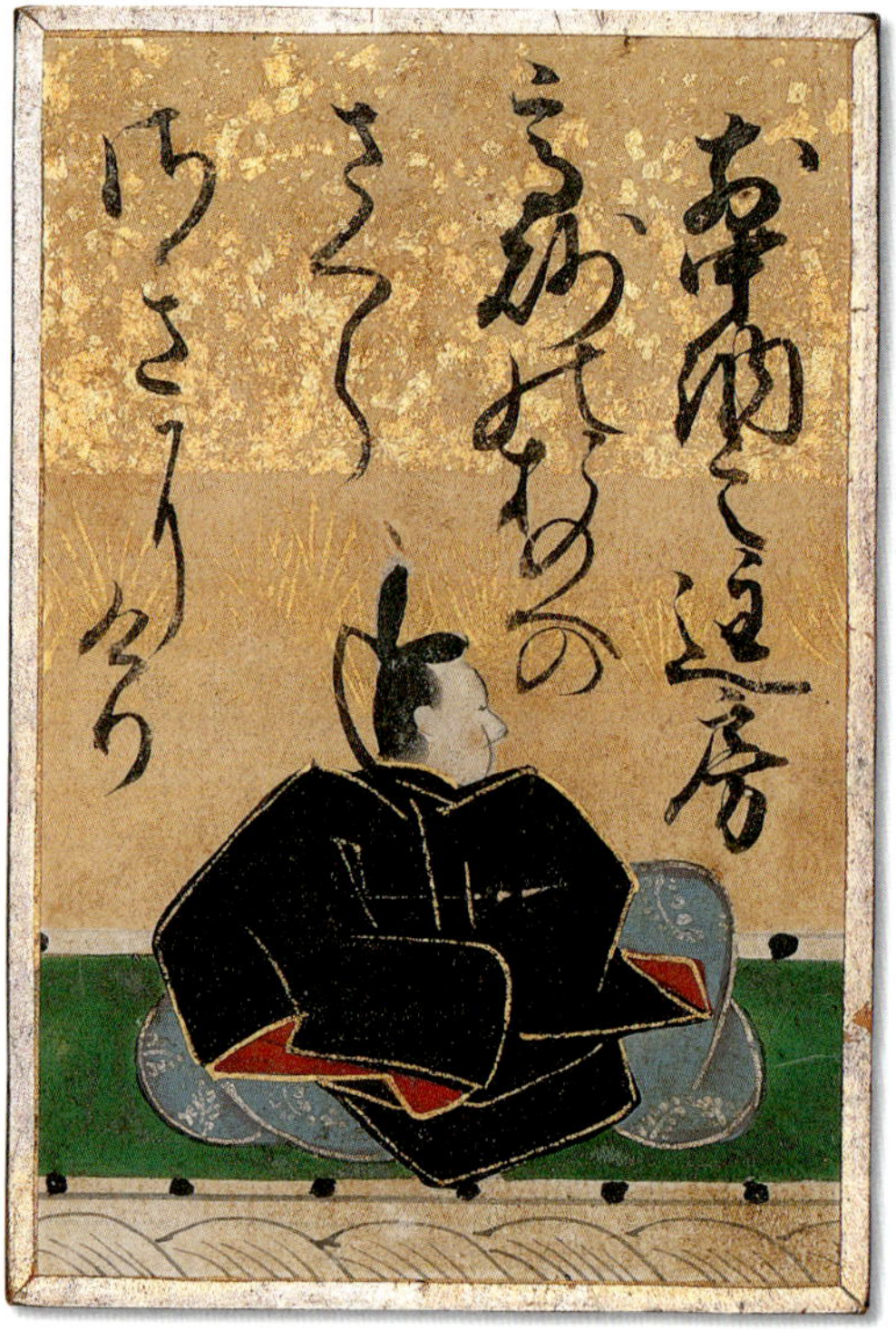

高砂の高い山の峰つづきの高い所の桜が咲いたことだなあ。花が見えなくなってしまうので、人里近い山の霞よ、立たないでいてほしい。

大江匡房（一〇四一～一一一一）は、大江匡衡《まさひら》と59の作者赤染衛門の曾孫。漢学の家に生まれ、幼少時から才能を発揮した。漢詩文に比べれば和歌は余技だが、勅撰集に多くの歌が入った。家集『匡房集』の他、『江家次第《ごうけしだい》』『江談抄《ごうだんしょう》』などの著著がある。寛治八年（一〇九四）、権中納言《ごんちゅうなごん》になる。

この歌は、『後拾遺集』春上に、「内の大臣《おほいまうちぎみ》の家にて、人々酒たうべて歌よみ侍りけるに、遥かに山桜を望むといふ心をよめる」と見える。内大臣藤原師通《もろみち》の邸宅で、人々が酒を飲み歌を詠んだ時に、「遥かに山桜を望む」という題で詠んだ歌である。師通は藤原頼通《よりみち》の孫で、永保三年（一〇八三）から寛治八年まで内大臣であった。

「高砂」は、高い山の意味の普通名詞とする説もあるが、題詠でもあり、兵庫県の歌枕と見る。「松」「鹿」「桜」が代表的景物であった。「高砂」には「高」を掛ける。「外山の霞」は主語とする説もあるけれど、呼びかけで解釈した。「けり」は詠嘆の助動詞で、「なむ」はあつらえ望む終助詞。「尾上」と「外山」、「桜」と「霞」は、遠景と近景、桜色と白色の対比が鮮やかで、歌題を見事に詠み上げている。

匡房は『万葉集』の訓点作業に従事したこともあって、その影響を受けた歌が散見する。

**わぎもこが袖振山《そでふるやま》も春きてぞ霞の衣たちわたりける**

（千載集・春歌上）

**私の愛する人が袖を振るという袖振山にも春が来て、衣を裁つではないが、霞が一面に立っていることだなあ。**

「袖」「振る」「張る」「着」「衣」「裁ち」の縁語・掛詞仕立ての歌だが、「わぎもこ」「袖振る」は万葉語である。

74

# 憂《う》かりける 人《ひと》を初瀬《はつせ》の 山《やま》おろしよ 激《はげ》しかれとは 祈《いの》らぬものを

源《みなもとの》俊《とし》頼《より》朝臣《あそん》

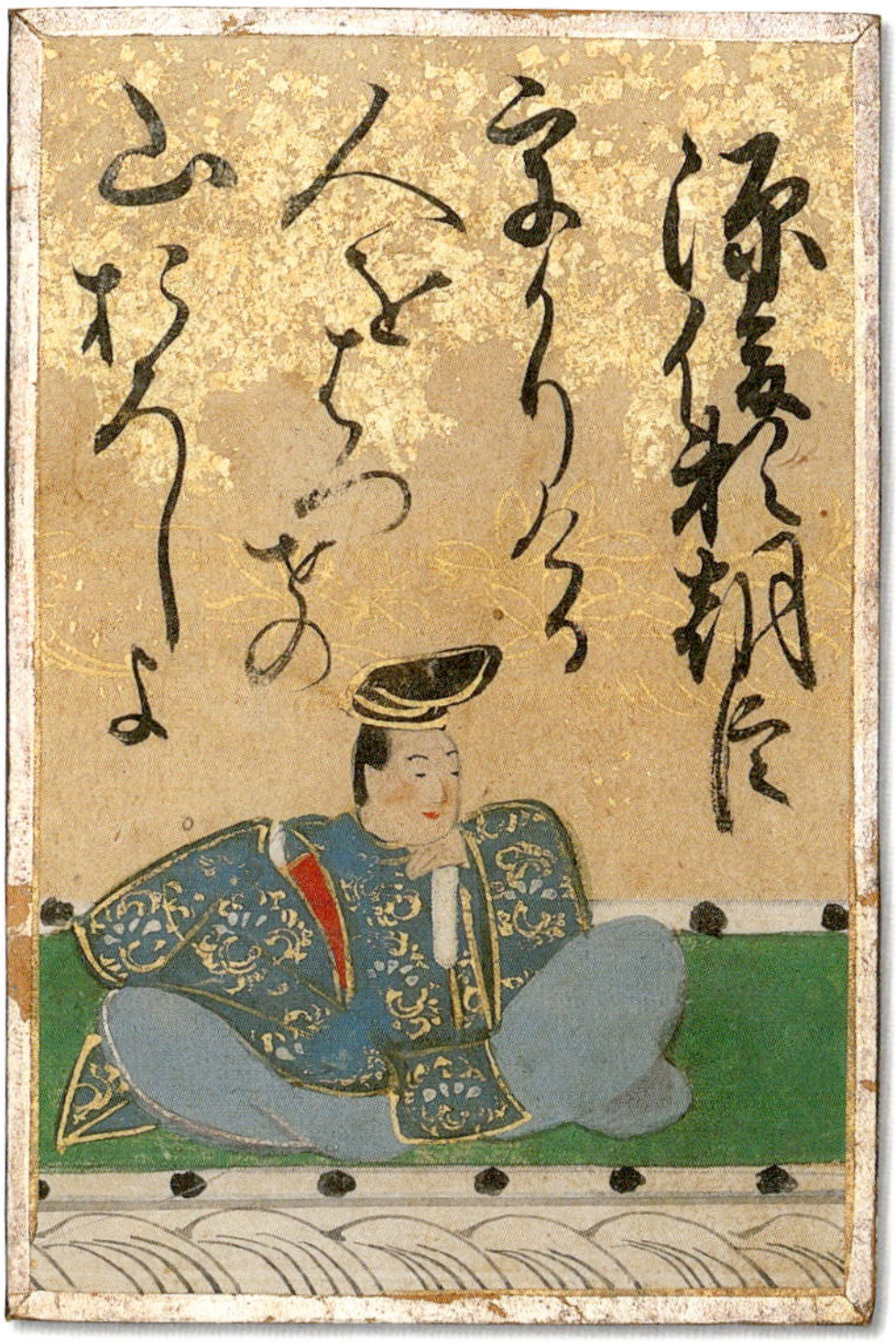

私になびくようにと初瀬の観音に祈ったが、初瀬の山おろしよ、祈ってもつれなかった人に向かって、おまえが激しく吹きつけるように、私に対するつれなさがもっと激しくなれとは祈ってもいないのに。

源俊頼（一〇五五〜一一二九）は71の作者源経信《つねのぶ》の子、85の作者俊恵《しゅんえ》の父。75の作者藤原基俊《もととし》と並んで、院政期歌壇の第一人者。白河法皇の院宣で『金葉集』の撰者となる。家集『散木奇《さんぼくき》歌集《かしゅう》』、歌論集『俊頼髄脳《ずいのう》』がある。

初瀬の観音に恋の成就を祈る歌だが、「初瀬」は奈良県の歌枕で、長谷寺《はせでら》がある。本尊の十一面観音は、恋を成就するものとして有名だったらしい。「初瀬の山おろしよ」は呼びかけだが、それでそのまま「激しかれ」を導きだす序詞とした。「山おろし」は山から吹き下ろす激しい風だが、初瀬の景物としては破格である。「憂かりける人を」は「激しかれ」に掛かると解釈したが、「人を初瀬の」という句割れの文脈はやはり安定を欠く。しかし、斬新な景物・修辞・文脈を駆使して、それまでの歌にない自由な表現を獲得したのである。

『千載集』恋歌二に、「権中納言俊忠家に恋の十首の歌よみ侍りけるとき、祈れども逢はざる恋といへる心をよめる」と見える。藤原俊忠の家の恋十首の歌会で、「祈れども逢はざる恋」（祈っても逢うことがない恋）という題で詠んだ歌である。俊忠は藤原俊成《としなり》の父であり、俊頼と親交があった。72参照。

やはり俊忠の家の恋歌十首の歌会の時に、「頓《にはか》に来《きた》りて留《とどま》らず」という題で俊頼が詠んだ歌に、次の一首がある。

**おもひ草葉末《はずゑ》にむすぶ白露のたまたま来ては手にもかからず**

（金葉集・恋部上）

人を思うという思い草の葉先に結ぶ白露の玉ではないが、たまたまあなたがやって来ても、その玉が手にも載らずにこぼれやすいように、あなたもやはりそっけなく帰ることだ。

75

# 契《ちぎ》りおきし させもが露《つゆ》を 命《いのち》にて あはれ今年《ことし》の 秋《あき》もいぬめり

藤原基俊《ふじわらのもととし》

約束してくれた、「させも草――やはり頼みにしろ」というはかない露のような言葉を命としてきたが、旧暦九月も末日になり、ああ、今年の秋も我が子は維摩《ゆいま》会《え》の講師《こうじ》の選定に洩《も》れてむなしく過ぎてゆくようだ。

藤原基俊（一〇六〇～一一四二）は藤原俊家の子。官位は低く、保延四年（一一三八）に出家。法名は覚舜。各種歌合に関わり、74の作者源俊頼と並んで、院政期歌壇の第一人者であった。藤原俊成の師でもある。詩歌集『新撰朗詠集』、家集『基俊集』がある。

この歌は、『千載集』雑歌上に、「律師光覚維摩会の講師の請《こひ》を申しけるを、度々洩れにければ、法性寺《ほつしやうじ》入道前太政大臣に恨み申しけるを、『しめぢの原の』と侍りけれども、またその年も洩れにければ、よみてつかはしける」とある。

わが子の光覚が毎年一〇月に催される興福寺維摩会の講師の申請に何度も洩れたので、父の基俊が76の作者藤原忠通《ただみち》に恨み言を言うと、「しめぢの原の」（やはり頼みにしろ）と返事があったのに、その年も洩れてしまったので、忠通にあてて贈った歌である。

忠通の返事にあった「しめぢの原の」という引歌《ひきうた》と、この歌の「させも」は、ともに、「なほ頼めしめぢが原のさせも草我が世の中にあらむかぎりは」（新古今集・釈教歌）を踏まえる。どちらの場合もこれを引いて、一句の「なほ頼め」を言外に意味させたのである。「させも草」は艾《もぐさ》に用いる蓬《よもぎ》のことで、「しめぢの原」は栃木県の歌枕という。

掲載歌は、「置き」「露」が「秋」の縁語という工夫も見られるが、子供の人事上の不遇に親が介入しても、成功しなかったという感慨は、四句の感動詞「あはれ」によく表れている。続く「今年の秋もいぬめり」の「も」は、それまで何度も落選してきたことを受けて、また今度もという意味合いを込める。この歌は、四季の歌や恋の歌が多い『百人一首』の中では、やや異色の作品だと言えよう。

76
## わたの原《はら》 漕《こ》ぎ出《い》でて見《み》れば ひさかたの 雲居《くもゐ》
## にまがふ 沖《おき》つ白波《しらなみ》

法性《ほつしよう》 寺入《じのにゆう》 道前《どうさきの》 関白太政《かんぱくだじよう》 大臣《だいじん》

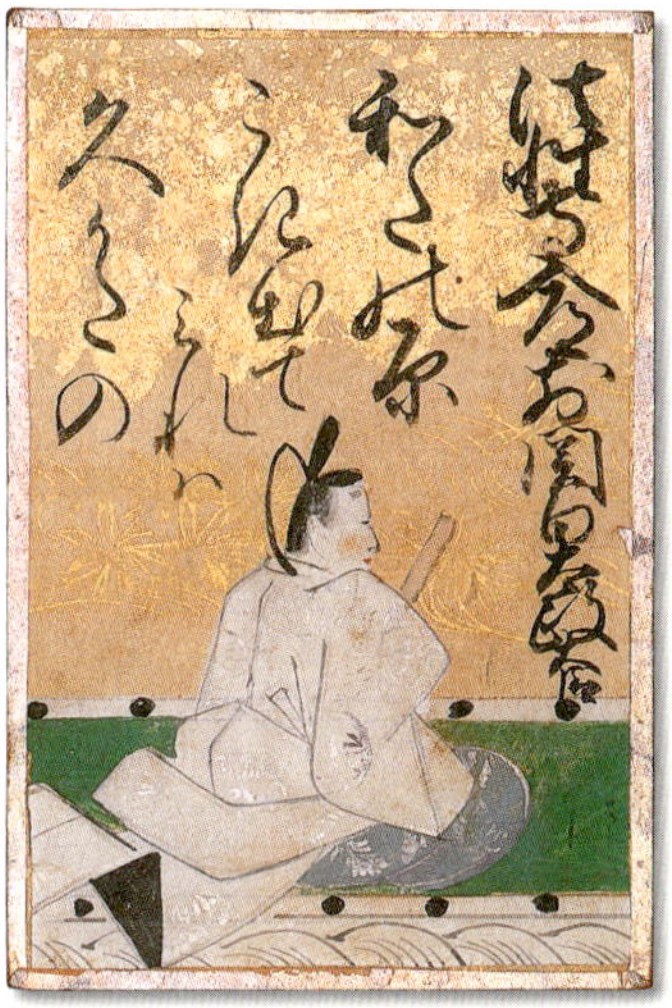

大海原に舟を漕いで出て眺めわたすと、雲の白さと見分けがつかなくなる沖の白波よ。

藤原忠通《ただみち》（一〇九七〜一一六四）は藤原忠実《ただざね》の子。鳥《と》羽《ば》・崇《す》徳《とく》・近衛《このえ》・後《ご》白河《しらかわ》四代の天皇の関白を務めた。95の作者慈円《じえん》の父。応保二年（一一六二）、法性寺で出家、法名は円観。

『詞花集』雑下に、「新院位におはしまし時、海上の遠望といふことをよませ給ひけるによめる」とある。新院は崇徳院で、在位は保安四年（一一二三）から永治元年（一一四一）まで。沖合の白雲と白波が渾然一体化した様子を「白波」に集約した雄大な叙景歌である。「ひさかたの」は「雲」に掛かる枕詞、「白波」は体言止め。

77
## 瀬《せ》をはやみ 岩《いは》にせかるる 滝川《たきがは》の
## われても末《すゑ》に 逢《あ》はむとぞ思《おも》ふ

崇《す》徳《とく》院《いん》

川瀬の流れが速いので、岩に塞き止められる急流のように、仲を裂かれてあなたと別れても、なんとしても将来にはまた逢いたいと思う。

崇徳院（一一一九〜一一六四）は第七五代天皇。鳥羽《とば》天皇の皇子だが、実父は白河天皇と言われる。保元の乱に敗れ、讃岐《さぬき》の国（香川県）に配流、そこで崩じた。

三句までは「われても」を導きだす序詞で、激しい恋の行方について、川の流れが岩で二つに分かれても、結局は一つになるという状態で喩えている。この歌は、『詞花集』恋上に、「題知らず」と見えた。久安六年（一一五〇）に自ら詠進させた『久安百首』の「恋歌二十首」に載るが、こちらの一句は「行《ゆ》きなやみ」、三句は「谷川の」で、力強さを欠く。

78

## 淡路島《あはぢしま》 通《かよ》ふ千鳥《ちどり》の 鳴《な》く声《こゑ》に 幾夜《いくよ》寝覚《ねざ》めぬ 須磨《すま》の関守《せきもり》

源《みなもとの》 兼昌《かねまさ》

淡路島から飛び通ってくる千鳥が物悲しく鳴く声のために、幾夜寝覚めたのだろうか、須磨の関所の番人は。

源兼昌は平安末期の歌人。生没年未詳。官位は低く、大治三年（一一二八）には出家していた。歌合に数多く出詠している。

『金葉集』冬部に、「関路千鳥といへることをよめる」と見える題詠である。「淡路島」「須磨」は兵庫県の歌枕で、明石海峡を隔てて向き合う関係にある。須磨には関所が置かれ、「海人《あま》」「藻塩」「千鳥」が代表的景物。大胆な倒置法を使いながら、千鳥の鳴き声の寂しさをよく捉えている。本歌は、『源氏物語』「須磨」の巻で、流謫《るたく》の生活に耐える光源氏が詠んだ、「友千鳥もろ声に鳴く暁《あかつき》は独り寝覚めの床《とこ》もたのもし」。

79

## 秋風《あきかぜ》に たなびく雲《くも》の 絶《た》え間《ま》より もれ出《い》づる月《つき》の 影《かげ》のさやけさ

左京大夫《さきょうのだいぶ》顕輔《あきすけ》

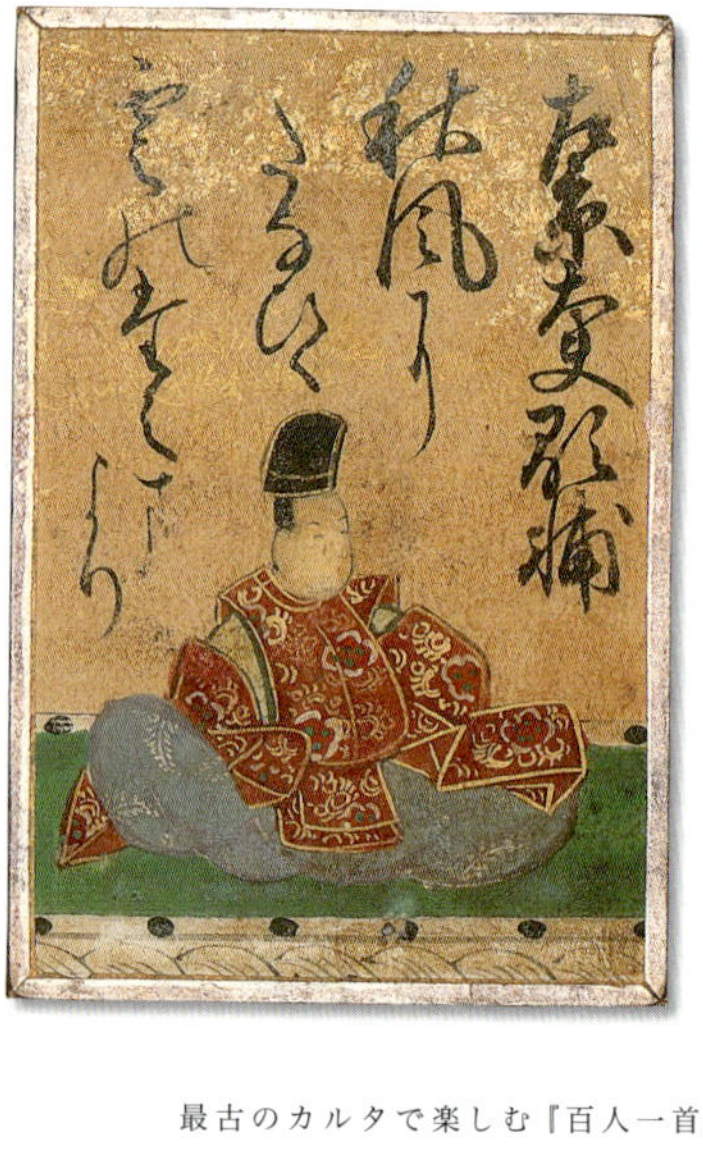

秋風のためにたなびいている雲の切れ目から洩れ出てくる月の光の、なんと澄み切った明るさよ。

藤原顕輔（一〇九〇～一一五五）は、歌人で六条家の祖藤原顕季《あきすえ》の子。歌合の開催も多く、歌壇の第一人者で、崇徳院の院宣で『詞花集』の撰者となる。保延三年（一一三七）、左京大夫。84の作者藤原清輔《きよすけ》は子。

『新古今集』秋歌上に、「崇徳院に百首歌奉りけるに」と見え、久安六年（一一五〇）に崇徳院に詠進した『久安百首』の「秋二十首」の歌である。ただし、二句は「ただよふ雲の」。崇徳院は77の作者。雲の切れ目から洩れた月光を詠んだ叙景歌で、平明な詠み方がかえって新鮮である。「さやけさ」は体言止め。

80
# 長《なが》からむ 心《こころ》も知《し》らず 黒髪《くろかみ》の 乱《みだ》れて 今朝《けさ》は 物《もの》をこそ思《おも》へ　待賢門院堀河《たいけんもんいんのほりかわ》

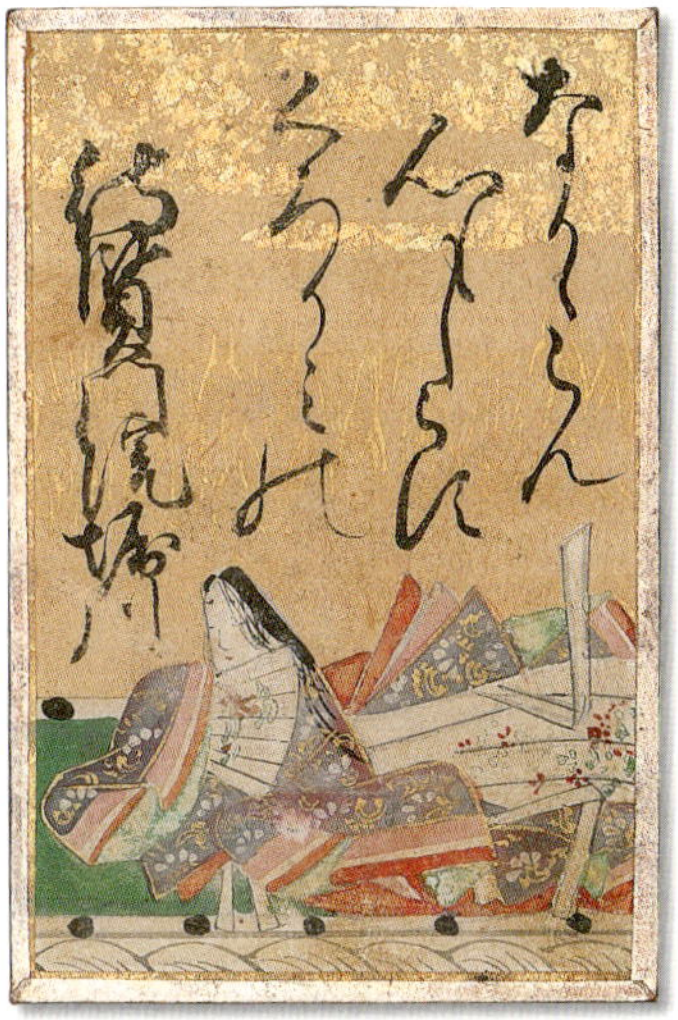

末長く変わらないと言うあなたの心もわからないので、黒髪のように心乱れて、今朝は物思いをしている。

待賢門院堀河は平安末期の歌人。源顕仲女《あきなかのむすめ》で、生没年未詳。鳥羽《とば》天皇の中宮で、崇徳・後白河両天皇の母待賢門院璋子《しょうし》に仕え、堀河と呼ばれた。永治二年（一一四二）、女院の出家に従って落飾。

『千載集』恋歌三に「百首歌奉りける時、恋の心をよめる」と見え、百首歌の中で「恋」を詠んだ題詠である。久安六年（一一五〇）の『久安百首』の「恋二十首」の一首である。「黒髪の乱れて」の比喩、「長からむ」「乱れ」という「黒髪」の縁語が巧みで、官能的な歌になっている。後朝《きぬぎぬ》の歌を想定したらしいが、よく実感がこもる。

81
# ほととぎす 鳴《な》きつる方《かた》を ながむれば ただ有明《ありあけ》の 月《つき》ぞ残《のこ》れる　後徳大寺左大臣《ごとくだいじのさだいじん》

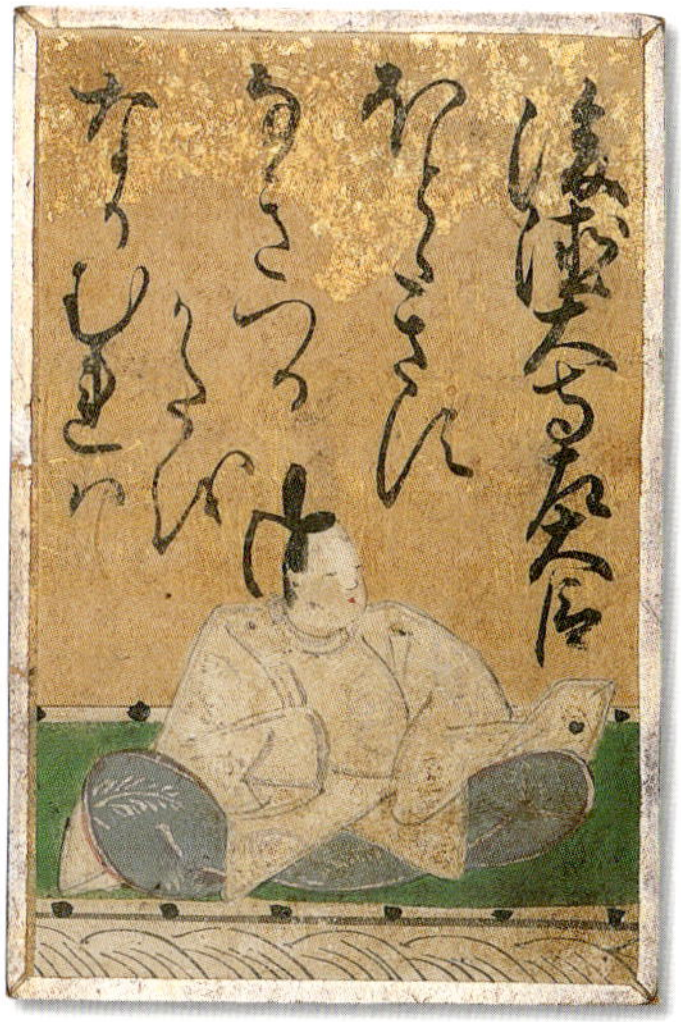

ほととぎすが今ちょうど鳴いたと思って、そちらの方角を眺めやると、その姿はなく、ただ有明の月だけが空に残っている。

藤原実定《さねさだ》（一一三九〜一一九一）は右大臣藤原公能《きんよし》の子。祖父の徳大寺左大臣実能《さねよし》と区別して、後徳大寺左大臣と呼ばれた。法名は如円。藤原定家は従兄弟。

『千載集』夏歌に「暁《ニ》聞《ク》二郭公《ほととぎすヲ》一といへる心をよみ侍りける」と見え、「暁に郭公を聞く」という題で詠んだ歌である。文治二年（一一八六）から同五年まで右大臣だった時の歌。平淡な詠み方だが、ほととぎすの鳴き声という聴覚から、月の映像という視覚への転換が見事で、夏の夜明け方の空虚感が漂う。「有明の月」は30の歌参照。

82

# 思《おも》ひわびさても命《いのち》はあるものを憂《う》きに堪《た》へぬは涙《なみだ》なりけり　道因法師《どういんほうし》

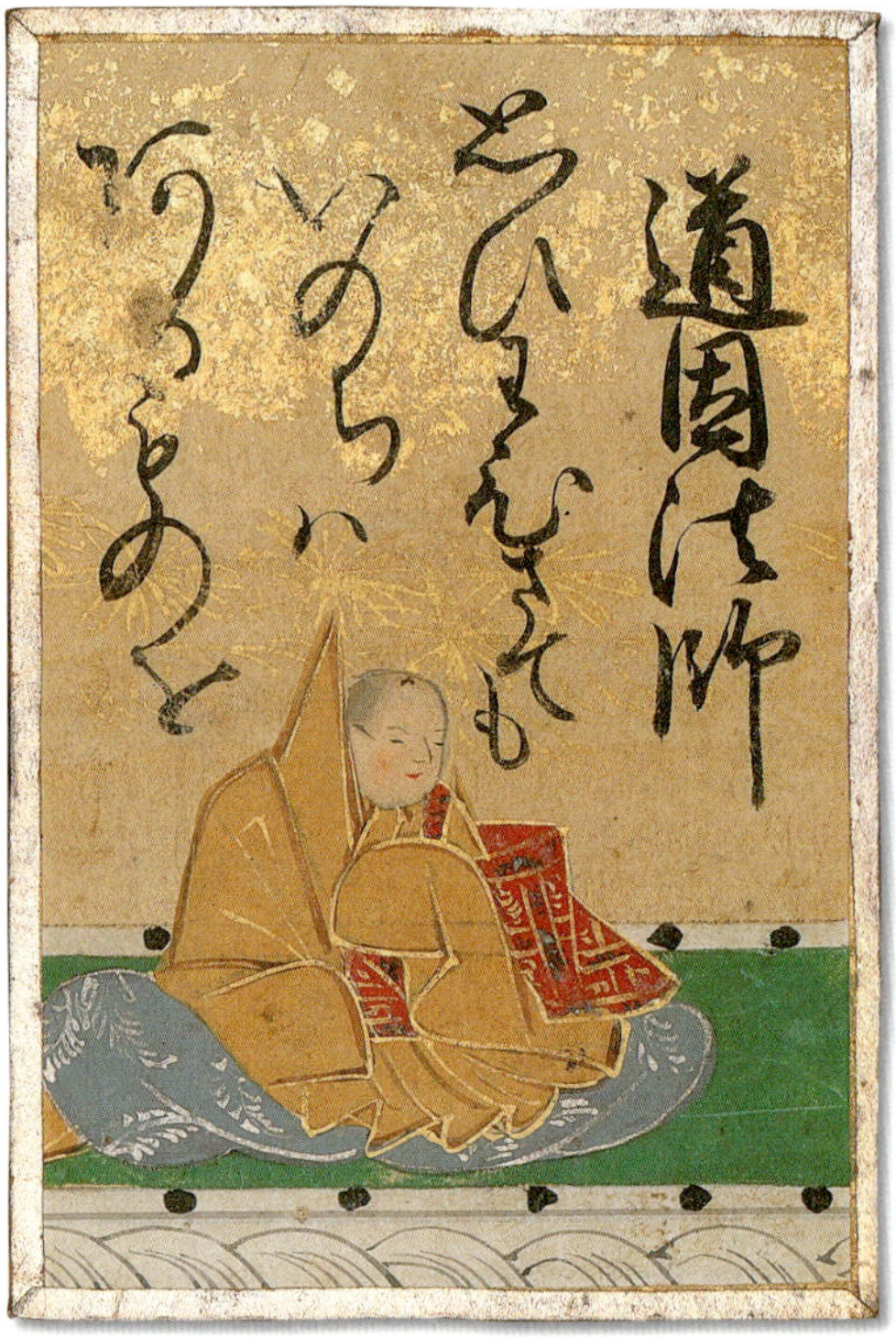

人目を忍んで逢う恋人のことを思い悩んで、その苦しさで死んでしまうかと思ったが、それでもなお命はつないでいるのに、そのつらさに堪えられないで落ちるのは、実は涙のほうだったのだ。

道因法師（一〇九〇～?）は平安末期の歌人。俗名藤原敦頼《あつより》。晩年の承安二年（一一七二）に出家。法名が道因。85の作者俊恵《しゅんえ》が主催した歌林苑《かりんえん》に集まった人々の一人。

つらさに堪えられないのは命だと思っていたら、そうではなくて、意志の力で抑えられそうな涙のほうだった、という点に発見がある。やや理屈が勝った歌だが、「……は……なりけり」という構文は32・69・96の各歌にも見られ、隠れていた事実を明らかにした感動を表す。伝統的な詠みぶりにのっとりながら新鮮さを求めた歌だったと見るべきだろう。

この歌は、『千載集』恋歌三に、「題知らず」として見える。その配列からすると、失恋ではなく、忍ぶ恋の苦しさを詠んだ歌と考えられる。

道因法師は九〇歳を越えるほど長生きした人で、鴨長明《かものちょうめい》の歌論書『無名抄《むみょうしょう》』には、永縁《えいえん》僧正が琵琶法師に自分の歌を歌わせたのを羨み、盲人たちを責めて歌わせて笑われたという話や、和歌に志が深く、住吉《すみよし》の社（大阪市の神社）に徒歩で月詣でしたという話が載っている。

他にも、『古今著聞集』には、道因が人々と住吉の社で歌合したとき、81の作者藤原実定《さねさだ》の詠んだ秀歌に、住吉大明神が感動したという話、同じ年、それを羨んだ広田大明神の夢告によって、広田の社（兵庫県の神社）で歌合をしたという話が並ぶ。ともに、それぞれの社に道因が歌合を勧進奉納した催しであった。

83

# 世《よ》の中《なか》よ 道《みち》こそなけれ 思《おも》ひ入《い》る 山《やま》の奥《おく》にも 鹿《しか》ぞ鳴《な》くなる

皇《こう》太《たい》后《ごう》宮大《ぐうのだい》夫《ぶ》俊《とし》成《なり》

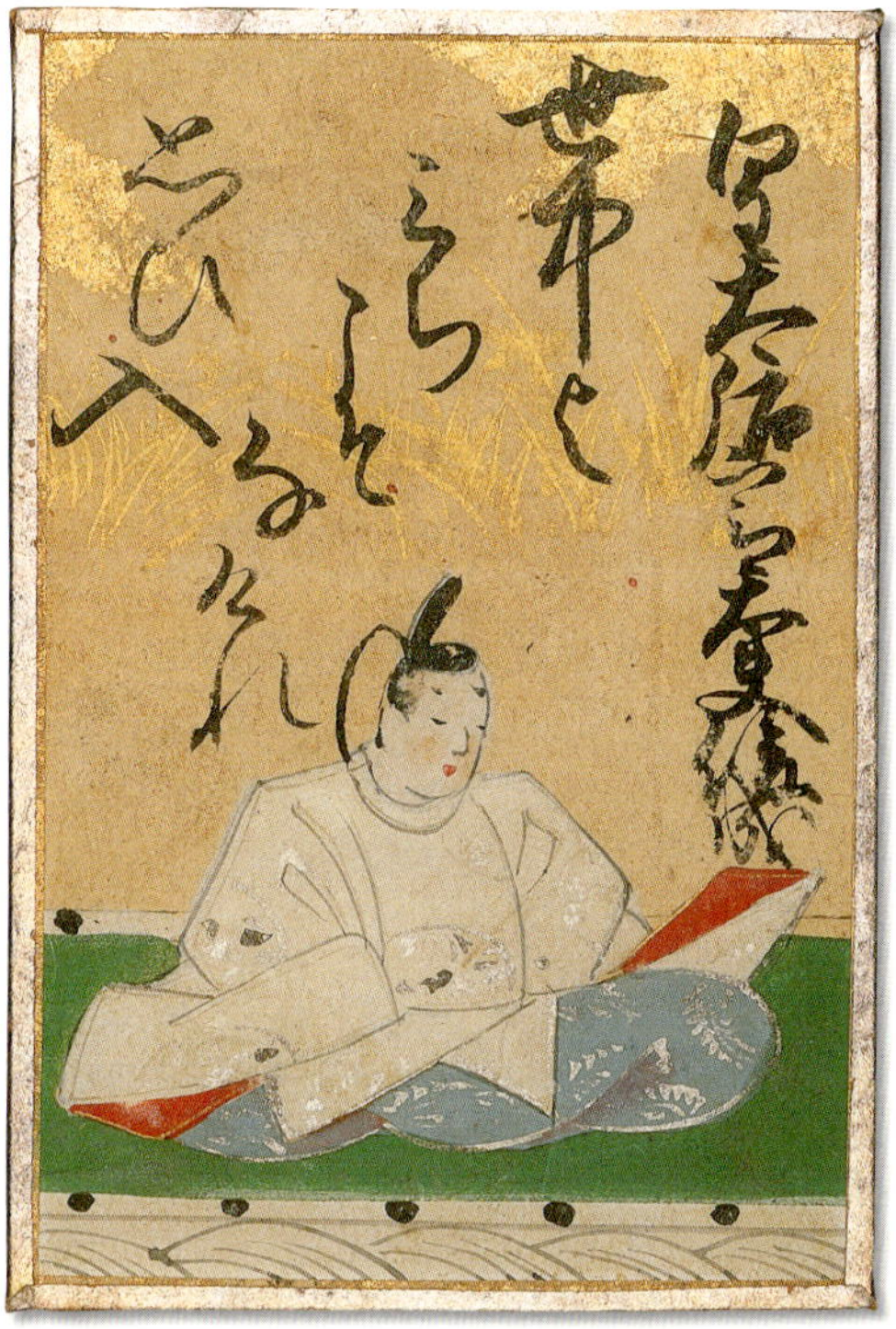

この世の中には、逃れる道はないのだ。深く思い込んで入って来た山の奥でも、つらいことがあるのか、鹿が鳴くのが聞こえる。

藤原俊成（一一一四～一二〇四）は藤原俊忠《としただ》の子で、藤原定家《さだいえ》の父。初名は顕広《あきひろ》。安元二年（一一七六）に皇太后宮大夫で出家。法名は釈阿。75の作者藤原基俊に和歌を学び、歌壇の第一人者となって、御子左家《みこひだりけ》を創設した。『千載集』の撰者。『古来風体抄《こらいふうていしょう》』は、89の作者式子《しょくし》内親王の依頼によって著した歌論書。家集『長秋詠藻《ちょうしゅうえいそう》』がある。

冒頭の「世の中よ道こそなけれ」という認識は深い詠嘆と諦念であり、出家遁世によって俗世を捨て、「山の奥」に入っても、なお生きるつらさは回避できない、という絶望の表明だった。その理念を裏づけるのが、里はもちろん、山の奥でも鳴く鹿の声である。5の歌にも、鹿の鳴き声と秋の悲哀感が重ねられていたが、この歌は季節に限定されない鹿の声のつらさを詠むことで、述懐歌としている。

自ら撰んだ『千載集』雑歌中に、「述懐の百首歌よみ侍りける時、鹿の歌とてよめる」と見え、題詠であった。「なる」は伝聞の助動詞で、題詠らしさを残している。『長秋詠藻』によれば、「堀河院御時百首題を述懐に寄せてよみける歌、保延六、七年の頃のことにや」として、「鹿」の題がある。保延六年は一一四〇年にあたり、俊成は二七歳だった。

俊成が『源氏物語』を重視したことは、「源氏見ざる歌よみは遺恨の事也」（『六百番歌合』）の言葉で知られる。先の『述懐百首』には、「橋姫」の巻を踏まえたこんな歌がある。

**嵐吹く峰の紅葉の日に添へてもろくなりゆくわが涙かな**　（新古今集・雑歌下）

嵐の吹く峰の紅葉は日が経つにつれて散ってゆくが、そのように日増しにこぼれやすくなってゆく私の涙だなあ。

84

# 長《なが》らへば またこのごろや しのばれむ 憂《う》しと見《み》し世《よ》ぞ 今《いま》は恋《こひ》しき

## 藤原《ふじわら》清輔《きよすけ》朝臣《あそん》

もしも生き長らえていたら、また苦しいこの頃が懐かしく思い出されるのだろうか。あのつらいと思った昔が今では恋しく思われるのだから。

藤原清輔（一一〇四～一一七七）は、79の作者藤原顕輔《あきすけ》の子だが、親子には不仲の時期があった。歌合に出詠するなど活躍し、二条天皇の信任を得て、『続詞花集《しょくしかしゅう》』を撰んだが、永万元年（一一六五）、天皇の崩御によって勅撰集にならなかった。歌論書『袋草紙』『奥義抄』、家集『清輔朝臣集』がある。

この歌は、『新古今集』雑歌下に「題知らず」とあるが、『清輔集』書陵部本には「いにしへ思ひ出でられける頃、三条内大臣いまだ中将にておはしけるとき、つかはしける」と見え、昔が思い出される頃、藤原公教《きんのり》がまだ少将だった時に贈った歌である。公教と清輔は従兄弟の関係にあって、親しかった。公教の中将の時代は、大治五年（一一三〇）から保延二年（一一三六）までのことで、清輔は二七歳から三三歳だった。

ただし、『清輔集』群書類従本では、「三条内大臣」が「三条大納言」になっていて、それでは公教の子の実房《さねふさ》のことになる。中将の時代は保元三年（一一五八）から仁安元年（一一六六）までで、清輔は五五歳から六三歳だった。ちょうど『続詞花集』が挫折した時期なので、それを嘆いたと見るのである。しかし、この時、実房はまだ一二歳から二〇歳の間にすぎず、こうした述懐歌を贈る相手とは考えにくい。

つらかった昔が今では恋しいのだから、その今も後になれば恋しく思い出されるのか、という理知の勝った歌である。まだ若い時に詠んだ歌だとすると、確かに老成した印象を与えるが、当時の和歌が題詠を中心に詠作されたことを考えるならば、贈答歌にこうした内容が出てきても不思議ではない。むしろ、題詠歌のような発想で詠まれた歌が贈られた、と考えればよいのではないか。

85

# 夜《よ》もすがら 物《もの》思《おも》ふころは 明《あ》けやらぬ 閨《ねや》のひまさへ つれなかりけり

俊恵《しゅんえ》法師《ほうし》

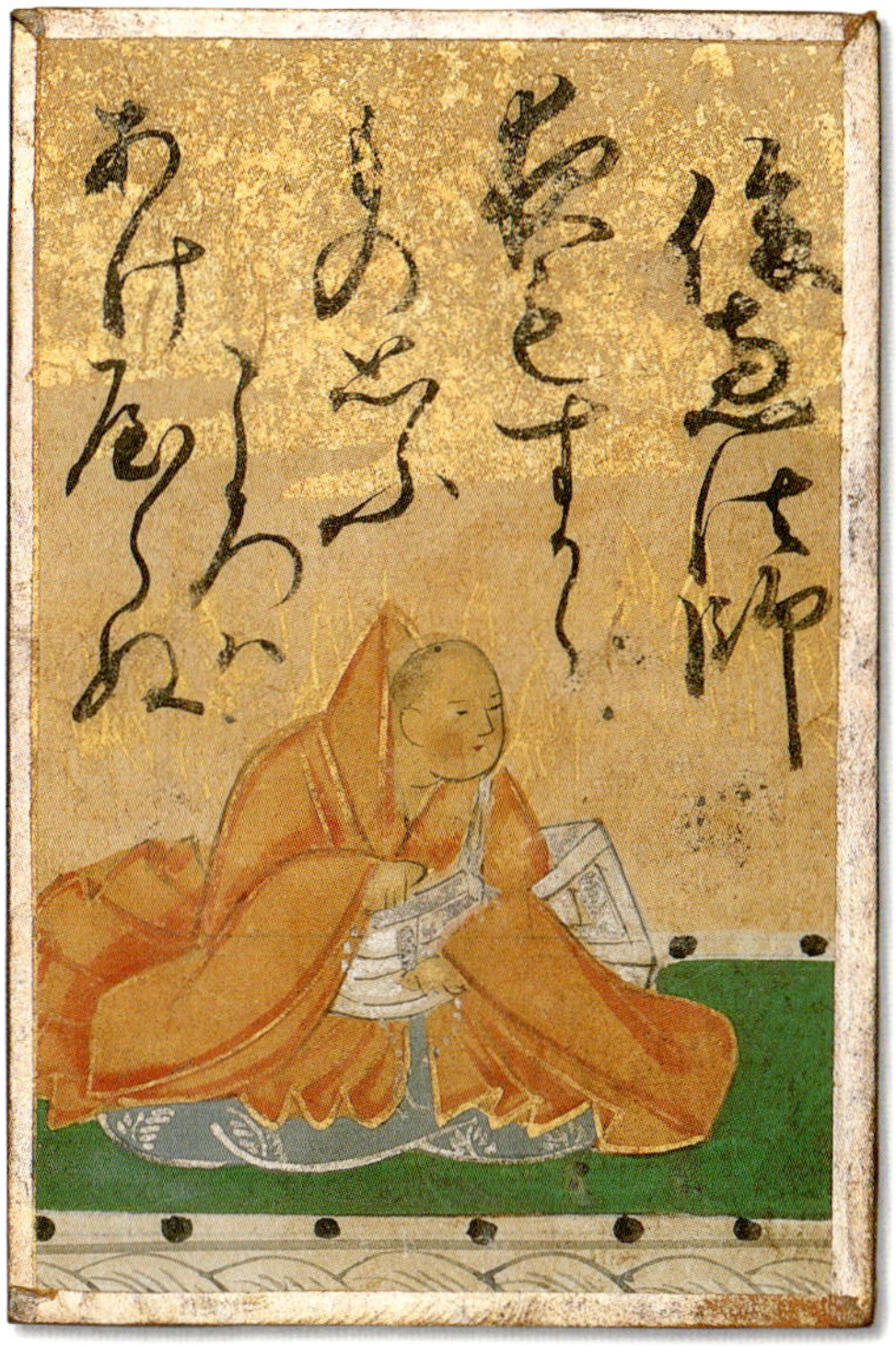

あの人を恨んで一晩中物思いをしているこの頃は、早く夜が明ければいいのに、すっかり夜が明けきらない寝室の戸の隙間までが、あの人と同じように薄情に思われることだなあ。

訪れて来なくなった男性を恨む気持ちを、女性の立場になって詠んだ歌である。「さへ」は添加で、恋人が薄情なのはもちろん、寝室の戸の隙間までが、の意味になる。早く夜が明けてくれればかえって救われるのに、なかなか明けないつらさを恨む。そうした心境を表すのに、一人で寝ていた寝室の戸の隙間が無情に見えるとしたのが斬新で、閨怨詩《けいえんし》の新境地を開拓したと言えよう。

『千載集』恋歌二に「恋の歌とてよめる」とあり、『林葉和歌集』巻五・恋には、歌林苑で歌合を行ったのを受けて、「また、後の度の歌合に、恋の心を」とあるので、自邸で主催した歌合において、詠んだ歌である。

三句の「明けやらぬ」の「ぬ」は、打消の助動詞「ず」の連体形で、下の「閨のひま」を連体修飾する。『千載集』以来この形だったが、江戸初期頃から「明けやらで」とする本文が現れる。「で」は打消の接続助詞で、そこで一呼吸置いて、下の「つれなかりけり」を連用修飾することになる。「けり」は初めて気がついた詠嘆を表す用法なので、一晩中していた物思いが日常的な風景を一変させたという点でも、貴重である。

俊恵法師（一一一三〜?）は74の作者源俊頼《としより》の子で、東大寺の僧だったが、後に京都白川の自邸歌林苑《かりんえん》にさまざまな歌人を集め、歌会や歌合を催した。家集『林葉《りんよう》和歌集』がある。「林葉」は歌林苑のこと。その歌論は弟子の鴨長明が著した『無名抄』に詳しい。

86

# 嘆《なげ》けとて 月《つき》やは物《もの》を 思《おも》はする かこち顔《がほ》なる 我《わ》が涙《なみだ》かな

西行法師《さいぎょうほうし》

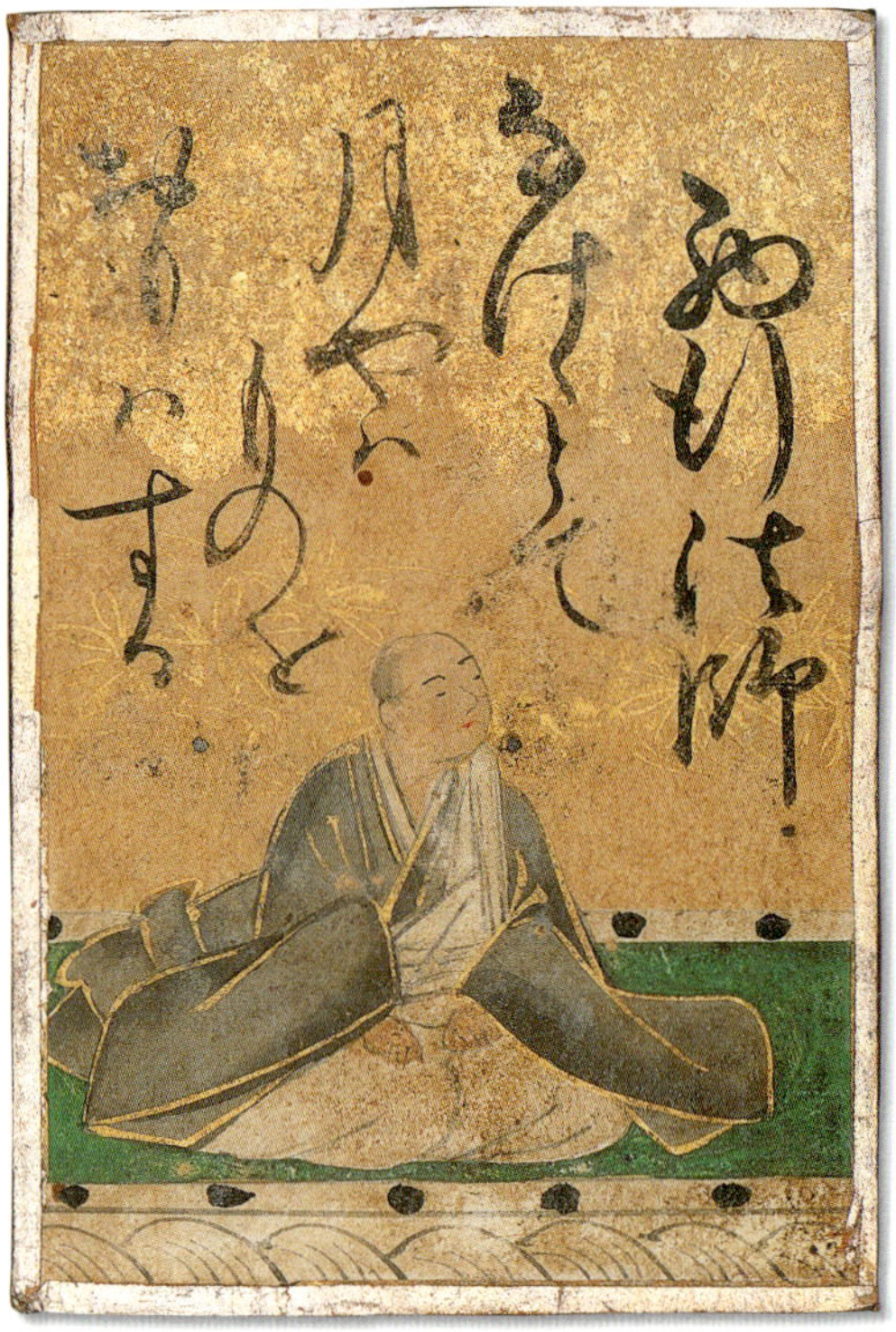

嘆けと言って、月が私に物思いをさせるのか、いやそうではあるまい。冷たい恋人ゆえなのに、それを月のせいにして流れる私の涙であるよ。

西行法師（一一一八～一一九〇）は本名佐藤義清《のりきよ》。鳥羽《とば》院下《いんげ》北面《ほくめん》の武士として仕えたが、保延六年（一一四〇）に出家、諸国を旅して修行と作歌を重ねた。法名は円位。『新古今集』に最も多くとられた歌人だった。家集に『山家集《さんかしゅう》』がある。鎌倉時代の『撰集抄《せんじゅうしょう》』は西行に仮託した仏教説話集であった。室町時代の『西行物語』など、西行説話は次第に膨らんでいった。

『千載集』恋歌五に「月前恋といへる心をよめる」と見え、「月前の恋」という題で詠んだ歌である。文治三年（一一八七）、西行が自作から撰んで歌合にまとめ、伊勢神宮に奉納した『御裳濯河歌合《みもすそがわうたあわせ》』二十八番にも載る。西行自身も自信があり、藤原俊成も認め、「月」を擬人化したおもしろさはあるが、やや論理の勝った歌であることは否定できない。

西行の伝記上、問題にされたのは、裕福な武家に生まれ、妻子のある若者が突然出家した不可解さであった。高貴な女性への恋を断つためだった（『源平盛衰記』）とか、親友の急死に無常を感じた（『西行物語』）とか、さまざまな説話が生まれた。それだけ西行の出家が異常だったことを示すが、それによって、旅する僧の和歌の世界が新しく拓かれた意義は大きい。

西方の極楽浄土に往生することを願いながら旅をして、こんな歌を詠んだことが知られている。

**願はくは花の下にて春死なむその如月《きさらぎ》の望月の頃**　（山家集・春）

**私が願うこととしては、桜の花の下で春に死にたいものだ。その旧暦二月の満月の頃に。**

西行は、歌で願ったとおり、文治六年（一一九〇）二月一六日、河内《かわち》の国（大阪府の一部）弘川寺《ひろかわでら》で没した。和歌と人生の不思議な関係を語るドラマであった。

歌川国芳筆『百人一首之内 西行法師』 江戸時代
那珂川町馬頭広重美術館所蔵

87
## 村《むら》雨《さめ》の 露《つゆ》もまだ干《ひ》ぬ 真《ま》木《き》の葉《は》に 霧《きり》立《たち》ちのぼる 秋《あき》の夕《ゆふ》暮《ぐ》れ 寂《じゃく》蓮《れん》法《ほう》師《し》

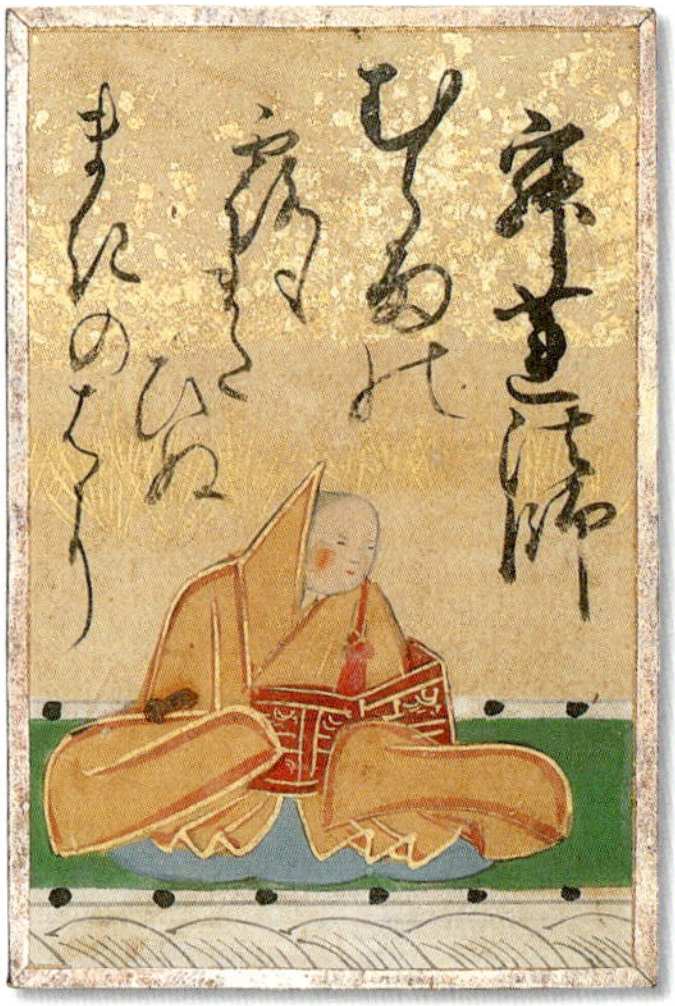

にわか雨が残した露もまだ乾いていない真木の葉に、早くも谷間から霧が立ちのぼってくる秋の夕暮れよ。

寂蓮法師（?～一二〇二）は俗名藤原定長《さだなが》。伯父の藤原俊《とし》成《なり》の養子になるものの、承安二年（一一七二）頃、出家。『新古今集』撰者の一人になるが、撰進前に没した。

「真木」は、杉・檜など常緑樹の総称。深山を描いた水墨画のような叙景歌だが、「まだ干ぬ」「立ちのぼる」に生動感が見える。「夕暮れ」は体言止めで、余情を残している。『新古今集』秋歌下に、「五十首歌奉りしとき」と見えた歌である。建仁元年（一二〇一）、後《ご》鳥《と》羽《ば》院《いん》の主催した「老若五十首歌合」百二十五番に詠進した歌であった。

88
## 難《なに》波《は》江《え》の 葦《あし》のかりねの ひとよゆゑ みをつくしてや 恋《こ》ひわたるべき 皇《こう》嘉《か》門《もん》院《いんの》別《べっ》当《とう》

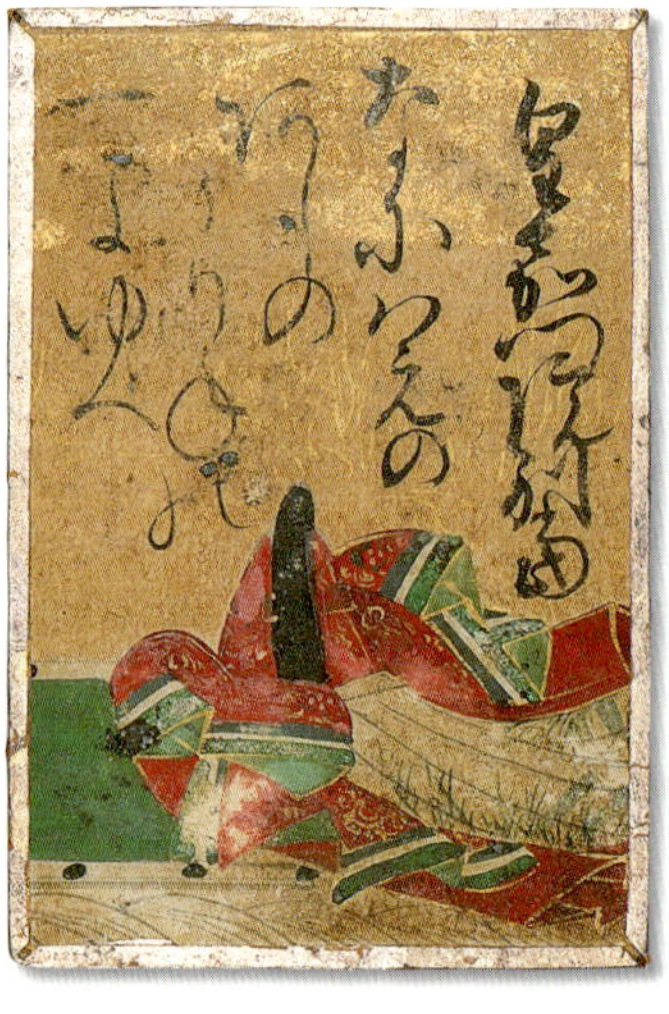

難波の入江の葦の刈根の一節《ひとよ》ではないが、ただ一夜《ひとよ》の仮寝のために、澪《みお》漂《つくし》ではないけれど、命をかけて恋いつづけることになるのだろうか。

皇嘉門院別当は平安末期の歌人。源俊隆《としたかの》女《むすめ》で、生没年未詳。崇《す》徳《とく》天皇の中宮皇嘉門院聖子《せいし》に仕えた。

『千載集』恋歌三に「摂政右大臣の時の家歌合に、旅宿に逢ふ恋といへる心をよめる」と見え、藤原兼実《かねざね》が主催した「右大臣兼実家歌合」で詠んだ歌。「難波江の葦の」までは「刈根」「仮寝」の掛詞式に掛かる序詞、「一節」「一夜」、「澪標」「身を尽くし」が掛詞、「葦」「刈根」「一節」「澪標」「渡る」は「難波江」の縁語と、修辞に富んでいる。「難波江」「澪標」は20を参照。

89

# 玉《たま》の緒《を》よ 絶《た》えなば絶《た》えね 長《なが》らへば 忍《しの》ぶることの 弱《よわ》りもぞする　式子内親王《しょくしないしんのう》

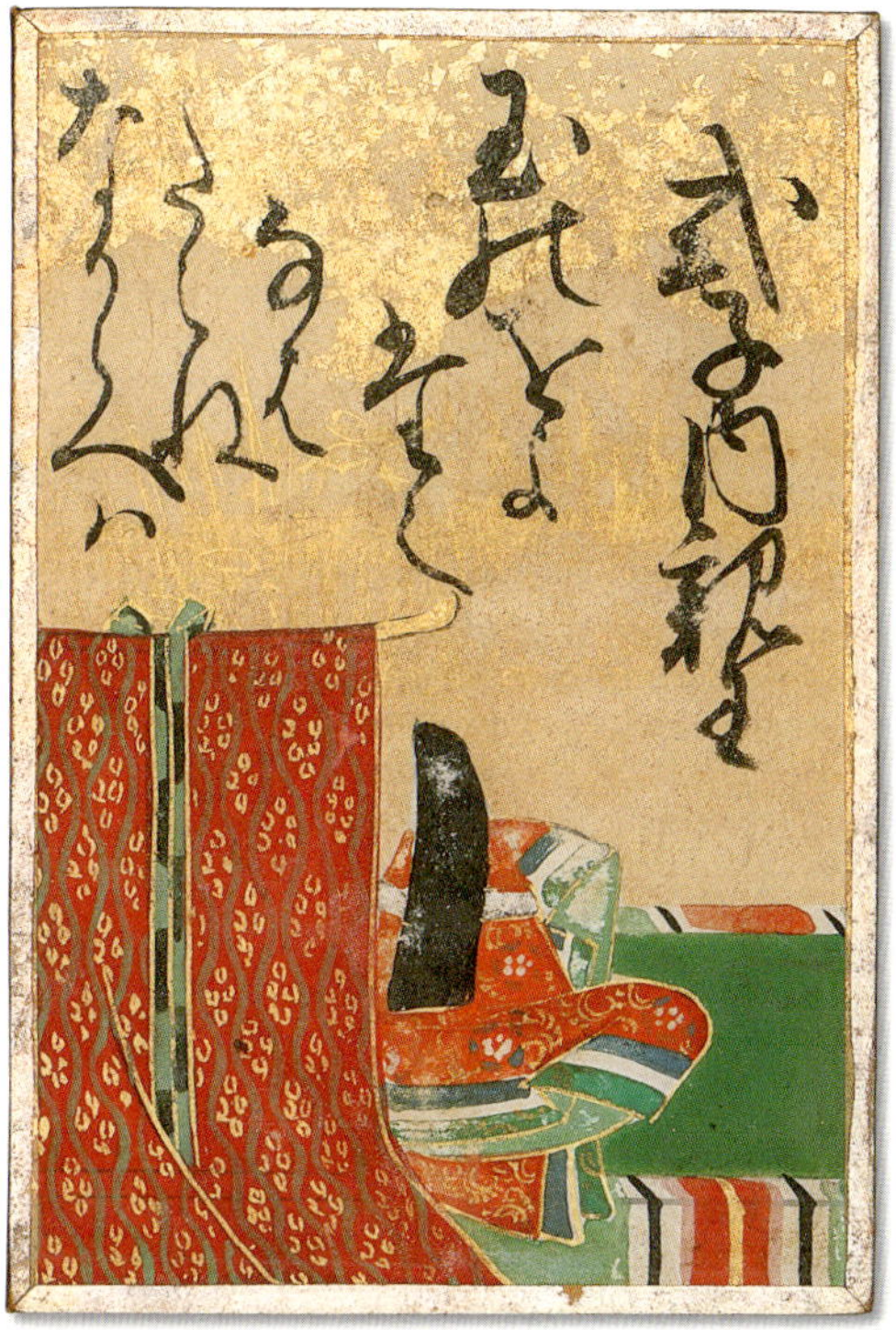

私の玉の緒――命よ、絶えてしまうならば、絶えてしまうがいい。緒が長く延びるように、さらに生き長らえたなら、じっと我慢している気持ちが弱まって、それが表に現れてしまうといけないから。

式子内親王（一一四九～一二〇一）は後白河天皇の皇女で、以仁王《もちひとおう》の妹、殷富門院《いんぷもんいん》の姉。賀茂《かも》の斎院を務め、後に出家。藤原俊成《としなり》に和歌を学び、『新古今集』に最も多くとられる女性歌人である。家集『式子内親王集』がある。なお、金春禅竹《こんぱるぜんちく》作の謡曲『定家《ていか》』は、藤原定家《さだいえ》との恋愛を題材にする。

冒頭の「玉の緒」は元来、玉を貫きとめる緒だが、「玉」と同音で、「魂《たま》」をつなぎとめる緒となり、命を意味するようになる。「絶えね」の放任や「弱りもぞする」の懸念の表現がよく効いて、忍ぶ恋のぎりぎりの切なさを見事にまとめる。「長らへ」は緒が長く延びる意味と生き長らえる意味を掛け、「絶え」「長らへ」「弱り」が「緒」の縁語になる。

『新古今集』恋歌一に「百首歌の中に忍《ブ》恋を」と見え、百首歌の中で「忍ぶ恋」の題で詠んだ歌。しかし、この百首歌は、『式子内親王集』でも、いつの折かはわからない。

式子内親王は後白河天皇の皇女に生まれ、賀茂の斎院に卜《ぼく》定《じょう》されたが、病気のために退下、父院の死後は寂しい生活を送り、出家した。法名は承如法。激動の時代を目のあたりにしながら生きた。その和歌は繊細優美な表現を極める。

**山深み春とも知らぬ松の戸に絶《た》え絶《だ》えかかる雪の玉水**（新古今集・春歌上）

山が深いので、春が来たとも知らずに待っている草庵の松の戸に、とぎれとぎれにかかる雪解けの美しい雫《しずく》よ。

正治二年（一二〇〇）、後鳥羽院に詠進した『正治《しょうじ》初度百首』の「春」の歌で、最晩年の作。春の訪れの遅い奥山にも、確かに春がやって来たことを繊細な観察で捉え、緑と白の色彩を鮮やかに表現する。『新古今集』の名歌と言えよう。

## 90

見《み》せばやな 雄《を》島《じま》の海人《あま》の 袖《そで》だにも 濡《ぬ》れにぞ濡《ぬ》れし 色《いろ》は変《か》はらず

殷《いん》富《ぷ》門《もん》院《いんの》大《た》輔《ゆう》

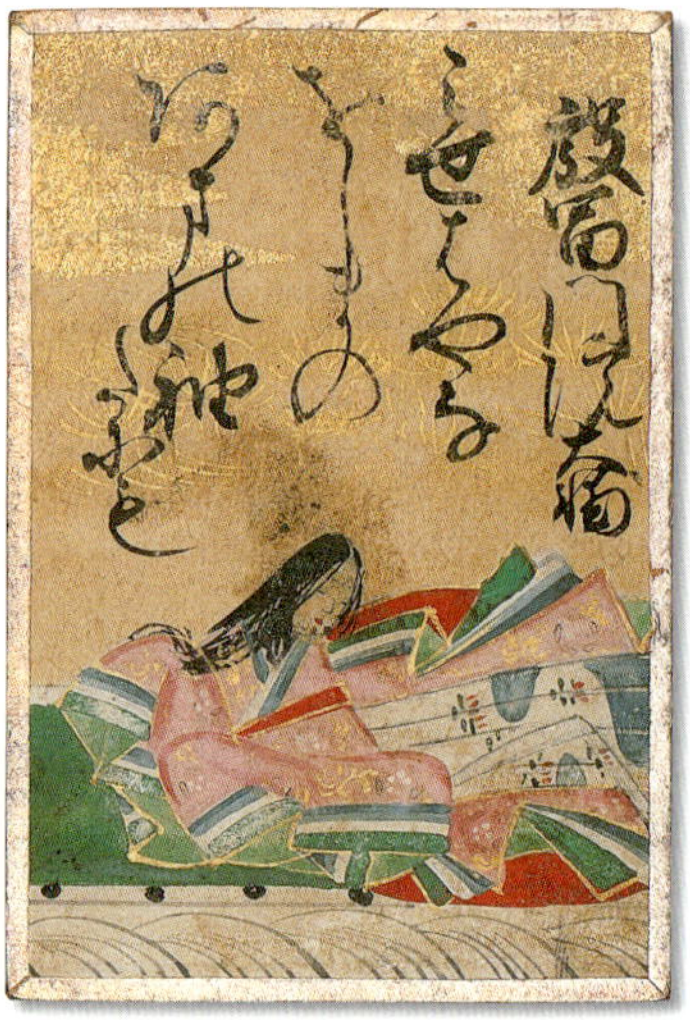

血の涙でこんなに色が変わった私の袖を、あなたに見せたいものだ。あの雄島の磯の漁師の袖でさえも、ひどく濡れに濡れたときにも、その色は変わらないのに。

殷富門院大輔は平安末期の歌人。藤原信成《のぶなりの》女《むすめ》で、生没年未詳。後白河天皇の皇女殷富門院亮子《すけこ》内親王に仕えた。

「雄島」は宮城県の歌枕。「だに」は軽い事例を挙げて、言外に重い事例を類推させる助詞で、効果的だが、血の涙の発想が誇張に過ぎるか。本歌は、『後拾遺集』恋四にある、48の歌の作者源重之《しげゆき》の「松島や雄島の磯にあさりせし海人の袖こそかくは濡れしか」。『千載集』恋歌四に、「歌合し侍りけるとき、恋の歌とてよめる」と見える題詠であった。

## 91

きりぎりす 鳴《な》くや霜夜《しもよ》の さむしろに 衣片《ころもかた》敷《し》き 独《ひと》りかも寝《ね》む

後《ご》京《きょう》極《ごく》摂《せつ》政《しょう》前《さきの》太《だ》政《じょう》大《だい》臣《じん》

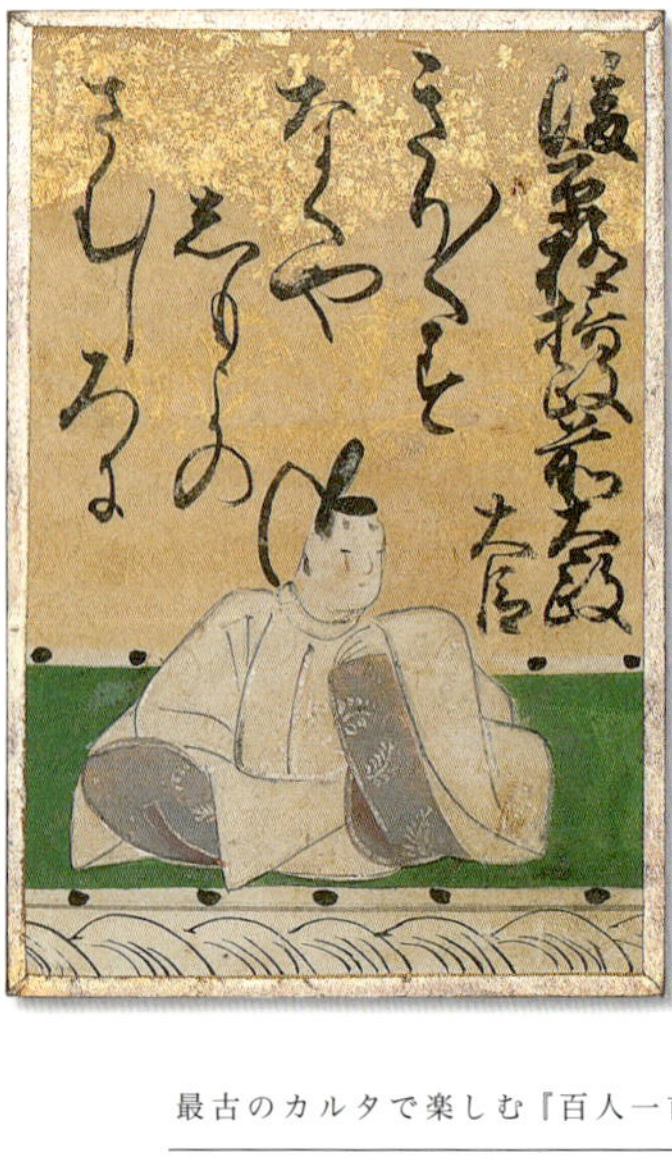

こおろぎが鳴く、霜の降る夜の寒々とした筵《むしろ》の上に、私は着物の片袖を敷いて、一人で寂しく寝るのだろうか。

藤原良経《よしつね》（一一六九～一二〇六）は関白九条兼実《かねざね》の子。後京極家を興し、晩年、摂政と太政大臣の地位に就いた。『新古今集』の撰者の一人で、『秋篠月清集《あきしのげつせいしゅう》』がある。

「さ筵」と「寒し」は掛詞。「衣片敷き」は、男女が共寝をするときは互いに袖を敷き交わすので、独り寝の姿を指す。本歌は、『伊勢物語』第六三段の「さむしろに衣片敷き今宵《こよひ》もや恋しき人に逢はでのみ寝む」である。『新古今集』秋歌下に「百首歌奉りしとき」と見え、正治二年（一二〇〇）、後鳥羽院に詠進した『正治《しょうじ》初度百首』の「秋」の歌であった。

92
## 我《わ》が袖《そで》は 潮干《しほひ》に見《み》えぬ 沖《おき》の石《いし》の 人《ひと》こそ知《し》らね 乾《かわ》く間《ま》もなし

二条院《にじょういんの》讃岐《さぬき》

私の袖は、潮が引いたときにも見えない沖合にある石のように、人はそれを知らないけれども、涙に濡れて乾く暇もない。

二条院讃岐（一一四一?〜一二一七?）は源頼政女《よりまさのむすめ》。二条天皇に仕え、二条院讃岐と呼ばれた。天皇が亡くなった後、藤原重頼《しげより》と結婚する。やがて後鳥羽天皇の中宮で、九条兼実女《かねざねのむすめ》の宜秋門院任子《ぎしゅうもんいんにんし》に仕えたが、まもなく出家した。『二条院讃岐集』がある。

二句・三句は、「人こそ知らね乾く間もなし」を導きだす序詞で、どんな時も恋のつらさから逃れられず、涙に濡れている状態を、沖の石で喩えたところが奇抜である。「人こそ知らね」は、人は知らないだろうが、と逆接で掛かる。この歌によって、作者は「沖の石の讃岐」と呼ばれた。当時たいへんな話題になった歌だったのである。

『千載集』恋二に、「寄《スル》レ石《ニ》恋といへる心を」と見え、「石に寄する恋」という題で詠んだ歌である。その五句は「乾く間ぞなき」となっていて、涙が乾かないことが強調されていた。

讃岐の父頼政は清和源氏の武士で、後白河院の皇子高倉宮以仁王《もちひとおう》を奉じて平氏に反乱を起こしたが、宇治川の合戦に敗れ、平等院で自害する。その際、頼政は西に向かって、南無阿弥陀仏と十遍の念仏を唱えた後、

**埋もれ木の花咲くこともなかりしに身のなる果てぞ悲しかりける**　（平家物語）

埋もれ木の花が咲くことがないように、自分は栄華に時めくこともなかったが、我が身の最期はまことに悲しいことだなあ。

と、辞世の歌を詠んだという。

頼政は和歌と弓術の名人で、近衛《このえ》・二条両天皇の時代に、宮中を脅かす鵺《ぬえ》を退治したことが『平家物語』に見える。

93

## 世《よ》の中《なか》は 常《つね》にもがもな 渚《なぎさ》漕《こ》ぐ 海人《あま》の小舟《をぶね》の 綱手《つなで》かなしも

鎌《かま》倉《くら》右《う》大《だい》臣《じん》

世の中は永遠に変わらないものでありたいなあ。渚を漕いでゆく漁師の小舟の、舟につないで綱を引く姿はおもしろいことよ。

源実朝《さねとも》（一一九二～一二一九）は源頼朝《よりとも》の子で、母は北条政子。幼名千幡《せんまん》。鎌倉幕府三代将軍となる。藤原定家に和歌を学び、歌論書『近代秀歌』を贈られた。建保六年（一二一八）に右大臣になるが、同七年、鶴岡《つるがおか》八幡宮で、甥の公暁《くぎょう》に暗殺された。家集『金槐《きんかい》和歌集』がある。

無常な世の中でも、心動かされる一瞬があることを巧みにまとめている。若くして暗殺された悲劇的な人生を予感したような歌である。本歌は、「河上《かはのへ》のゆつ磐群《いはむら》に草生《む》さず常にもがもな常娘子《とこをとめ》にて」（万葉集・巻第一）や、「みちのくはいづくはあれど塩釜の浦漕ぐ舟の綱手かなしも」（古今集・東歌）と考えられている。

『新勅撰集』雑部では「題知らず」とあるが、家集の『金槐和歌集』羇旅歌《きりよのうた》に「船」とあって、題詠であった。

この歌とともに、次の二首がよく知られる。

**もののふの矢並《やなみ》つくろふ籠手《こて》の上に霰《あられ》たばしる那須《なす》の篠原《しのはら》**

（金槐和歌集・冬部）

武士が箙《えびら》に差した矢の並び具合を整えている籠手の上に、霰が勢い激しく走り飛ぶ那須の篠原よ。

**大海の磯もとどろに寄する波割れて砕けて裂けて散るかも**

（金槐和歌集・雑部）

大海の磯も響きわたるほどに寄せる波は、割れて砕けて裂けて散っていることだなあ。

前者は「霰」、後者は「荒磯に浪の寄るを見てよめる」の詞書がある。作歌の情況は違っても、大と小、静と動の対比が鮮やかである。『万葉集』以来の和歌の伝統に則りながら、激動の時代の雰囲気を詠んだところに、実朝の新境地があった。

# み吉《よし》野《の》の 山《やま》の秋《あき》風《かぜ》 さ夜《よ》更《ふ》けて 古《ふる》里《さと》寒《さむ》く 衣《ころも》打《う》つなり 参議《さんぎ》雅経《まさつね》

「擣衣」（衣を擣《う》つ）の題で詠んだ歌。『明日香井集』では、建仁二年（一二〇二）の「詠百首和歌」の中にある。

吉野の山の秋風が吹き、夜も更けて、旧都であった里は寒く、砧《きぬた》で衣を打つ音が寒々と聞こえてくる。

藤原雅経（一一七〇～一二二一）は、藤原俊成に和歌を学び、蹴鞠《けまり》の名手。承久二年（一二二〇）、参議になった。『新古今集』撰者の一人で、家集『明日香井集《あすかいしゅう》』がある。

「み吉野」は31参照。本歌は、『古今集』冬歌にある、31の作者坂上是則の、「み吉野の山の白雪積もるらし古里寒くなりまさるなり」。季節を秋に変え、砧の音の響きを加えたところが新鮮である。『新古今集』秋歌下に「擣衣《たうい》の心を」と見え、

吉野山の秋 藤井金治撮影

## 95
# おほけなく 憂《う》き世《よ》の民《たみ》に おほふかな 我《わ》が立《た》つ杣《そま》に 墨染《すみぞめ》の袖《そで》

### 前大僧正《さきのだいそうじょう》慈円《じえん》

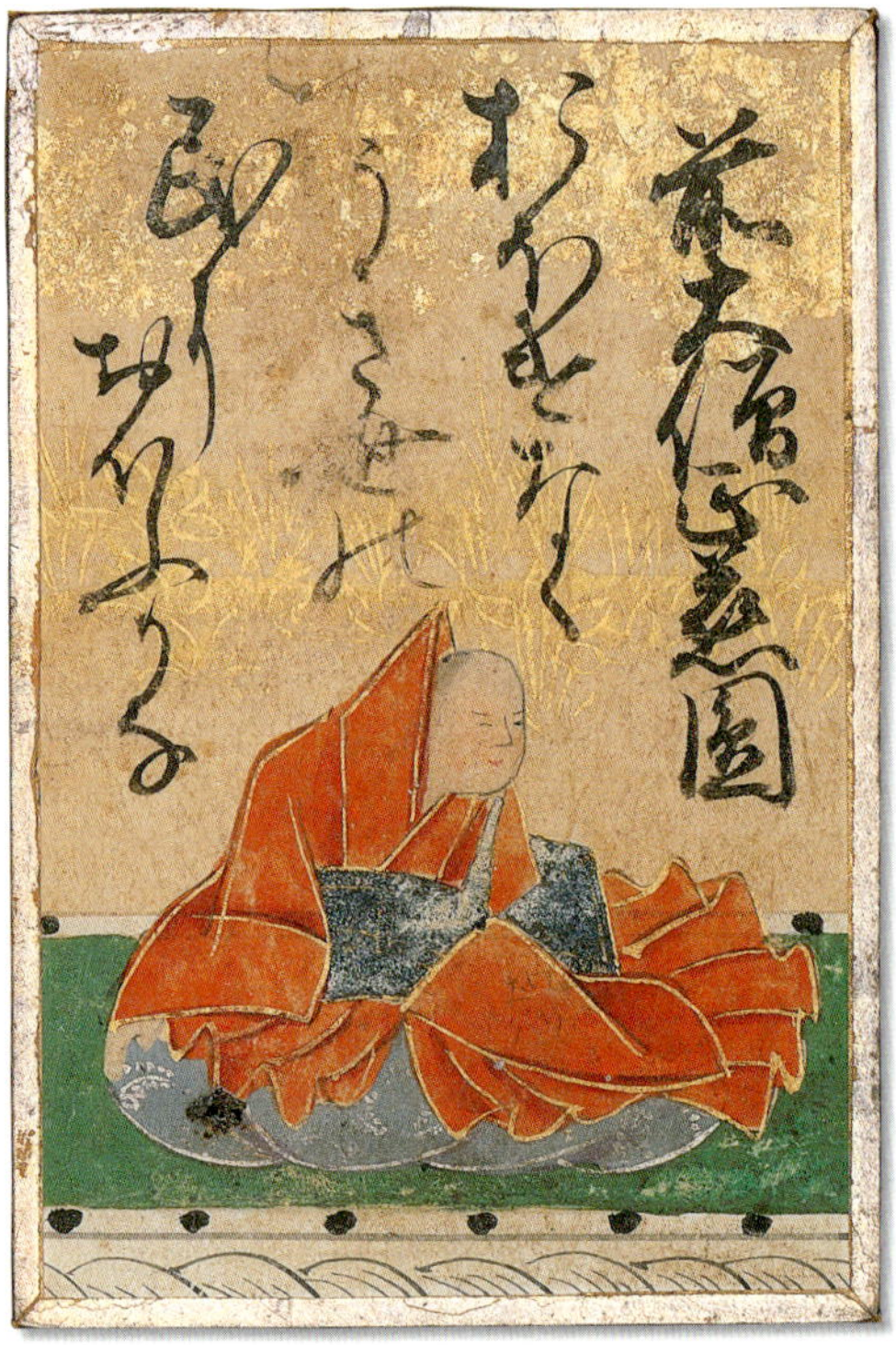

「我が立つ杣」は、『新古今集』釈教歌にある、最澄が比叡山延暦寺の根本中堂建立の時に詠んだ、「阿耨多羅三藐三菩提《あのくたらさんみゃくさんぼだい》の仏たち我が立つ杣に冥加《みやうが》あらせたまへ」を踏まえる。「住み初め」「墨染」を掛け、倒置法を使って、比叡山に登り、衆生救済を目指した心境を巧みに詠んでいる。『千載集』雑歌中に、「題知らず」と見える歌だった。

慈円は、若くして天台座主に任ぜられ、後鳥羽《ごとば》天皇の祈禱僧になるが、時代の転変を経験し、天台座主に四度も復任するという数奇の人生を送った。『沙石集《しやせきしゆう》』には、西行に天台の真言の大事を習おうとしたが、まず和歌を稽古するように勧められたことが見える。そうしたことが影響したのか、歌人としては多作で、『新古今集』には西行に次いで九一首が入集している。『後鳥羽院御口伝《ごくでん》』などで、この二人は天性の「歌よみ」と称され、常に相並ぶ歌人として高く評価されてきた。

身の程をわきまえず、つらいこの世に生きる人々に、仏のご加護を祈って覆うことよ。私が比叡山《ひえいざん》延暦寺で仏道修行をはじめた墨染の法衣の袖を。

慈円（一一五五〜一二二五）は、76の作者藤原忠通《ただみち》の子。仁安二年（一一六七）に出家して比叡山に登り、天台座主《てんだいざす》となる。家集『拾玉集』、史論『愚管抄』がある。諡《おくりな》は慈鎮。

96

# 花《はな》誘《さそ》ふ嵐《あらし》の庭《には》の雪《ゆき》ならでふりゆくものは我《わ》が身《み》なりけり

## 入道前太政大臣《にゆうどうさきのだじようだいじん》

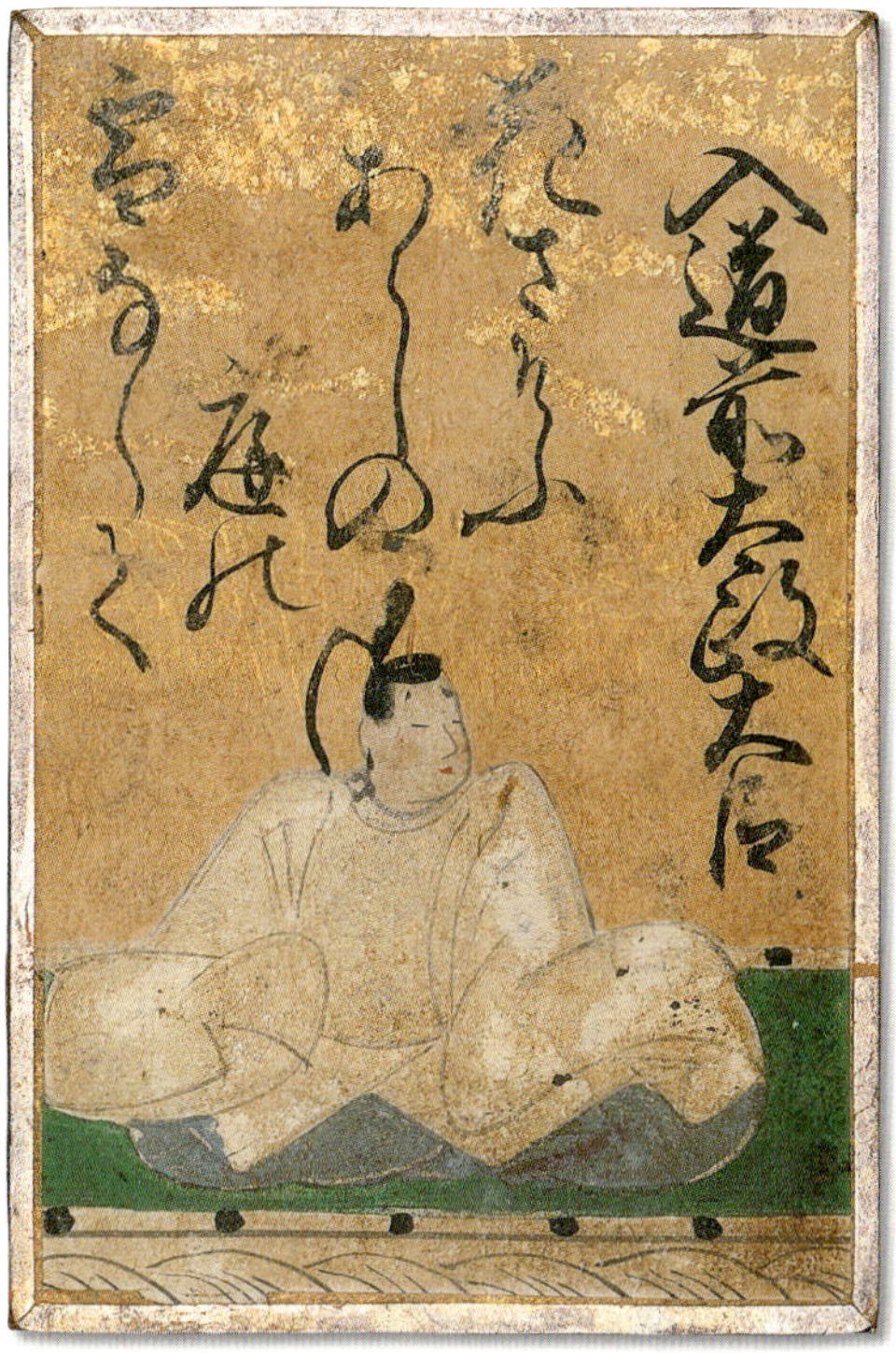

桜の花を誘って白く散らす強い風が吹く庭では、雪のように花が降ってゆくが、古くなってゆくものは、実は私自身だったのだ。

藤原公経《きんつね》（一一七一～一二四四）は藤原実宗《さねむね》の子で、母は藤原基家女《もといえのむすめ》。一条能保《よしやすの》（源頼朝の妹婿）女全子《むすめぜんし》が妻だったので、承久《じようきゆう》の乱後は権勢をほしいままにした。97の作者藤原定家の妻の弟。貞応元年（一二二二）に太政大臣、同三年に出家した。法名は覚空。北山の別荘に西園寺《さいおんじ》を経営し、それが家名になった。

『新勅撰集』雑歌一に「落花をよみ侍りける」と見える。雑歌に分類したのは、歌の主題が老いにあるからだと思われる。四句の「ふり」には、「降り」と「旧《ふ》り」を掛ける。嵐のために散る桜の花は、季節はずれの雪が降るようだが、花の白さから自分の髪が白くなったことに連想が働き、「ふりゆくもの」というのは、他《ほか》ならぬ自分自身のことだと気づいた、というのである。

公経は政界での活躍とともに、歌人としても歌合を主催するなどして、『新古今集』時代の繁栄に尽力した。後鳥羽院が主催し、建仁二年（一二〇二）頃に詠進したとされる『千五百番歌合』に載った秀歌が見える。

**春深く尋ね入佐《いるさ》の山《やま》の端《は》にほの見し雲の色ぞ残れる**（新古今集・春歌下）

春がたけなわとなり、花を尋ねて、奥深く入った入佐の山に花はなくて、山の端にほのかに見た花のような雲の色が残るばかりだ。

**恋ひわぶる涙や空に曇るらむ光も変はる閨《ねや》の月影**（新古今集・恋歌四）

恋に悩み疲れて流す涙が空で曇っているのだろうか。そのために、光の明るさもいつもと違うように差し込む寝室の月の光だなあ。

97

# 来《こ》ぬ人《ひと》を 松帆《まつほ》の浦《うら》の 夕凪《ゆふなぎ》に 焼《や》くや藻塩《もしほ》の 身《み》もこがれつつ

権《ごん》中《ちゅう》納《な》言《ごん》定《さだ》家《いえ》

いつまで経っても来ない人を待っているので、松帆の浦の夕凪の時に焼く藻塩のように、私の身も恋の思いで焼けていることだ。

藤原定家（一一六二〜一二四一）は、藤原俊成の子。藤原実宗《さねむね》女《のむすめ》と結婚。貞永元年（一二三二）に権中納言になった。『新古今集』の撰者の一人で、後堀河天皇の勅命によって『新勅撰集』を撰進した。歌論書『近代秀歌』『毎月抄』、家集『拾遺《しゅうい》愚《ぐ》草《そう》』、日記『明月記』などがある。81の歌の作者藤原実定《さねさだ》は従兄弟。この『百人一首』の撰者でもある（97頁参照）。

葛飾北斎筆『乳母か絵説 権中納言定家』干した藻の束を焼いて塩をとる様子を描く。江戸時代 町田市立国際版画美術館所蔵

この歌は、『新勅撰集』恋歌三に、「建保六年内裏歌合、恋歌」と見える。しかし、家集の『拾遺愚草』恋には、「建保四年壬《みずのえ》六月内裏歌合、恋」とあって、建保四年（一二一六）閏六月九日、順徳《じゅんとく》天皇の内裏で催された「百番歌合」の歌で、天皇と合わせられて勝っている。実際にはそれが正しいと思われる。

「待つ」と地名「松帆」の掛詞、二句から四句までは「こがれ」を導きだす序詞になる。「松帆の浦」は淡路島の歌枕である。八代集には用例がなかったが、『万葉集』巻第六にあった地名で、それを復活して歌枕にしたのである。それは長歌で、「淡路島 松帆の浦に 朝凪に 玉藻刈りつつ 夕凪に 藻塩焼きつつ 海人娘子《あまをとめ》 ありとは聞けど」などと見え、これが本歌になる。

本歌の「夕凪に 藻塩焼きつつ」は漁師の少女のつらい労働を表していた。しかし、この歌では「松帆の浦の夕凪に焼くや藻塩の」の序詞は、恋い慕って思い悩む気持ちを、藻塩を焼いて焦がす様子に託している。本歌は漁師の女性に逢えないことを嘆く男性の歌だったが、この歌は男性の訪れを待つ女性の立場で詠んだ歌になっている。

定家は、さまざまなかたちで『万葉集』への造詣を深め、摂取に熱心であった。建保元年には、相伝の『秘本万葉集』を93の歌の作者源実朝に贈っている。

## 98

## 風《かぜ》そよぐ ならの小川《をがは》の 夕暮《ゆふぐ》れは 禊《みそぎ》ぞ夏《なつ》の しるしなりける

従二位《じゅにい》家隆《いえたか》

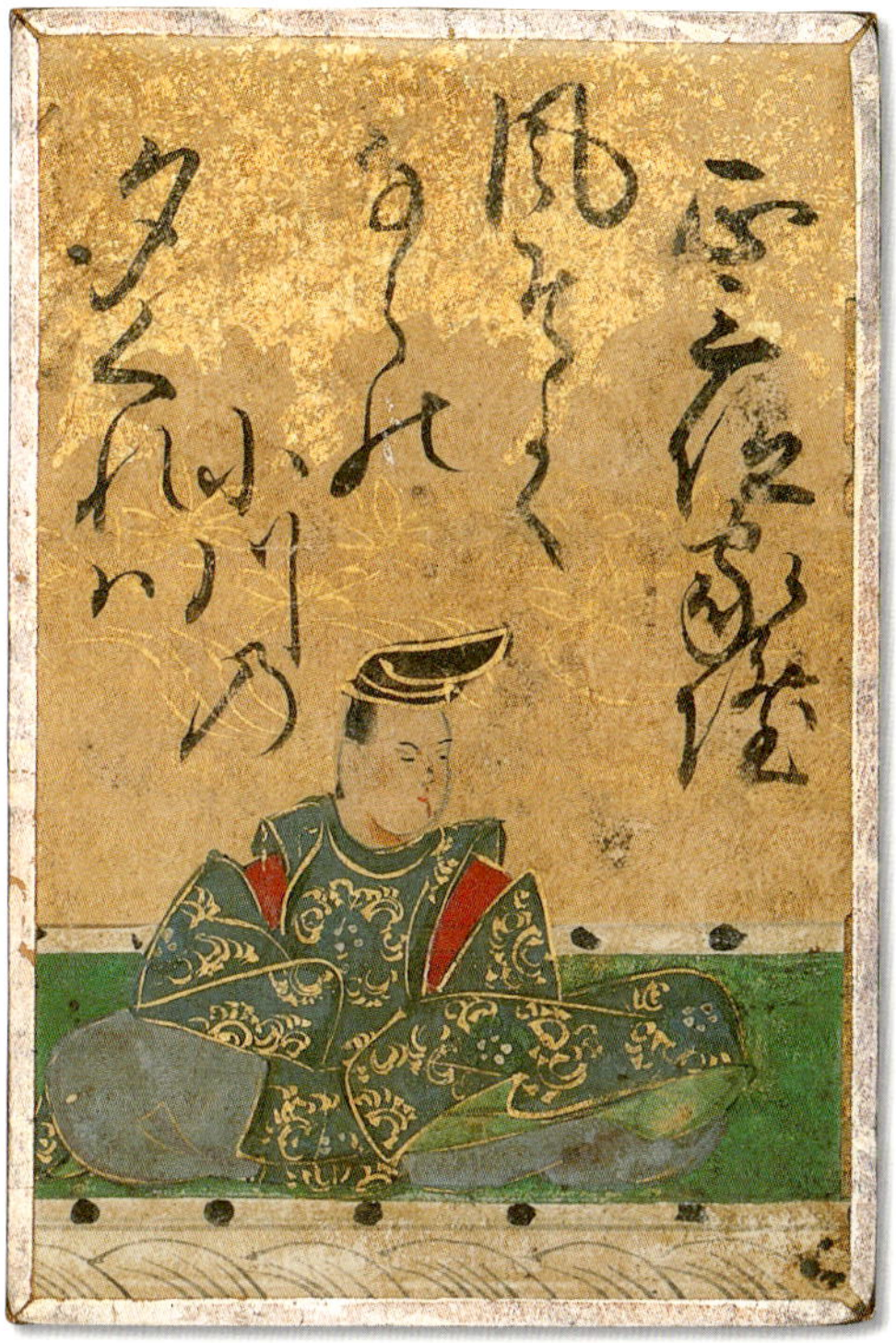

風がそよそよと楢の葉に吹く、ならの小川の夕暮れ時は、秋が来たような涼しさであるが、六月祓《みなづきばら》えの禊だけは夏の証拠であることだよ。

藤原家隆（一一五八〜一二三七）は藤原光隆《みつたか》の子。藤原俊成《としなり》に和歌を学び、『新古今集』撰者の一人になり、後鳥羽院にも信頼された。嘉禎元年（一二三五）に従二位になり、壬生《みぶ》に住んだので、壬生二位と呼ばれた。家集に『壬二集《みにしゅう》』がある。

二句の「なら」には植物の「楢」を掛ける。「ならの小川」は京都市の上賀茂《かみがも》神社の境内を流れる川。「禊」が代表的景物で、この歌もその類型にあてはまる。この「禊」は旧暦六月末日に行われる六月祓えの行事で、それによって罪やけがれを祓った。

「夏山の楢の葉そよぐ夕暮れは今年も秋の心地こそすれ」（後拾遺集・夏）、「禊するならの小川の川風に祈りぞわたる下に絶えじと」（新古今集・恋歌五）が本歌とされる。前者の、楢の葉のそよぐ夕暮れは涼しくて、夏でも秋のような感じがする、というのは、この歌の発想と一致する。

この歌は、『新勅撰集』夏歌に、「寛喜元年女御入内《じゅだい》屏風」とあり、寛喜元年（一二二九）一一月、後堀河天皇の女御竴子《しゅんし》が入内した際に詠んだ屏風歌であった。竴子は前関白藤原道《みち》家女《いえのむすめ》で、91の作者藤原良経《よしつね》の孫にあたり、権力者が著名な歌人に依頼した歌だった。屏風絵はおそらく一連の年中行事を題材にしたものだったのではないかと想像される。

六月祓えの行事が行われる翌日は七月一日なので、暦の上ではもう秋になる、という季節の境を、観念と実感のずれで詠むのは、確かに類型的だと言っていい。しかし、「禊」の様子を描いた絵画に合わせた歌として、場所・時刻・季節・行事を織り込んだところに、この歌の技量があった。

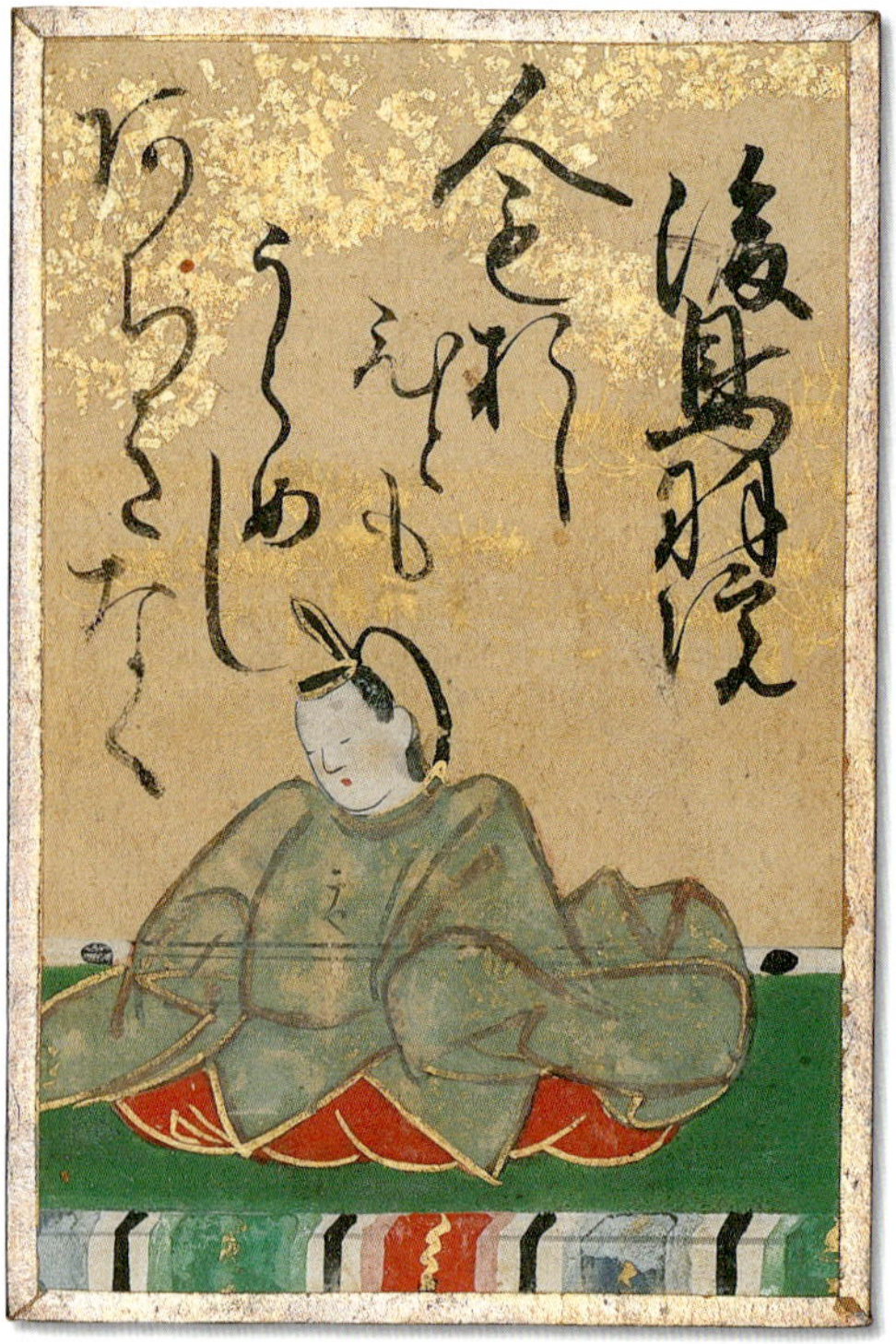

99

## 人《ひと》も惜《を》し 人《ひと》も恨《うら》めし あぢきなく 世《よ》を思《おも》ふゆゑに 物《もの》思《おも》ふ身《み》は

後鳥羽院《ごとばいん》

人をいとおしくも思うし、あるいは人を恨めしくも思うことがある。この世をつまらないと思っているために、物思いの絶えない私は。

後鳥羽院（一一八〇〜一二三九）は高倉天皇の皇子で、第八二代天皇。名は尊成《たかひら》。『新古今集』の撰進を下命するが、承久《じょうきゅう》の乱で鎌倉幕府打倒に失敗し、隠岐《おき》（島根県沖合の島）に配流、そこで崩御した。初めの諡号《しごう》は顕徳院だったが、仁治三年（一二四二）七月、後鳥羽院と改められた。歌論書『後鳥羽院御口伝』、家集『後鳥羽院御集《ぎょしゅう》』などがある。

『続《しょく》後撰集』雑歌中に「題知らず」として見える。『続後撰集』は97の作者藤原定家の子藤原為家《ためいえ》が撰定して、建長三年（一二五一）奏覧したものなので、『百人一首』の成立より遅れると考えられ、直接の出典とすることはできない。

　ただし、『後鳥羽院御集』には、「建暦二年十二月廿首御会」の「述懐」とあり、建暦二年（一二一二）、後鳥羽院が催した「二十首御会」で、自ら詠んだ二〇首のうち述懐歌五首の一首であった。院の皇子で、100の作者順徳天皇の時代であったが、次第に鎌倉幕府との確執が深まってゆく時期でもあった。

　この歌は、院政を行う君主としての思いを詠んだ歌である。全体を倒置法でまとめ、「人も惜し」「人も恨めし」と対比したところに工夫が見られる。この二句については諸説があり、それぞれ臣下に対する愛憎を示すとする説と、時と場合によって変化する愛憎を言うとする説がある。

　しかし、後鳥羽院が置かれていた現実を考えるならば、観念だけで詠んだ歌ではなく、思いどおりにならない政治に悩みながら、自分に忠実な臣下と鎌倉幕府につく臣下のそれぞれに、愛憎の念を募らせていたことを指す、と見るべきだろう。和歌は、時に政治的な意味を帯びることもあったのである。こうした憤りがついに爆発して、承久三年（一二二一）に承久の乱を企てるまでには、九年の歳月があったことになる。

歌川国芳筆『百人一首之内 後鳥羽院』江戸時代 那珂川町馬頭広重美術館所蔵

100

# ももしきや 古《ふる》き軒端《のきば》の 忍《しの》ぶにも なほ余《あま》りある 昔《むかし》なりけり　順徳院《じゅんとくいん》

宮中の、その古びた軒端に生えた忍ぶ草を見るにつけても、皇室の権威が盛んだった時代というのは、なつかしく思ってもまだ思い切れない昔の御代のことだったのだなあ。

順徳院（一一九七～一二四二）は後鳥羽院の皇子で、第八四代天皇。承久三年（一二二一）譲位し、父院とともに承久の乱を企てたが失敗し、佐渡（新潟県沖の島）に配流、その地で崩御した。藤原定家に歌を学んだ。歌論書『八雲御抄《やくもみしょう》』、家集『紫禁《しきん》和歌集』がある。

『続後撰集』雑下に「題知らず」として見える。この歌も前の歌と同じく直接の出典にならない。『紫禁和歌集』には、「同比《おなじころ》、二百首和歌」とあり、建保四年（一二一六）の「二百首和歌」の一首と知られる。

三句の「忍ぶ」は忍ぶ草のことで、『源氏物語』「夕顔」の巻の「荒れたる門《かど》の忍ぶ草茂りて」を引くまでもなく、荒廃を示す植物だった。題詠なので、観念的に作られた歌だが、上の句は、長い伝統を持ちながらも荒廃している宮中の実景を誇張的に表現し、その景観を通して、皇室の権威が著しく失墜していることを暗示したのであろう。

その時に回顧される「昔」とは、皇室の権威が盛んだった延喜《えんぎ》・天暦《てんりゃく》の御代を意識していたにちがいない。それは醍醐《だいご》天皇・村上天皇の頃で、『古今集』『後撰集』が成立した時期でもあった。そうした時代の復活を夢見て、承久の乱を起こした承久三年まで、あと五年の歳月があったのである。

定家は『百人一首』の最後を、悲劇の親子の述懐歌で結んだ。こうした歌は、その後の人生を予感させるものでもあった。流されてもなお和歌に執着した二人を鎮魂するために、『百人秀歌』にはなかった彼らの歌を最後に並べたのではないかと思われてならない。

# 『百人一首』の成立

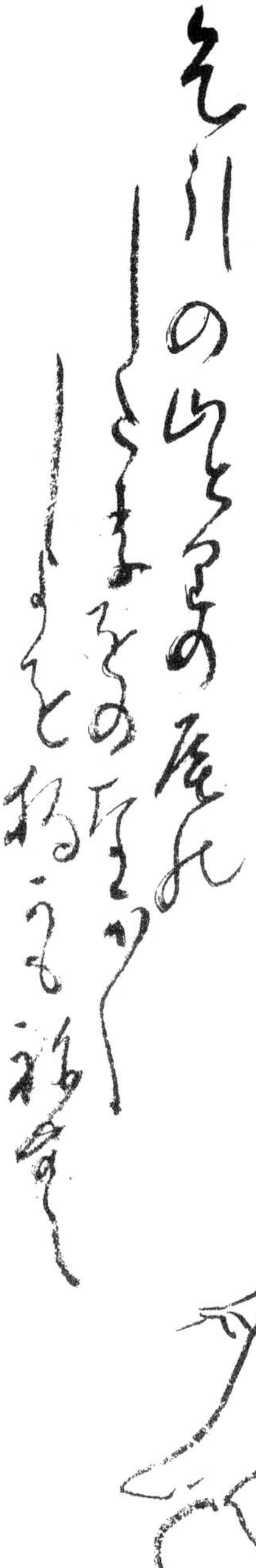

加藤千蔭筆『百人一首』　加藤千蔭は、江戸時代の歌人·国学者。賀茂真淵に学んだ。国立国会図書館所蔵（以下、102頁まで）

柿本人麻呂

## 【一】権威としての勅撰和歌集

平安初期から鎌倉初期にかけて、天皇または上皇の命令で編纂される勅撰和歌集として、『古今集』『後撰集《ごせんしゅう》』『拾遺集《しゅういしゅう》』の三代集、続いて『後拾遺集』『金葉集《きんようしゅう》』『詞花集《しかしゅう》』『千載集《せんざいしゅう》』『新古今集』の八代集が成立した。その後も勅撰和歌集の編纂は室町中期の二十一代集まで継続されたが、王朝和歌が創造的な活動を展開したのは八代集までと見ていいだろう。『古今集』の成立が延喜五年（九〇五）、『新古今集』が元久二年（一二〇五）であるから、ちょうど三〇〇年の歳月を経過したことになる。

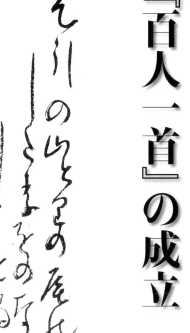

この間に、皇族・貴族・僧侶・女房などによって詠まれた歌は、相当な数に及んだ。特に、平安後期になって題詠が盛んになると、贈答歌を中心とした生活和歌から芸術和歌へと転換してゆく。それと連動して公私にわたる歌合《うたあわせ》の機会が増え、百首歌を中心とした定数歌がもてはやされ、おびただしい歌が量産された。そうした動向に対応するかのように、『後拾遺集』までは五〇年に一度程度だった勅撰和歌集の編纂は、『金葉集』以後、実に頻繁になってゆくことになる。

そもそも勅撰和歌集は、国家の権威をもって収録した和歌を承認する制度であった。その結果、晴れの場の詠作はもちろんのこと、個人的な生活や芸術の表現でもあった和歌は、天皇または上皇に直結する言語となったのである。勅撰和歌集に入集するということそれ自体が、歌人にとっては無上の名誉になってゆく。また、編纂を命じられた撰者は当代歌人の第一人者として承認されることを意味していた。

　そうした制度ができると、勅撰和歌集の編纂が和歌の詠作を刺激しつづける。歌人たちは、自ら詠んだ歌の手控《てびかえ》を残し、私家集を編んでおく。だが、それだけでなく、当代を代表する歌人は他人の詠んだ歌までも評価して、私撰集を編纂した。それらは勅撰和歌集編纂の資料に使われ、そこから入集されることが期待されたのである。時には、私撰集が勅撰和歌集へ直接連続した場合がないわけでもない。藤原公任《きんとう》（55）の『拾遺抄』は花山院《かざんいん》が撰者になったと考えられる『拾遺集』に増補され、藤原俊成《としなり》（83）の『三五代集』（散佚）は自身が撰者になった『千載集』に用いられたと推定されている。

## 【二】秀歌撰の実験と累積

　私撰集の中でも、優れた歌を撰んだ秀歌撰は、その撰定が歌人の見識を問われる営みになった。勅撰和歌集が時代を圧倒する権威だったのに対し、秀歌撰が私的な遊戯であったことは確かだが、規模が小さいだけに歌人とその歌に対する評価が明確に表れることになる。それは、体系だった部立《ぶだて》のもとに配列してゆく勅撰和歌集とも、和歌に関する認識や逸聞を書きまとめてゆく歌論書とも違った批評の場になったと思われる。

　こうした秀歌撰としては、平安初期に紀貫之《きのつらゆき》（35）が撰んだ『新撰和歌集』が早かった。これは醍醐《だいご》天皇の勅命で土佐《とさの》守《かみ》在任中に撰定されたが、帰京した時すでに天皇が崩御していたために、筐底《きょうてい》に秘されてしまった。四巻三六〇首からなるが、二八〇首は『古今集』と重複する。漢文の序によれば、「玄之又玄」（秀歌中の秀歌）を集めたものであり、まさに秀歌撰を意識した編集だったことが知られる。

　その後、当代一流の歌人であった藤原公任は、『拾遺抄』のみならず、秀歌撰に執着した一人であった。『前《さきの》十五番歌合』『後《のちの》十五番歌合』は優れた歌人三〇人の歌一首を撰び、各一五番の歌合にした。それらと並行して成立した『三十六人撰』は、三六人の歌を一〇首または三首撰んで一五〇首にし

三条右大臣

伊勢

たものであり、三十六歌仙の原拠になった。

平安後期になると、和歌隆盛を基盤にして、秀歌撰への関心が強くなってゆく。能因《のういん》法師(69)が九二人の歌を撰んだ『玄々集《げんげんしゅう》』、藤原範兼《のりかね》が『三十六人撰』に倣って三六人の歌を撰んだ『後六々撰《のちのろくろくせん》』などが編集されたが、後者は中古三十六歌仙の原拠になる。歌人たちは、恒常的に秀歌撰の評価を受ける情況に置かれることになったのである。

平安末期から鎌倉初期にかけては、秀歌撰の全盛期と言っていい時期を迎える。藤原俊成《としなり》の『古三十六人歌合』は、公任が『三十六人撰』で撰んだ三六人の歌を三首ずつ撰び、合わせて一〇八首にする。『三十六人撰』とは四三首が一致するが、六五首は異なるので、そこに俊成の秀歌意識をうかがうことができる。

重要なのは、隠岐《おき》に流された後鳥羽院《ごとばいん》(99)が撰んだ『時代不同歌合』であろう。八代集の歌人一〇〇人を古今で左右に分け、各三首の歌を撰んで一五〇番の歌合にしたもので、文《ぶん》暦《りゃく》元年(一二三四)頃の成立と推定されている。これは一〇〇人が詠んだ各一首を撰んだ『百人一首』に近く、実際、六七人と三九首が一致している。俊成の子である藤原定家《さだいえ》(97)がこれを参照したかどうかは不明だが、こうした流れの中で『百人一首』は成立したのである。

## 【三】『百人秀歌』の問題点

『百人一首』の成立を考える時、これまでも問題にされてき

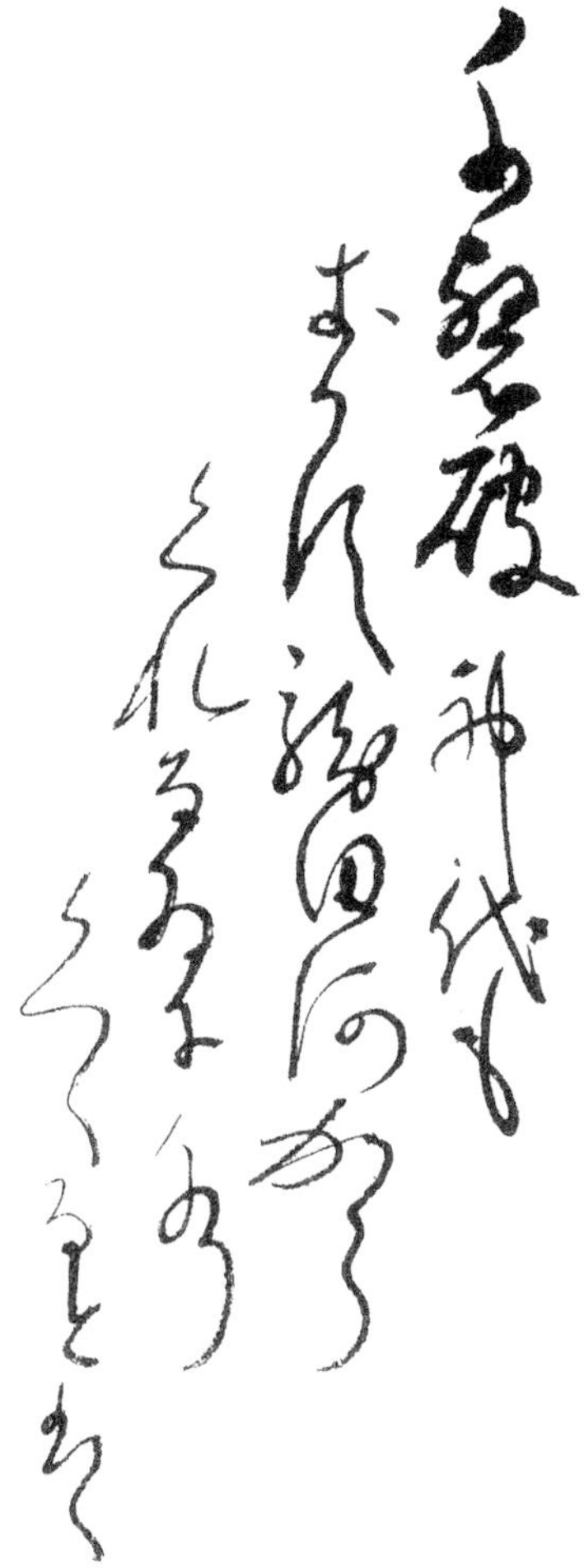

在原業平朝臣

たのは、戦後になって発見された『百人秀歌』の存在であった。これは巻頭に「百人秀歌 嵯峨山庄色紙形 京極黄門撰」とあり、割注から、嵯峨山荘のための色紙形に書く秀歌として定家が撰んだことが知られる。巻末には、「上古以来の歌仙の一首、思ひ出《い》づるに随《したが》つて之を書き出《い》だす」（原漢文）などとあり、思い浮かぶままに、優れた歌人の一首を撰んだことを述べる。

天智天皇（1）の歌から始まるのは同じだが、歌の配列は『百人一首』とは微妙に異なる。大きな違いとしては、『百人一首』では巻末にある後鳥羽院《ごとばいん》と順徳院《じゅんとくいん》（100）の二首がなく、次のような三首があった。

夜もすがら契りしことを忘れずは恋ひむ涙の色ぞゆかしき
一条院皇后宮（藤原定子）

春日野《かすがの》の下もえわたる草の上につれなく見ゆる春の淡雪
権《ごん》中納言国信《くにざね》

紀の国の由良《ゆら》の岬に拾ふてふたまさかにだに逢ひ見てしがな
権中納言長方《ながかた》

結局、一人多い一〇一人の各一首を収めたことからすれば、厳密には『百人秀歌』という書名と矛盾をきたすことになり、これは未定稿だった可能性が高い。

なお、源俊頼《としより》（74）の場合は『百人一首』と違い、次の歌が載っている。

山桜咲き初めしよりひさかたの雲居に見ゆる滝の白糸
源俊頼朝臣《あそん》

こうした『百人秀歌』の撰定は、いったいいつ行われたのだろうか。『百人一首』では藤原家隆《いえたか》（98）の官位は「従二位」だが、『百人秀歌』では「正三位」なので、『百人秀歌』は『百人一首』に先行すると見るべきであろう。家隆が従二位に昇るのは文暦二年（一二三五）九月一〇日のことであるから、『百

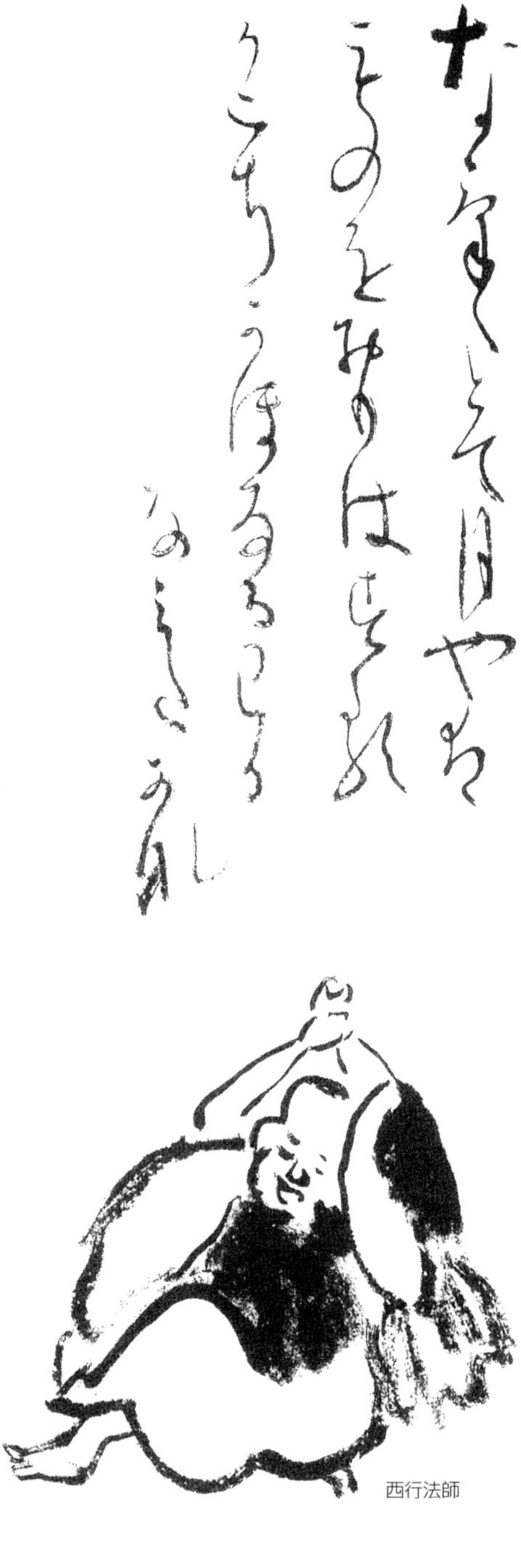
西行法師

人秀歌』はそれ以前、『百人一首』はそれ以後の成立だったと考えられる。

定家はそれ以前から、後堀河《ごほりかわ》天皇の下命により、『新古今集』に継ぐ『新勅撰集』の編纂にあたっていた。天皇は譲位後まもなく亡くなったが、草稿本から百余首を削除したものをもとに、文暦二年三月一二日に精撰本が前《さきの》関白藤原道家《みちいえ》に進上されたのであった。削除されたのは後鳥羽院・順徳院ら承久《じょうきゅう》の乱関係者の歌だったのではないかと推定されている。『百人秀歌』が後鳥羽院と順徳院の歌を載せないのは、こうした『新勅撰集』の成立と見事に対応していることになる。

平兼盛

## 【四】『百人一首』の成立の謎

『百人秀歌』は「嵯峨山庄色紙形」だったが、『百人一首』も正式には「小倉山庄色紙和歌」と呼ばれた。草稿本と見ることもできる『百人秀歌』から『百人一首』へと精撰されたのは、いったいどのような経緯だったのか。そうしたことを考える際に問題にされてきたのが、定家の日記『明月記』の文暦二年五月二七日の、次のような記述であった。

予《よ》（定家）、本《もと》より文字を書く事を知らず。嵯峨中院の障子の色紙形、故《ことさら》予書くべき由、彼《か》の入道（蓮生）懇切なり。

極めて見苦しき事と雖《いへど》も、憖《なまじひ》に筆を染めて之を送る。古来の人の歌各《おのおの》一首、天智天皇より以来、家隆・雅経に及ぶ。（原漢文）

息子藤原為家《ためいえ》の岳父入道蓮生《れんじょう》・宇都宮頼綱《よりつな》が嵯峨中院の障子に貼る色紙形を依頼してきたので、天智天皇から藤原家隆・藤原雅経《まさつね》（94）までの歌各一首を撰び、染筆して送ったというのである。『百人秀歌』の「嵯峨山庄色紙形」とのつながりが連想される。『新勅撰集』の進上は二カ月半ほど前の三月一二日であり、頼綱からの依頼は五月二七日を遡るので、『新勅撰集』進上から色紙形の歌を撰んだ作業は連続していた可能性が高い。

五月二七日の撰歌は色紙形のためと考えるべきだが、前提となる手控が『百人秀歌』の段階だったのか、すでに『百人一首』だったのかは、議論が分かれるところである。近年、『百人一首』にも『百人秀歌』型の配列を持つ伝本があることが明らかにされたので、連続性も重視されるようになった。だが、結局は「家隆・雅経に及ぶ」という曖昧な記述に対して、後鳥羽院と順徳院の歌の有無とどう関係づけるかが問題になるのである。

確かに、『新勅撰集』の承久の乱関係者の歌の削除が定家の本意ではなく、鎌倉幕府への配慮であったことは十分に想像される。従って、『百人一首』で後鳥羽院と順徳院の歌を入れたのはささやかな抵抗だったのだろう。また、両院に京都に帰ってもらう提案が鎌倉幕府から拒否されたことが、むしろ両院の撰歌をうながしたと見る説もある。だが、五月二七日の記述が『百人一首』だとする根拠は乏しく、時間的な経過から見れば、なお『百人秀歌』の段階にあると見ておきたい。

ただし、後鳥羽院と順徳院の諡号《しごう》が贈られたのは定家没後のことなので、現存の『百人一首』は定家の手にとどまらない。為家が撰者になった『続《しょく》後撰集』で二人の歌を撰入したことからすれば、彼の関与があったことが想像される。そのため、為家が『百人秀歌』に手を入れて『百人一首』にしたとする説も現れたが、現在では人名の表記変更のみで、定家撰者説が支持されていると言っていい。

『百人一首』の成立は、今もなお多くの謎に包まれている。だが、天智天皇から順徳院に至る一〇〇人から各一首の歌を撰定したのは、晩年に入った定家の嗜好を色濃く反映するとしても、三〇〇年を超える王朝和歌史の精髄がここに集約されたことは疑う余地がない。そして、すでに述べてきたように、『百人一首』は定家個人の問題を超える流れの中で、初めて誕生したこともまた確かな事実なのであった。

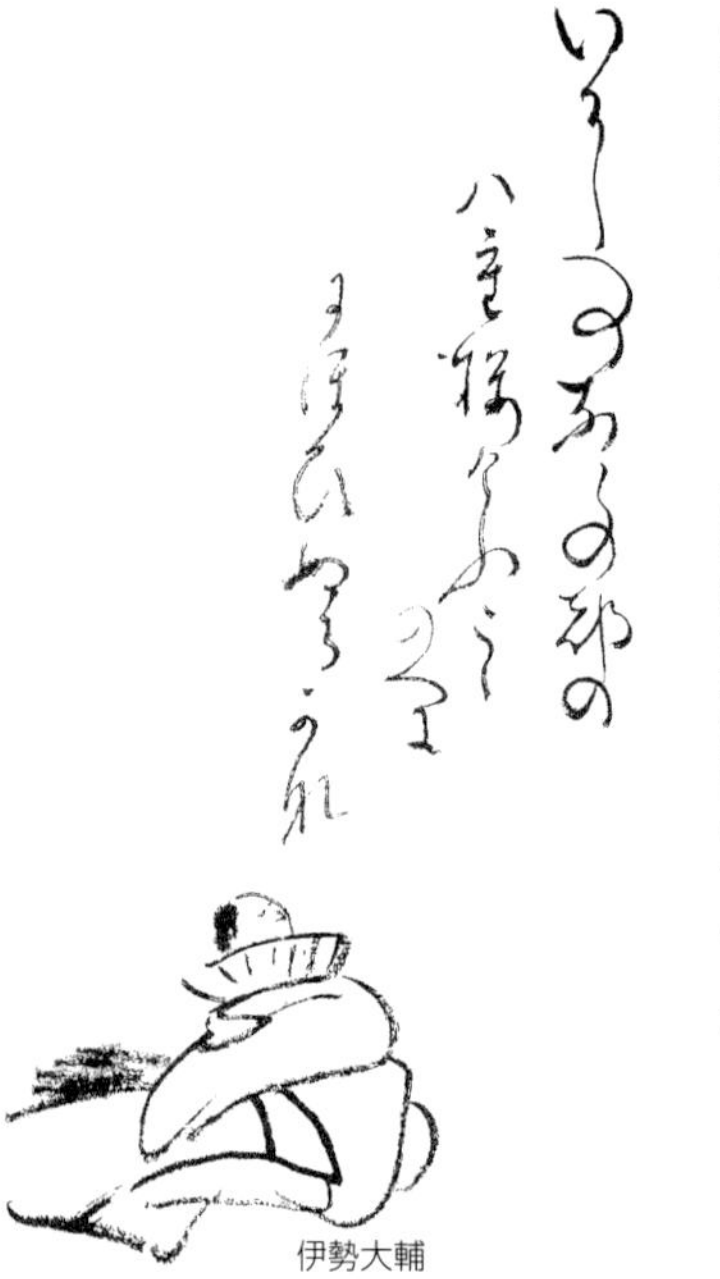
伊勢大輔

# 歌論と百人一首 ——正岡子規

下級武士の子として生まれた嵯峨の屋おむろは、「我家《わがいへ》」という文章で、自らの家族を回想している。姉が手習から帰った後、女友達とお手玉や姉様事（姉様人形で遊ぶこと）をして遊び、夜は母から『女大学』『百人一首』を学んだことに触れる。『百人一首』は上流社会に生きる女性が受け継ぐべき必須の教養だったのである。

明治時代になって、そうした伝統的な和歌を打破しようとしたのが、正岡子規だった。過激なまでの革新運動を行い、近代短歌の方向を決定したことで知られる。その矛先は、紀貫之と『古今集』批判に向かったので、当然、『百人一首』もその標的にされた。明治三一年（一八九八）の「歌よみに与ふる書」には、こんな一節が見える。

心あてに折らばや折らむ初霜の置きまどはせる白菊の花

此躬恒《みつね》の歌百人一首にあれば誰も口ずさみ候へども一文半文のねうちも無之《これなき》駄歌に御座候。此歌は嘘の趣向なり、初霜が置いた位で白菊が見えなくなる気遣無之候。趣向嘘なれば趣も糸瓜《へちま》も有之不申《これありまうさず》、蓋《けだ》しそれはつまらぬ嘘なるが故につまらぬにて、上手な嘘は面白く候。例へば「鵲《かささぎ》のわたせる橋におく霜の白きを見れば夜ぞ更けにける」面白く候。躬恒のは瑣細な事を矢鱈《やたら》に仰山に述べたのみなれば無趣味なれども、家持のは全く無い事を空想で現はして見せたる故面白く被感《かんぜられ》候。嘘を詠むなら全く無い事、とてつもなき嘘を詠むべし、然らざれば有の儘に正直に詠むが宜しく候。雀が舌を剪《き》られたとか、狸が婆に化けたなどの嘘は面白く候。今朝は霜がふつて白菊が見えんなどと真面目らしく人を欺く仰山的の嘘は極めて殺風景に御座候。

子規は、躬恒の「心あてに」の歌（29の歌）は「つまらぬ嘘」であり、「真面目らしく人を欺く仰山的の嘘」であるとして退ける。その理由は「瑣細な事を矢鱈に仰山に述べた」という点に明確で、子規は『古今集』が創った繊細な美意識をまったく評価していなかったのである。

それに対して、「上手な嘘」の例として、大伴家持の「鵲の」の歌（6の歌）を挙げている。これは「全く無い事を空想で現はして見せた」というのが、その理由であった。「有の儘に正直に詠む」ことばかりでなく、一方ではこうした「上手な嘘」も評価したのである。だが、この歌は『万葉集』になく、家持の実作とは考えがたい。そうしたことからすれば、子規も固定観念に囚われていたと言えなくもない。

この指摘は、翌明治三二年の「歌話」になると、さらに激烈になって、『百人一首』批判は徹底してくる。

○最普通なる小倉百人一首は悪歌の巣窟なり。其中にて初の七八首はおしならして可なれど其より後の方は尽く取るに足らず。これが定家の撰なりや否やは知らず。いづれにしても悪集は悪集なり。

ここでは、『百人一首』を「悪歌の巣窟」とまで言って批判する。「初の七八首はおしならして可」とするのは、先の家持の場合とも通じるもので、『万葉集』や万葉歌人の評価を指している。7の歌は安倍仲麿、8の歌は喜撰法師で、わずかに平安時代に入り込む。子規が『百人一首』を評価したのは唯一その頃の歌までで、『万葉集』や万葉歌人尊重の態度は一貫していることになる。

# 落語と百人一首
## ——「千早振る」「崇徳院」

　落語は江戸時代に入って成熟した話芸で、庶民にとっては最も身近な娯楽であった。その中には、謎々や諺、地口、駄洒落など多くの言葉遊びが含まれ、言葉が創りだす非現実の世界を楽しんだのである。

　そうした古典落語の中に、『百人一首』を題材にした話が見えるが、「千早振《ちはやぶ》る」は17の歌を取り上げた話である。

　ある親父が娘に、業平《なりひら》の詠んだ「千早振る神代もきかず竜田川からくれないに水くぐるとは」の意味を聞かれ、近所の隠居に尋ねに行った。隠居は、「竜田川は相撲取りで、吉原へ夜桜見物に行き、花魁《おいらん》の千早太夫を見初めた。熱心に言い寄ったが千早太夫は振って、妹女郎の神代も言うことを聞かなかった。そこで相撲をやめ、故郷に帰って豆腐屋になった。三年後、女乞食が物乞いに来たが、それは千早太夫のなれの果てだったので、おからをくれなかった。そこで千早太夫はどぶんと井戸に身を投げて、水くぐるだ」と語った。親父は「でも、『水くぐるとは』の『とは』ってのはなんだ?」と聞くと、隠居は苦しまぎれに、「その『とは』っていうのは、千早の本名だ」。

　正月のカルタ会に心を躍らせる娘が歌は覚えていても、その意味を知らないということは、おそらく実際にあったことなのだろう。そこで、親父が物知りの隠居に尋ねに行くが、隠居は、「千早振る」の歌に相撲取りと花魁の恋物語があることを解いてゆく。こんな恋物語があるわけではなく、苦しまぎれの珍解釈だが、これだけの嘘話をしゃあしゃあと隠居に語らせてしまうところが、落語のおもしろさだろう。

　やはり『百人一首』が出てくる話に、「崇徳院《すとくいん》」がある。これは77の歌を題材にした落語である。

　旦那が、息子が寝込んでいるのを心配して医者にみせるが、気病いだと診断される。旦那は熊五郎に頼んで、息子の願い事を聞き出してもらう。若旦那は熊五郎に、「自分の病は恋煩《こいわずら》いだ。一月ほど前、上野の清水様へ参詣した折、茶店で出会ったお嬢さんに一目惚れした。別れ際に書き残されたのが、『瀬をはやみ岩にせかるる滝川の』という崇徳院の歌だった。この下の句は『割れても末に逢わんとぞ思う』なので、ここで別れても、いずれ末にはお目にかかりたい、という心だと思うとうれしくて」と語る。それを知った旦那は、熊五郎にお嬢さんを捜させるが、風呂屋を三六軒、床屋を一八軒回っても、なかなか見つからない。疲れて立ち寄った床屋に鳶《とび》の頭《かしら》が来合わせて、「店のお嬢さんが恋煩いで苦しんでいる」と言って、茶店の一件を語った。熊五郎は驚いて、「自分のとこの若旦那がお嬢さんの恋煩いの相手だ」と言った。しかし、二人は「自分の店に来い」と言って譲らず、引っ張りあったはずみに花瓶が鏡に倒れて、どちらも割れてしまった。「いやあ親方、心配しなくてもいい。『割れても末に買わんとぞ思う』」。

　崇徳院の歌が若旦那とお嬢さんの恋の仲立ちをした話だが、最後は「逢わん」を「買わん」に言い換えた駄洒落で終わる。恋物語もドタバタ劇のオチになる、というところがいかにも落語らしいが、二人の将来を想像させることも確かである。『百人一首』を使った古典落語の名作と言っていいだろう。

# 小説と百人一首 ——夏目漱石と尾崎紅葉

夏目漱石の小説としてよく知られた『心　先生の遺書』は大正三年（一九一四）の発表であるが、「八十九」の「先生と遺書」の中にも『百人一首』の場面が出てくる。春、奥さんが歌留多をやるので、Kや私に友達を連れてくるように言ったが、Kには友達はなく、私は陽気な遊びをする気になれなかった。

　所が晩になつてKと私はとう〳〵御嬢さんに引つ張り出されてしまひました。客も誰《だれ》も来ないのに、内々の小人数丈《だけ》で取らうといふ歌留多ですから頗《すこぶ》る静なものでした。其上斯ういふ遊技を遣り付けないKは、丸で懐手をしてゐる人と同様でした。私はKに一体百人一首の歌を知つてゐるのかと尋ねました。Kは能《よ》く知らないと答へました。私の言葉を聞いた御嬢さんは、大方Kを軽蔑するとでも取つたのでせう。それから眼に立つやうにKの加勢をし出しました。仕舞には二人が殆《ほと》んど組になつて私に当るといふ有様になつて来ました。私は相手次第では喧嘩を始めたかも知れなかつたのです。幸ひにKの態度は少しも最初と変りませんでした。彼の何処《どこ》にも得意らしい様子を認めなかつた私は、無事に其場を切り上げる事が出来ました。

　年末年始の遊びの一つに『百人一首』があって、それは若い男女にとっては重要な交際の場であり、恋の駆け引きの場だったのである。カルタがこうしたかたちで小説の一場面を構成したのは、それが単なる風俗であることにとどまらない。小説の展開にカルタの場が掛け替えのない役割を果たしていたからに他ならない。

　こうしたカルタの場を大胆に取り入れていたのは、尾崎紅葉の出世作『金色夜叉《こんじきやしや》』だった。これは明治三〇年（一八九七）から発表された。前編第一章は、新春、箕輪亮輔《みのわりようすけ》の家の広間で、三〇人に余る若い男女が歌留多遊びをする場を描く。そこに来ていたのが鴫沢宮《しぎさわみや》であり、遅れて金剛石《ダイヤモンド》の指環《ゆびわ》を輝かせてきたのが銀行家の子富山唯継《とみやまただつぐ》であった。

　宮は誰《たれ》と組み、富山は誰と組むらんとは、人々の最も懸念する所なりけるが、鬮《くじ》の結果は驚くべき予想外にて、目指されし紳士と美人とは他の三人《みたり》と与《とも》に一組になりぬ。始め二つに輪作りし人数《にんず》は此時合併して一《いつ》の大《おほい》なる団欒《まどゐ》に成されたるなり。而《しか》も富山と宮とは隣合《となりあひ》に坐《すわ》りければ、夜と昼との一時に来にけんやうに皆狼狽《うろたへ》騒ぎて（中略）、果せる哉、件《くだん》の組は此勝負に蓬《きたな》き大敗を取りて、人も無げなる紳士も有繫《さすが》に鼻白み、美き人は顔を赧《あか》めて、座にも堪《た》ふべからざるばかりの面皮を欠《か》かされたり。此の一番にて紳士の姿は不知《いつか》見えずなりぬ。男たちは万歳を唱へけれども、女の中には掌《たなぞこ》の玉を失へる心地したるも多かりき。散々に破壊され、狼藉され、蹂躪《じうりん》されし富山は、余りに這《この》文明的ならざる遊戯に怖《おそれ》をなして、密に主《あるじ》の居間に逃帰れるなりけり。

　富山はその後、宮の素性を聞き出して関心を示し、やがて二人の人生を変えてゆく。そんな彼を、「富山唯継の今宵此に来りしは、年賀にあらず、骨牌遊《かるたあそび》にあらず、娘の多く聚《あつま》れるを機として、嫁選《よめえらみ》せんとてなり」と述べる。若い男女にとって、カルタ会は見合いの場だったのである。『金色夜叉』が冒頭にこの場面をもってきた意味は意外に大きかったことに気がつく。

# 女性と百人一首
## ——森茉莉と白洲正子

森鷗外の娘森茉莉《まり》は、「百人一首と私の少女時代」という文章で、『百人一首』で夢中になって遊んだ思い出を書いている。茉莉は明治の終わりの生まれなので、大正初年代の様子を回想したことになる。

現代《いま》だってあるだろうが、百人一首は小倉百人一首といって、奇麗な小箱に入って、その頃の若い女、ことに少女たちの大好きなものであった。年の暮も押し詰まってくると、家に女中も居て、家事の手伝いをしなくていい、恵まれた境遇の少女たちは近所の友だちを呼び集めて敵味方に分かれ、読み手を定めて、歌留多合戦に熱中した。

すでに、天保・弘化頃とされる、歌川広重の『おさな遊び正月双六』でも、「上り」は「歌がるた」で、女性二人が歌ガルタを持つ姿が描かれている。江戸時代末期、正月の女性の遊びとして定着していた歌ガルタが明治時代に流れ込み、上流家庭の娯楽になっていたのである。

茉莉はこうした歌留多合戦の様子を、臨場感を込めて、実に詳しく書いている。

読み手には、少し年上の女がなる。巧《うま》い少女になると上の句の初めの方を一寸読むと間髪を入れずに取る。ベテランの少女が集まったのになると、指の先端《さき》というよりは、爪の先端で遠くまで飛ばす。甲高い声で「ハイッ、ハイッ」と、叫ぶように言って、飛ばすのである。少女たちはみな、下の句の一番始の文字の中で、同じ字のを手早く選り出して並べる。回を重ねるのにつれて熱中度が高くなって、顔も紅潮してくる。素早く取る巧い少女ほど手が早く、歌留多も遠くまで飛ぶのである。

茉莉も虎視眈々と向き合った少女の札を狙ったが、「暈《ぼんや》りの森さん」と呼ばれた彼女には、相手の札を飛ばすことなどまったく不可能だったらしい。その席にいた鷗外は勝負事が嫌いでも、和文漢文に詳しいので、読み手が「ありあけの月を待ち出《い》づるかな」と読むと、後で、「あの歌の下の句はあれではちがうのだ。ありあけの月を待ち出でつるかなと、読まなくてはいけない」と難しい顔で言ったという。普段は優しい父らしくないので、茉莉は、「父ではなくて、父のお腹の中の何かが、怒っている感じだった」と書いている。

一方、『私の百人一首』という論評を書き下ろした白洲《しらす》正子は、大正末年頃のことをこう回想をしている。

子供の頃私が使っていたかるたも、これ程上手《じょうず》ではないが、同じ種類のものであった。やはり読札には絵が描いてあり、書はお家流風のたっぷりした肉筆で、だから字が読めない子供にも、形を見るだけでわかったし、歌は文字からではなく、音で覚えた。というより、歌と書は不可分のものであり、それに絵が加って、百人一首という一つの世界をかたちづくっていた。昔の子供達はそういう風にして、遊びの中から自然に歌を覚え、文字を知って行った。

しかし、印刷された標準カルタが普及してくると、次第に『百人一首』から興味を失ったという。そして、テレビで放送される競技カルタ会にはかつてのような雰囲気はなく、「殺伐たる勝負の道場と化している」と酷評する。そうした思いが、「六十の手習」で、『私の百人一首』を書かせたにちがいない。

# 百人一首鑑賞辞典——用語・修辞・出典

菱川師宣筆『小倉百人一首』 江戸時代 国立国会図書館所蔵（以下、112頁まで）

個々の歌を鑑賞するにあたり、本文中では、和歌・国文学独特の用語に十分な説明を付けることができなかった。ここでは、まずこれらの用語について解説したい。

また、和歌には『万葉集』『古今集』『新古今集』の各時代以来、歌を作るうえでの新しい言葉のわざ、すなわち修辞が生み出されてきた。和歌史的視点に立って編まれた『百人一首』には、そうした修辞が網羅されている。これらの言葉の使われ方を見ておこう。

『百人一首』は、天皇や上皇の命令によって、撰者が優れた歌を撰んだ勅撰和歌集を出典にしている。個々の歌ではそれらをすべて指摘しておいた。その、勅撰和歌集も歌合《うたあわせ》（113頁参照）と百首歌（113頁参照）を典拠とする場合がある。最後にこれら典拠になったものを解説しておこう。

以下（）は『百人一首』の番号

# 用語（五十音順）

凡河内躬恒

**哀傷歌**

人の死を悲しみ悼む歌が中心であるが、無常を詠んだ歌なども含まれる。勅撰和歌集の部立《ぶだて》として採用されたが、『百人一首』の中には見られない。

**隠棲**

出家した人が世俗を逃れてひっそり暮らすこと。平安京周辺の宇治や大原がそうした場所になった。『百人一首』では8がこれにあたり、70にもその雰囲気がある。

**歌合**《うたあわせ》

平安時代から鎌倉時代に流行した文学的遊戯。歌人を左右に分け、それぞれが詠んだ歌を一首ずつ番《つが》え、判者《はんじゃ》が勝・負・持《じ》（引き分け）を判定して勝負を競った。『百人一首』には歌合で詠まれた歌が少なくない（113頁参照）。

**家集**

個人の歌集で、「私家集」「いえのしゅう」ともいう。紀貫之《きのつらゆき》（35）の『貫之集』、西行法師（86）の『山家集《さんかしゅう》』など数多く、勅撰和歌集を撰定する際の資料にされたと考えられる。

**賀歌**《がのうた》

年長者に対する祝福の気持ちを表した歌。晴れの歌として重要で、勅撰和歌集の部立として欠くことはないが、『百人一首』の中には見られない。

**歌論**

和歌に関する評論で、その本質・分類・歌風・歴史などについて述べる。『古今集』の「仮名序」「真名序《まなじょ》」をはじめ、源俊頼《としより》（74）の『俊頼髄脳』、藤原俊成《としなり》（83）の『古来風体抄』など数多い。

**後朝**《きぬぎぬ》**の歌**

男性が女性の家に泊まって翌朝帰り、贈った手紙に詠み添える歌。「後朝」は「衣々《きぬぎぬ》」とも表記し、衣を重ねて寝た男女が翌朝、各自の衣を着て別れることを意味した。『百人一首』では43・50・52がこれにあたり、80は女性の返歌を想定する。

**羇旅歌**《きりょのうた》

旅の歌をいい、遊覧・行幸、転任・配流、修行・参詣などさまざまな理由による。やはり勅撰和歌集の部立として採用された。『百人一首』では7・11・24・93がこれにあたる。

**閨怨詩**《けいえんし》

男性に捨てられた女性が寝室で独り寝の寂しさを恨む気持ちを詠む。漢詩に詠まれた主題で、その影響を受けている。『百人一首』では53・85がこれにあたる。

**詞書**《ことばがき》

歌の前にあって、その歌を詠んだ事情などを説明した言葉で、「題詞」ともいう。『古今集』では在原業平（17）の歌の詞書が長く、『伊勢物語』との関連が問題になる。

**左注**

歌の後に付ける注記。安倍仲麿（7）の歌は『古今集』に長い左注があり、歌に説話が伴っていた様子がうかがえる。

### 三十六歌仙

藤原公任《きんとう》（55）撰の『三十六人撰』による奈良・平安時代の三六人の和歌の名人。柿本人麻呂（3）・伊勢（19）・凡河内躬恒《おおしこうちのみつね》（29）・紀貫之（35）・清原元輔《もとすけ》（42）・大中臣能宣《おおなかとみのよしのぶ》（49）など。

### 私撰集

勅撰集に対して、個人が自他の歌を撰んで編集した歌集で、「私撰和歌集」ともいう。藤原公任（55）の『拾遺抄』をはじめとするが、『百人一首』自体が代表的な私撰集である。

### 釈教歌《しゃっきょうか》

広く仏教に関わる歌をいう。平安中期から流行しはじめ、『千載集』に至って、神道に関わる歌を分類した「神祇歌」と並んで一巻の部立となった。『百人一首』の中には見られない。

### 雑歌《ぞうか》

歌集編纂の際に、四季や恋など一定の分類に属さない歌を収録する部立を言い、勅撰和歌集の部立として採用された。『百人一首』にもこの部立に属する歌はかなり多い。

### 題詠

あらかじめ与えられた題によって歌を詠むこと。『万葉集』にも萌芽が見られるが、平安末期から盛んになった。『百人一首』の場合も、71以降、急激に題詠が増加している。詞書に「……といふ心をよめる」などとあるのは題詠である。

### 題知らず

詞書に見える言葉で、作歌事情がわからないこと。『古今集』から採用された。

### 中古三十六歌仙

藤原公任（55）撰の『三十六人撰』を受けて、藤原範兼《のりかね》が撰した『後六々撰《のちのろくろくせん》』による三六人の和歌の名人をいう。和泉式部《いずみしきぶ》（56）・紫式部（57）・清少納言（62）など。

### 百首歌

四季や恋などの題で一定数の歌を詠み、一〇〇首に編んだものをいう。平安中期から始まり、一人で詠んだものや数人で詠んだものなどがある。『百人一首』には百首歌として詠まれた歌が少なくない（113頁参照）。

### 屏風歌《びょうぶうた》

室内の装飾具である屏風に絵を描き、それに関わって詠まれた歌をいう。描かれた絵によって、月次《つきなみ》屏風歌と名所屏風歌に分かれる。皇族や貴族が専門的な歌人に依頼する場合が多い。『百人一首』では17・98がこれにあたる。

### よみ人知らず

歌には作者が示されるが、その名前がわからないこと。『古今集』から採用された。猿丸大夫（5）の歌は『古今集』に「よみ人知らず」とあり、後に作者伝承が生まれたと推定される。

### 離別歌

人と人が別れる際に詠まれた歌。任地へ旅立つ人を送る餞《はなむけ》の歌が多く、勅撰和歌集の部立として採用された。『百人一首』では16がこれにあたる。

### 離合詩

漢詩で、漢字の偏旁冠脚《へんぼうかんきゃく》を離したり合したりする遊戯。「字《じ》訓詩《くんし》」は句ごとに一・二字を合して五字とする漢詩をいう。『百人一首』では、22の「山風」「嵐」がこれにあたる。

### 六歌仙

『古今集』の「仮名序」「真名序」に挙げられた六人の和歌の名人。喜撰法師（8）・小野小町（9）・僧正遍昭（12）・在原業平《ありわらのなりひら》（17）・文屋康秀《ふんやのやすひで》（22）・大伴黒主《おおとものくろぬし》。

# 修辞

紫式部

## 枕詞《まくらことば》

主に五音からなり、ある語を導きだすために、その語の前に置く修飾的な言葉をいう。枕詞とある語との関係はほぼ固定している。これは『万葉集』から見られる。

・ひさかたの光のどけき春の日に静心なく花の散るらむ（33）

## 序詞《じょことば》

七音以上からなり、ある語句を導きだすために、その語句の前に置く修飾的な言葉をいう。序詞とある語句との関係は一回的である。修飾の仕方には、［1］意味で掛かるもの、［2］同音反復式で掛かるもの、［3］掛詞《かけことば》式で掛かるものがある。これも『万葉集』から見られる。

［1］あしひきの山鳥の尾のしだり尾のながながし夜を独りかも寝む（3）
（序詞の「あしひきの山鳥の尾のしだり尾の」は、「ながながし」に意味で掛かる）

［2］住《すみ》の江《え》の岸に寄る波夜さへや夢の通ひ路人目よくらむ（18）
（序詞の「住江の岸に寄る波」は、「寄る」と「夜」との同音反復式で掛かる）

［3］立ち別れ因幡《いなば》の山の峰に生ふるまつとし聞かば今帰り来む（16）
（序詞の「因幡の山の峰に生ふる」は、「松」と「待つ」の掛詞式で掛かる）

## 掛詞《かけことば》

一つの語に意味の違う二つの語を重ねる技法をいう。二つの語は同訓異義語で、一方が自然の景物を表し、もう一方が人間の心情を表すことが多い。これは『古今集』から見られる。

・山里は冬ぞ寂しさまさりける人目も草もかれぬと思へば（28）
（「かれ」は、「（人目も）離《か》れ」（人の訪れも絶え）と「（草も）枯れ」の掛詞である）

## 縁語

意味の上で関連する言葉を意識して用いる技法をいう。掛詞の片方で、自然の景物や生活の品物を表すことが多い。これも『古今集』から見られる。

・滝の音は絶えて久しくなりぬれど名こそ流れてなほ聞こえけれ（55）
（「音」「絶え」「流れ」「聞こえ」は「滝」の縁語である）

## 見立て

ある物を別のある物になぞらえる技法をいう。もとは漢詩の技法であった。これも『古今集』から見られる。

・山川《やまがは》に風のかけたるしがらみは流れもあへぬ紅葉なりけり（32）
（山の中の川に散った「紅葉」が流れきらない様子を、川の中に杭を打ち並べて柵や竹を渡してせき止める「しがらみ」に見立てている）

## 擬人法

見立ての一種であるが、特にある物を人間になぞらえる技法をいう。もとは漢詩の技法であった。これも『古今集』から見られる。
・小倉山《をぐらやま》峰の**もみぢ葉心あらば**今一度《いまひとたび》のみゆき待たなむ（26）
（「もみぢ葉」を「心あらば」として、人間であるかのように扱った擬人法である）

**本歌取り**

すでにあるよく知られた古歌（本歌）の語句を取り入れて、複雑な情感を生み出す技法をいう。『新古今集』から見られる。
・み吉野の山の秋風さ夜更けて古里寒く衣打つなり（94）
（この歌は「**み吉野の山の**白雪積もるらし**古里寒く**なりまさるなり」（古今集）（吉野山の白雪が積もっているらしい。奈良の古き都では寒さが一段と募っていることだ）を本歌とし、それを取り入れて新しい歌を創り出している）

**体言止め**

短歌の末尾を体言（名詞）で止める技法をいう。これも『新古今集』から見られる。
・村雨《むらさめ》の露もまだ干《ひ》ぬ真木《まき》の葉に霧立ちのぼる秋の夕暮れ（87）
（「夕暮れ」という体言（名詞）で止めている）

**句切れ**

短歌では、意味が切れる位置によって、「初句切れ」「二句切れ」「三句切れ」「四句切れ」という。句切れのない場合や句切れが二つある場合もある。「初句切れ」「三句切れ」は七五調、「二句切れ」「四句切れ」は五七調のリズムになる。
・契りきな／かたみに袖をしぼりつつ末《すゑ》の松山《まつやま》波越さじとは（42）
［初句切れ、七五調］
・春過ぎて夏来にけらし／白妙の衣干すてふ天《あま》の香具山《かぐやま》（2）
［二句切れ、五七調］
・月見れば千々《ちぢ》に物こそ悲しけれ／我が身一つの秋にはあらねど（23）
［三句切れ、七五調］
・わたの原八十島《やそしま》かけて漕ぎ出でぬと人には告げよ／海人《あま》の釣舟（11）
［四句切れ、五七調］
・朝ぼらけ有明の月と見るまでに吉野の里に降れる白雪（31）
［句切れなし］
・人もをし／人も恨めし／あぢきなく世を思ふゆゑに物思ふ身は（99）
［初句切れ・二句切れ］

**倒置法**

主語と述語、修飾語と被修飾語などの順序を入れ替える技法をいう。
・ちはやぶる神代も聞かず竜田川韓紅《からくれなゐ》に水くくるとは（17）
（「竜田川韓紅に水くくるとは」「ちはやぶる神代も聞かず」の順序であるところを入れ替えている）
・心当てに折らばや折らむ初霜の置きまどはせる白菊の花（29）
（「初霜の置きまどはせる白菊の花」は体言止めではなく、「を」を補って考える。「初霜の置きまどはせる白菊の花ヲ」「心当てに折らばや折らむ」の順序であるところを入れ替えている）

**歌枕**

『古今集』以降、歌に詠み込まれた地名をいう。その地名は特定の事物や心情と結びつくことが多い。
・朝ぼらけ有明の月と見るまでに**吉野**の里に降れる白雪（31）
（「白雪」は奈良県の「吉野」を代表する景物）
・朝ぼらけ**宇治**の川霧絶え絶えに現れわたる瀬々の網代木（64）
（「川霧」「網代木」は京都府の「宇治」を代表する景物）

# 出典

紀貫之

## 【勅撰和歌集】

### 古今集

最初の勅撰和歌集。醍醐《だいご》天皇の命令で、凡河内躬恒《おおしこうちのみつね》（29）・壬《み》生忠岑《ぶのただみね》（30）・紀友則《きのとものり》（33）・紀貫之《きのつらゆき》（35）が撰進した。延喜五年（九〇五）成立。よみ人知らず・六歌仙・撰者の歌を収め、縁語・掛詞を駆使して、繊細・優美な歌風を創造した。貫之の「仮名序」、紀淑望《よしもち》の「真名序《まなじょ》」は代表的歌論。

### 後撰集

二番目の勅撰和歌集。天暦五年（九五一）、村上天皇の命令で、清原元輔《もとすけ》（42）・大中臣 能宣《おおなかとみのよしのぶ》（49）・紀時文《ときぶみ》・源 順《したごう》・坂上 望城《さかのうえのもちき》が撰進した。作業を宮中の梨壺《なしつぼ》で行い、「梨壺の五人」と呼ばれる。『古今集』にもれた歌とそれ以後の歌を収めるが、撰者の歌はない。贈答歌の多い点が特徴。

### 拾遺集

三番目の勅撰和歌集。近年は花山院《かざんいん》選者説が有力で、藤原公《きん》任《とう》（55）の私撰集『拾遺抄』を増補したものと考えられている。寛弘二年（一〇〇五）から六年頃成立。『古今集』『後撰集』にもれた歌を収め、洗練された歌が多い。これまでの勅撰三集は「三代集」と呼ばれる。

### 後拾遺集

四番目の勅撰和歌集。白河天皇の命令で、藤原通俊《みちとし》が撰進した。応徳三年（一〇八六）成立。『拾遺集』の時代に活躍した和《いず》泉《み》式部《しきぶ》（56）・赤染衛門《あかぞめえもん》（59）・相模《さがみ》（65）などの女性歌人の歌が多いことが特色となっている。

### 金葉集

五番目の勅撰和歌集。白河院の命令で、源俊頼《としより》（74）が撰進した。大治元年（一一二六）から翌年に三度にわたって奏上された。平安後期の革新的な歌を収め、客観的な写生に重点を置く。連歌を独立させた。

### 詞花集

六番目の勅撰和歌集。崇徳院《すとくいん》（77）の命令で、藤原顕輔《あきすけ》（79）が撰進した。仁平《にんびょう》元年（一一五一）頃成立。曾禰好忠《そねのよしただ》（46）・和泉式部（56）を重んじ、『金葉集』の歌風を継承した。

### 千載集

七番目の勅撰和歌集。後白河院の命令で、藤原俊成《としなり》（83）が撰進した。文治四年（一一八八）頃成立。余情のある静寂な表現を重んじ、『新古今集』への道を開いた。僧侶歌人の進出もめざましい。釈教歌《しゃっきょうか》・神祇歌《じんぎか》の部を独立させた。

### 新古今集

八番目の勅撰和歌集。後鳥羽院《ごとばいん》（99）の命令で和歌所を設け、寂蓮《じゃくれん》（87）・藤原雅経《まさつね》（94）・藤原定家《さだいえ》（97）・藤原家隆《いえたか》（98）・藤原有家《ありいえ》・源通具《みちとも》が撰進した。元久二年（一二〇五）成立。本歌取り・体言止めを駆使して、妖艶で象徴的な表現を重んじた。これまでの勅撰八集は「八代集」と呼ばれる。

**新勅撰集**

九番目の勅撰和歌集。後堀河天皇の命令で、藤原定家(97)が撰進した。文暦二年(一二三五)成立。後鳥羽院(99)・順徳院(100)ら承久《じょうきゅう》の乱関係者の歌を削除したとされる。武士の歌を多く収めたので、「宇治河集」の異名が付いたという。

**続《しょく》後撰集**

一〇番目の勅撰和歌集。後嵯峨院《ごさがいん》の命令で、藤原定家(97)の子藤原為家《ためいえ》が撰進した。建長三年(一二五一)成立。父定家や後鳥羽院(99)を重んじた。『百人一首』の成立より遅れると考えられ、直接の出典とは言えないが、挙げておく。

## 【歌合】

**是貞親王家《これさだのみこのいえの》 歌合**

光孝天皇(15)の皇子是貞親王が主催した歌合。寛平五年(八九三)九月以前に行われ、秋の歌で、三五番からなる。『百人一首』の5・22・23に撰ばれた。

**寛平《かんぴょうの》 御時后《おおんときき》 宮《さいのみやの》歌合**

宇多《うだ》天皇の生母班子《はんし》女王が主催した歌合。寛平五年(八九三)九月以前に行われ、四季と恋の歌で、各二〇番からなる。『百人一首』の18に撰ばれた。

**内裏歌合 天徳四年**

村上天皇が天徳四年(九六〇)三月に主催した歌合。春から秋の景物と恋の歌で、二〇番からなる。『百人一首』の40・41・44に撰ばれた。

**内裏歌合 永承四年**

後冷泉《ごれいぜい》天皇が永承四年(一〇四九)一一月九日に主催した歌合で、一〇題一五番からなる。「内裏歌合天徳四年」を模範とし、内裏歌合を復活した。『百人一首』の69に撰ばれた。

**永承六年五月五日内裏根合《ねあわせ》**

後冷泉天皇が永承六年(一〇五一)、端午の節句に主催した菖蒲根合で、五題五番からなる。『栄花物語』に詳しい。『百人一首』の65に撰ばれた。

**堀河院艶書合《けそうぶみあわせ》**

堀河天皇が康和四年(一一〇二)に主催した歌合。二日にわたる男女の恋の贈答歌で、各一〇番からなる。『百人一首』の72に撰ばれた。

**老若五十首歌合**

後鳥羽院(99)が建仁元年(一二〇一)に主催した歌合。一〇人の歌人を年齢によって老若に分け、五題二五〇番からなる。『百人一首』の87に撰ばれた。

**右大臣兼実《かねざね》家歌合**

九条兼実が主催した年次不明の歌合(『平安朝歌合大成8』四二七)。『百人一首』の88に撰ばれた。

**百番歌合**

順徳天皇(100)の内裏で、建保四年(一二一六)閏六月に行われた歌合。四季と恋の歌各二題で、二〇番からなる。『百人一首』の97に撰ばれた。

## 【百首歌】

**久安《きゅうあん》百首**

崇徳院(77)が久安六年(一一五〇)に詠進させた百首歌。『百人一首』の77・79・80に撰ばれた。

**正治《しょうじ》初度百首**

後鳥羽院(99)が正治二年(一二〇〇)に詠進させた百首歌。『百人一首』の91に撰ばれた。

# 和歌索引



# 歌人索引

数字は『百人一首』の番号

# 『百人一首』案内

## 【参考文献】

跡見学園短期大学図書館編『百人一首展図録』跡見学園短期大学図書館
有吉保『陽明文庫旧蔵百人一首』桜楓社
有吉保全訳注『百人一首』（講談社学術文庫）講談社
有吉保監修『絵解き百人一首』（講談社カルチャーブックス）講談社
池田弥三郎『百人一首故事物語』（河出大活字文庫）河出書房新社
犬養廉他編『和歌文学大辞典』明治書院
井上宗雄・村松友視『百人一首』（新潮古典アルバム）新潮社
井上宗雄『百人一首――王朝和歌から中世和歌へ』笠間書院
大岡信『百人一首』（講談社文庫）講談社
大坪利絹他編『百人一首研究集成 百人一首注釈叢刊別巻1』和泉書院
尾崎雅嘉著・古川久校訂『百人一首一夕話』（岩波文庫）岩波書店
久保田淳編『百人一首必携』學燈社
小松茂美『古筆学大成 第十六巻』講談社
島津忠夫訳注『新版百人一首』（角川文庫）角川書店
島津忠夫訳注『百人一首』（角川ソフィア文庫）角川書店
高橋美枝子『『特殊コレクション百人一首』余話』跡見学園短期大学図書館
浜口博章・山口格太郎『日本のかるた』（カラーブックス）保育社
ピーター・モース著・高階絵里加訳『北斎百人一首――うばがゑとき』岩波書店
樋口芳麻呂校注『王朝秀歌選』（岩波文庫）岩波書店
深津睦夫・西沢正二編著『新註百人一首 付歌人説話』勉誠社
宮柊二『小倉百人一首 現代語訳日本の古典11』学研
森暢『歌仙絵・百人一首絵』角川書店
吉海直人『百人一首研究ハンドブック』おうふう
吉海直人『百人一首への招待』（ちくま新書）筑摩書房
吉田幸一『浮世絵擬百人一首――豊国・国芳・広重画 古典聚英9』吉田幸一
『和歌文学論集』編集委員会編『百人一首と秀歌撰 和歌文学論集9』風間書房
『太陽 特集・藤原定家と百人一首』平凡社
『別冊太陽 百人一首』平凡社

## ●著者略歴

石井正己（いしい・まさみ）
一九五八年、東京都生まれ。国文学者・民俗学者。東京学芸大学名誉教授、柳田國男・松岡家記念館顧問など。『図説　日本の昔話』『図説　遠野物語の世界』『感染症文学論序説』（河出書房新社）、『100分de名著ブックス　柳田国男　遠野物語』『文豪たちが書いた関東大震災』（NHK出版）、『現代に共鳴する昔話』『震災を語り継ぐ』『源氏物語　語りと絵巻の方法』（三弥井書店）など多数。

## ●協力者

石井久美子、石井季子

ふくろうの本

新装版
図説　百人一首

二〇〇六年一〇月三〇日初版発行
二〇一七年一一月三〇日新装版初版発行
二〇二五年　四　月二〇日新装版初版印刷
二〇二五年　四　月三〇日新装版初版発行

著者……………石井正己
本文デザイン……………タイプフェイス
装幀……………松田行正＋杉本聖士
発行者……………小野寺優
発行……………株式会社河出書房新社
〒一六二-八五四四
東京都新宿区東五軒町二-一三
電話　〇三-三四〇四-一二〇一（営業）
　　　〇三-三四〇四-八六一一（編集）
https://www.kawade.co.jp/
印刷……………大日本印刷株式会社
製本……………加藤製本株式会社

Printed in Japan
ISBN978-4-309-76340-8

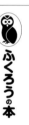